Martin Kleen: Zehn Stunden
Kriminalroman

Martin Kleen, geboren 1965 in Erlangen und in Franken aufgewachsen. Studium der Medizin ebenfalls in Erlangen, danach fünf Jahre medizinische Grundlagenforschung und Habilitation in München. Anschließend vier Jahre Tätigkeit als Anästhesist und dabei Sammlung von Stoff für viele noch zu schreibende Romane. Berufsbegleitendes Managementstudium. Von 2002 bis 2004 Innovationsmanager in der medizintechnischen Industrie. Seit 2005 erneut Anästhesist in einer Münchener Klinik.
Sein erster Kriminalroman „Anästhesie" (Leda 2004) begeisterte Leser und Kritiker gleichermaßen und liegt bereits in der 2. Auflage vor.

Martin Kleen

Zehn Stunden

Kriminalroman

LEDA

Martin Kleen
Zehn Stunden
Kriminalroman

1. Auflage 2005
ISBN 3-934927-64-5

Leda-Verlag, Kolonistenweg 24, D-26789 Leer
info@leda-verlag.de
www.leda-verlag.de

Satz: Heike Gerdes
Lektorat: Maeve Carels
Titelillustrationen: Andreas Herrmann
Druck und Gesamtherstellung: Drukkerij Bariet, Ruinen
Printed in the EU

Donnerstag, 9. Oktober 2003, 19:05 Uhr,
Steuerstelle der Operationsabteilung

Reinhard Gehr saß vor dem Flachbildschirm in der Steuerstelle und ließ den Mauszeiger über den Knopf *Bestellen* kreisen. Etwas mehr als tausend Euro würde die Reise nach Paris kosten. Anjas Schwester hatte zugesagt, auf Sarah aufzupassen. Seit dem Hauskauf waren sie noch nie verreist; sie konnten es sich nicht leisten.

Er hatte beobachtet, wie Anja den zerlesenen Reiseführer über die Ile de France in die Schublade ihres Schreibtischs gelegt, die Knicke in der Pappe des Umschlags glatt gestrichen und langsam die Lade zugeschoben hatte. Gerade vier Tage Paris hatten sie sich leisten können als Hochzeitsreise. Jetzt, acht Jahre später, sollte es eine Woche sein. Über tausend Euro, dachte er, dann drückte er die Maustaste härter als notwendig durch und klatschte in die Hände. „Anja wird Augen machen!" Sarah wird mit ihren Cousinen so viel Spaß haben, die merkt gar nicht, dass wir weg sind, dachte er.

Donnerstag, 9. Oktober 2003, 19:12 Uhr,
Adalbert-Stifter-Straße, Karlsfeld bei München

Karl Luthof stand im Schatten hinter dem Reihenhaus aus den siebziger Jahren und beobachtete die Bewohner. Er stand außerhalb des Zaunes, die Gräser hier waren niedergetrampelt zu einem kleinen Weg, den wohl die Kinder beim Spielen benutzten. Hinter ihm lagen Felder, die hoch gewachsenen Büsche und Bäume der Gärten rechts und links verbargen ihn vor den Blicken der Nachbarn. Er wusste, dass die Frau und das Kind heute Abend alleine waren.

Der allwissende Doktor Gehr hat Dienst, dachte Luthof und lachte.

Die Sonne war vor einer halben Stunde untergegangen, es fiel Nieselregen, und der Wind trieb ihn gegen sein Gesicht. Die Feuchtigkeit drang durch das Gewebe seiner Sanitäterhose. Diese Hose und die signalrote Jacke, die er unter dem Parka trug, waren das Letzte, was ihm von seinem Beruf geblieben war. Und natürlich sein Stethoskop. Er tastete durch das Vorderteil der Jacke und vergewisserte sich des Hörrohrs auf seiner Brust. Dieser unsägliche Gehr hatte es ihm damals heruntergerissen und damit das Unglück losgetreten.

Obwohl die Temperatur nur knapp über dem Gefrierpunkt lag, fror Luthof nicht, trotz des Windes. Er war erregt. Es musste heute geschehen. Er würde sich wieder Selbstachtung verschaffen - heute, kein anderer Tag war möglich. Er wischte sich mit einer zitternden Hand Regenwasser von der Stirn.

Das Fenster zur Terrasse war deckenhoch, hell erleuchtet und hatte keine Gardinen. Die Frau saß am Esstisch im Wohnzimmer und strich Brote für das Mädchen. Die Kleine trank Milch, die Frau aß nichts, nahm nur einmal einen Schluck aus dem Glas ihrer Tochter.

Er war fünf oder sechs Meter von ihnen entfernt, verschluckt von der Dunkelheit im Schatten hinter den Büschen.

Jeden Abend der letzten Woche hatte er hier gestanden und seinen Plan reifen lassen. Zuerst hatte er nur den Mann kennen lernen wollen, der für sein Unglück verantwortlich war. Luthof hatte diese heile Familie beobachtet und einen Makel gesucht. Schlugen die Eltern das Kind? Stritten sie sich? War

Gehr ein Familientyrann? Nichts wies darauf hin. Eine kleine, langweilige Welt. Aber was konnte er schon beobachten aus der Entfernung? Er hörte nicht, was sie sprachen, er sah nur das Wohnzimmer. Sie verbergen etwas hinter der Fassade, dachte er. Er zitterte.

Die Frau bewegte ein Stück Gurke wie ein Flugzeug durch die Luft. Sie ließ es dicht vor dem Gesicht des Mädchens vorbeifliegen, die Kleine sperrte den Mund auf und streckte sich nach dem Bissen. Die Frau ließ die Gurke noch eine Runde fliegen und ließ ihre Tochter sie dann essen.

Idyllisch, Scheiße, dachte Luthof. Er zog die Mundwinkel hinab.

Er hatte vorhin auf dem Weg zum Haus der Gehrs einen Mangel in seinem Plan erkannt. Er war gerade an der Kirche aus Ziegelsteinen vorbeigegangen, hatte über den Zaun gespuckt und sich über die Menschen, die Christen und die Gehrs lustig gemacht, als es ihm aufgefallen war. Es gab ein Risiko, das er nicht bedacht hatte: Luthof wusste nicht, wie sich die Frau und das Kind benehmen würden, wenn Gehr nicht zu Hause war.

Dieses Risiko musste er eingehen. Es war zu spät, noch etwas zu ändern. Bisher war alles verlaufen wie an den Abenden der letzten Woche.

Es war leicht gewesen, sich den Dienstplan der Anästhesisten zu besorgen. Mit der Dienstkleidung eines Sanitäters fiel er nicht auf. Noch vor einer halben Stunde war er im St.-Marien-Krankenhaus gewesen, hatte einen alten Kollegen gefragt, ob eine Operation anstand. Er hatte gesagt, er hätte eine neue Stelle gefunden, alles sei wieder in Ordnung. Er wusste nicht, ob der andere ihm geglaubt hatte, aber das war jetzt unwichtig. Niemand außer ihm selbst war jetzt mehr wichtig.

Er hätte heute wie an jeden anderen Abend der Woche geduckt hinter dem Zaun stehen bleiben können, um auch diese Familiensituation, ohne Gehr, zu studieren, aber Luthofs Geld war verbraucht, die Kredite waren gekündigt worden. Sein Haus würde bald zwangsversteigert werden. Die Bank hatte ihm heute am Nachmittag sein Auto nehmen wollen, er hatte sich vor dem Gerichtsvollzieher nur durch Flucht retten können. Die Polizei suchte ihn wahrscheinlich schon. Die Zeit war abgelaufen. Es war schneller geschehen, als er gedacht hatte. Es war damals schwierig gewesen, den Kredit für das Haus zu bekommen, man verdiente nicht viel als Rettungssanitäter. Zu wenig dafür, dass man sich nächtelang in der Stadt herumtrieb, von Autos zerschmetterte Leiber von der Straße auflas, im Schmutz kniete, um Betrunkene aufzusammeln und bei Wohnungsöffnungen halb verweste Leichen begutachtete.

Luthof ballte die Fäuste. Es war ungerecht! Niemand hatte das Recht, ihm alles zu nehmen.

Das Kind sprang vom Tisch auf, rannte quer durch das Wohnzimmer und warf sich von hinten über die Lehne des Sofas in der Mitte des Raumes. Es vergrub den Kopf unter einem Kissen, und die Mutter ging durch das Zimmer, als ob sie die Kleine suchte.

Luthof musste sich auf die Zunge beißen, um nicht zu lachen. Plötzlich hatte er sich die Frau vorgestellt, wie sie die Göre ins Bett schickte, einen Liebhaber empfing und sich vögeln ließ, während ihr Ehemann in der Klinik den Halbgott in Weiß gab.

Das wäre ein mächtiges Wissen gewesen, aber nicht gut genug für seinen Plan. Er wollte mehr. Er wollte Gehr hinabziehen auf den Stand, der diesem Mann gebührte. Tiefer als Gehr ihn selbst hinabgezogen hatte. Luthof konnte es nicht ertragen, ganz unten zu sein. Arbeitslos und bald ohne Wohnung. Ohne das Haus, das er gebaut hatte, das ihm Selbstbewusstsein gab. Was war er noch ohne seinen Beruf und ohne sein Haus?

Nach fünfzehn Minuten der Beobachtung ging die Frau mit dem Mädchen an der Hand in den ersten Stock. Oben leuchteten die Lampen auf.

Jetzt ist es richtig, dachte er. Luthof richtete sich aus der Hocke auf und legte ein Bein über den Maschendrahtzaun, rollte sich darüber hinweg und ließ sich im Garten hinter einen Busch zu Boden gleiten. Wenn sie auf die Terrasse kommen würde, um ihre Abendzigarette zu rauchen, war es endlich soweit. Seine Erregung ließ ihn die Fäuste ballen. Sie kommt garantiert, dachte er, die Sucht treibt sie hinaus zu mir.

Eine Viertelstunde später verlosch das Licht im Kinderzimmer. Wenige Minuten danach erschien die Frau. Sie schob die Terrassentür auf, schloss sie sorgfältig hinter sich und zündete sich dann eine Zigarette an.

Die Schlampe raucht nicht im Haus, dachte Luthof. Wut verzerrte sein Gesicht. Die perfekte Fassade, dachte er, sie pflegt die Illusion der perfekten Mutter. Treue Ehefrau, liebender

Ehemann ... Luthof würde dafür sorgen, dass Gehr sein wahres Gesicht zeigte. Er würde ihn entlarven, und dann konnte er es beruhigt beenden.

Er zog eine Atemmaske aus der Tasche des Parkas und stopfte drei Mullkompressen hinein. Der Plastikverschluss der braunen Glasflasche knackte beim Öffnen. Das Geräusch ließ ihn erstarren, die Frau hatte den Kopf gedreht und sah in seine Richtung.

Sie war keine fünf Meter von ihm entfernt. Der Busch war zwischen ihnen, aber der hatte kaum noch Blätter. Luthof bereute, dass er diese Hose angezogen hatte, der helle Stoff fiel auf in der Dunkelheit. Dreh dich wieder um, du Dreckstück, befahl er ihr in Gedanken. Sekundenlang wagte er nicht zu atmen.

Sie ging einen Schritt zur Tür, legte die linke Hand auf den Griff. Immer noch hatte sie den Kopf über die rechte Schulter gewandt und blickte zu ihm herüber.

Nein, geh nicht hinein, ich verbiete es, brüllten seine Gedanken.

Sie ließ die Hand mit der brennenden Zigarette auf dem Türgriff liegen und sah sie eine Sekunde an. Endlich zog sie wieder daran, umschlang sich mit dem linken Arm und wandte sich ab. Sie trat auf der Stelle, zog den Rauch tief ein und hob den Kopf, um ihn auszublasen.

Luthof sah an sich hinunter und hoffte, dass seine Hose nicht zu schmutzig geworden war. Er wagte wieder Luft zu holen, atmete das süßliche Aroma des Narkosemittels in der Flasche ein, und ein Sekundenschwindel ließ ihn schwanken. Der Wind kam jetzt von hinten. Er fragte sich, ob sie das Mittel riechen konnte. Würde sie den Geruch erkennen? Er musste jetzt schnell sein. Jederzeit konnte sie die Zigarette austreten und ins Haus gehen. Sein Plan wäre zunichte. Sie war noch nie zweimal am Abend auf die Terrasse gegangen.

Er ließ die Flüssigkeit auf den Mull fließen, bis das Gewebe durchtränkt war. Durch die Öffnung der Maske benetzte das Sevofluran seine Hand, verdunstete sofort und hinterließ die Haut seiner Hand eiskalt und trocken.

Luthof zwang sich zur Ruhe. Jetzt war er sich sicher, dass es funktionieren würde. Er kannte die Wirkungen der Narkosegase genau. Den Gas-Blut-Koeffizienten, den Dampfdruck des Sevoflurans, die Konzentration in der Atemluft, die zur Narkose führte. Das Wissen, das Ärzte für sich behalten wollten. Er war klüger als sie alle. Er wusste, was sie wussten, er war erfahren, er war mächtig. Er war zu gut für Gehr. Deshalb hatte Gehr seine Macht ausgespielt und Karl Luthof zerstört.

Der Sanitäter stellte die Flasche neben sich auf den Boden. Sevofluran war das modernste aller Narkotika, wirkte schon nach drei oder vier tiefen Atemzügen – so schnell wie kein anderes.

Mit drei Sätzen war er bei ihr. Sie bemerkte ihn zu spät. Er umfasste ihren Hals von hinten mit dem linken Arm, presste ihr mit der Rechten die Maske auf das Gesicht und trat mit einem Fuß in ihre Kniekehle. Sie knickte ein, verlor das Gleichgewicht und fiel auf ihn, wie er es geplant hatte. Er legte alle Kraft in den Griff der rechten Hand, alles hing davon ab, dass sie durch die Maske atmete. Hart fielen sie rückwärts auf die Steinplatten, die Frau wehrte sich, trat um sich, versuchte die Maske von ihrem Gesicht zu reißen und Luthofs Linke von ihrem Hals zu zerren. Er hielt sie umklammert. Gedämpfte Schreie drangen durch Mull und Maske.

Wer schrie, der atmete tief. Schrei nur, dachte er, schrei weiter, du Miststück.

Ihre Finger rutschten vom Gummirand der Maske ab, er hoffte, die Narkose würde einsetzen, aber sie krallte ihre Nägel in seinen Handrücken, riss Wunden in seine Haut. Sie ließ seine linke Hand los, griff nach oben, erreichte seinen Kopf und riss an seinen Haaren. Sie schien stärker zu werden.

Was, wenn es nicht wirkt, fragte er sich.

Sie zerrte an seinen Haaren, dann ließ sie los und schlug. Sie verfehlte ihn, schlug wieder, und diesmal traf sie ihn. Wieder und wieder schlug sie zu. Sie trampelte mit beiden Füßen auf den Steinboden, erwischte sein rechtes Schienbein und trat noch einmal darauf. Die Absätze ihrer Schuhe bohrten sich in seine Haut.

Luthof stöhnte, presste die Kiefer aufeinander und unterdrückte einen Schmerzensschrei.

Sie fand den Rand der Atemmaske wieder und hebelte. Er spürte, wie der Gummirand sich von ihrem Gesicht löste, er konnte die Maske nicht fest genug auf ihr Gesicht pressen. Ein keuchender Atemzug drang hervor. Atme, dachte er, atme das Gas ein! Er packte mit der Linken ihren Hals und grub seine Fingernägel in die Haut.

Noch einmal bäumte sie sich auf. Die Schläge und Tritte verfehlten ihn, ihre Arme und Beine schleuderten ziellos. Er presste die Maske wieder auf Mund und Nase, ließ nicht los, bis die Frau erschlaffte.

Nach einer Weile löste er den Griff um ihren Hals, legte die Hand auf ihren Brustkorb und fühlte ihren Atem. Einmal, zweimal, dreimal hob und senkte sich der Thorax. Er wartete noch einige Sekunden, dann ließ er sie los, drehte sich zur Seite und ließ sie von sich herunterrollen. Ihr Kopf schlug auf die Platten, die Arme blieben abgewinkelt unter und hinter ihr auf den Steinen liegen. Ihre Haare verdeckten ihr Gesicht.

Keuchend hockte er sich neben sie und betrachtete seinen rechten Handrücken. Blut lief aus vier Kratzern. Der Schmerz im Schienbein pochte.

Sie schlief, aber mit jedem Atemzug ließ die Wirkung des Narkosemittels nach. Sie musste die ganze Nacht in Narkose bleiben. Luthof suchte mit einer Hand in der Tasche seines Parkas nach der vorbereiteten Spritze. Er griff in ihre Haare, zog den Kopf in seine Richtung und sah sie an. Blut und Speichel liefen vom Mundwinkel über die Wange, sie musste sich in die Zunge gebissen haben. Die Augen waren halb geöffnet. Er riss die Manschette ihrer Bluse auf und schob den Ärmel über den Oberarm. Er verdrehte den Stoff mit der Linken und staute die Venen ihres Armes. Er zog die Spritze aus der Tasche, zog mit den Zähnen die Schutzkappe von der Kanüle und ertastete mit einem Zeigefinger die große Blutader der Ellenbeuge. Sie war prall gefüllt.

Er hatte es Hunderte Male getan, auch wenn die Notärzte das nicht gerne sahen. Auch das war nur die Arroganz der Mediziner. Er betrachtete eine Sekunde die Nadel, das Licht aus dem Wohnzimmer wurde reflektiert, sie blitzte auf. Die Flüssigkeit in der Spritze war klar, eine Luftblase schwamm oben auf. Er verzichtete darauf, sie auszuspritzen. Es spielte keine Rolle mehr, ob er ihr etwas Luft injizierte, ob er unsteril zustach oder ob er einen Nerv dabei verletzte. All das, was er sonst beachtet hatte, war jetzt unwesentlich.

Luthof spürte keinen Widerstand, als die Nadel durch die Haut glitt. Blut schoss in die Flüssigkeit zurück.

Es war, als ob er Gehr stach.

Er drückte den Stempel durch und injizierte zehn Milliliter. Es war mehr als genug, um sie viele Stunden schlafen zu lassen, aber wahrscheinlich nicht genug, um sie zu töten. Er zog die Nadel aus der Vene, bevor er die Stauung gelöst hatte. Einige Tropfen dunklen Blutes liefen über ihre Haut und sammelten sich auf den Steinplatten. Er ließ die Spritze fallen. Es lohnte sich nicht, an das Nachher zu denken. Er ging seinen Weg und würde nicht zurückkehren.

Einige Sekunden hockte er neben ihr und betrachtete sie. Er begann zu frieren. Der Wind zauste seine Haare.

Eine hübsche Frau hatte sich Gehr angeschafft. Aber sie war nur ein Teil seiner Fassade.

Luthof riss ihre Bluse auf, zog sein Stethoskop unter dem Parka hervor und suchte ihre Herztöne. Ihre Haut war warm, die Narkose hatte die Hautgefäße weit geöffnet und verhinderte eine Gänsehaut. Leise, kaum zu hören, aber noch schlug das Herz. Mit beiden Händen schlang er sich das Gerät wieder um den Hals und drehte den Kopf und den Bügel in die richtige Position, diesmal über seinem Mantel. Er zog den BH nach oben, musterte ihre Brüste und betastete sie. Schöne, feste Brüste. Aber es war nicht, wie er es sich vorgestellt hatte. Noch einmal strich er mit dem Handrücken über ihren Busen, berührte ihre Brustwarzen. Es kam keine Erregung in ihm auf. Er öffnete ihre Hose, schob seine Hand in ihren Slip, suchte Schamhaar und Vulva. Es bedeutete ihm nichts.

Er zog seine Hand zurück und schlug dann die Frau gleichzeitig mit beiden Fäusten an Kopf und Hüfte. In seiner Phantasie war Gehr stets dabei gewesen, hatte zusehen müssen und er, Luthof, hätte sich an der Ohnmacht des feinen Herrn Doktor ergötzen können. Natürlich war Gehr nicht hier, denn es war nicht geplant.

Ich darf mich nicht mehr gehen lassen, dachte er, ich muss mich an meinen Plan halten.

Ein Motorengeräusch von der Straße riss ihn aus seinen Gedanken. Konnte sie Besuch erwarten? Er würde nicht öffnen. Würden die Gäste misstrauisch werden, wenn sie nicht hereingelassen würden?

Er stand auf, ließ die Schiebetür zur Seite gleiten, trat hinter die Frau und ergriff ihre Handgelenke. Er hörte Autotüren zuschlagen.

Sie war schlaff und er brauchte zwei Anläufe, um sie über den Steinboden und die Schwelle in das Wohnzimmer zu ziehen. Als ihre Absätze über die Metallschwelle kratzten und dann auf den Holzboden aufschlugen, glaubte Luthof für einen Augenblick, die ganze Nachbarschaft hätte dieses Geräusch hören müssen. Er atmete tief durch und hoffte, der Krampf in seinem Magen würde nachlassen.

Vor dem Ledersofa ließ er sie auf den Boden fallen. Es gab keine Vorhänge, aber das schadete nicht, hinter dem Garten fingen die Felder an. Er drehte sich im Kreis: Es gab kein Fenster, das ihn an einen Nachbarn verraten konnte.

Er bückte sich und ging zur Terrassentür, schob sie leise zu und wartete. Würde jemand klingeln? Wenn sie nicht öffnete, würden die Gäste vielleicht ums Haus in den Garten gehen und durch das Wohnzimmerfenster sehen?

Er kauerte sich auf den Boden und wartete. Es war nichts zu hören außer dem Rauschen des Blutes in seinen Ohren und dem Atmen der Frau. Das Licht, schoss es ihm durch den Kopf. Er musste das Licht löschen. Mit zwei Schritten war er am Schalter, knipste das Licht aus und hockte sich in die Tür zwischen Flur und Wohnzimmer.

Er hörte auf jedes Geräusch, das Rauschen in seinen Ohren war so laut, dass er meinte, ein anderer Mensch musste es hören können. Seine Füße begannen zu schmerzen, aber er wagte nicht, sich zu bewegen. Er fuhr zusammen, als plötzlich ein Glucksen von irgendwoher im Zimmer zu hören war. Wieder verkrampfte sich sein Magen, er wollte aufspringen, davonlaufen. Dann wurde ihm klar, dass nur die Heizung angesprungen war.

Er wusste nicht, wie lange er im Dunkeln gewartet hatte, bevor er aufzustehen wagte. Niemand hatte geklingelt.

Er ging in den Flur und knipste das Licht an. Endlich konnte er sich den Parka ausziehen. In seiner Dienstkleidung fühlte er sich sicher.

Er ging zu ihr. Sie lag mit verdrehten Armen auf dem Rücken. Ihre Bluse war bis auf die untersten Knöpfe offen, die linke Brust war zu sehen.

Jetzt das Kind, dachte er. Jetzt war nur noch das Kind wichtig. Er suchte und fand die Treppe zum ersten Stock. Irgendwo da oben schlief Gehrs Tochter. Sie war das Zentrum seines Plans.

Auf dem Holztischchen am Fuß der Treppe lag ein Handy neben dem Telefon. Luthof nahm es in die Hand. Nach einem Tastendruck leuchtete der kleine Bildschirm rot auf. Er hatte die Telefonnummern für heute Nacht auswendig gelernt.

Aber zuerst musste er die Kleine wecken. Er brauchte sie für den ersten Anruf.

Er ließ das Telefon in die Tasche seiner Jacke gleiten und ging nach oben. Alles hing davon ab, dass Gehr ihm glaubte. Dann würde der Plan ablaufen. Gehr würde klein werden, klein wie ein Käfer, der vor ihm kroch und den er, Luthof, nach Belieben zertreten konnte. Es lag in seiner Macht, aber Luthof brauchte das nicht zu tun. Der lebende Käfer konnte ein Leben lang leiden.

Jetzt war er wieder stolz auf seine Vorbereitung. Angst und Nervosität waren von ihm abgefallen. Er beherrschte die Lage, Gehr würde gehorchen müssen.

*

Eine Viertelstunde später saß das kleine Mädchen im rosa gemusterten Pyjama auf einem Stuhl am Tisch, wo es vorhin noch zu Abend gegessen hatte. Sie weinte. Luthof hatte ihr kurz ihre Mutter gezeigt und ihr gesagt, sie sei tot. Er stand vor ihr und sah auf sie herunter. Sie war jünger, als er gedacht hatte. Sechs, vielleicht sieben Jahre. Das machte es einfacher für ihn. Sie hatte ihm geglaubt. Kurz hatte er gefürchtet, sie würde nach einem Rettungswagen, nach Sanitätern, nach Notfallkoffern fragen, aber sie hatte nichts gesagt, nur geweint.

Für einen Moment fühlte er den alten Stolz in sich erstarken. Die Sanitäterjacke, sein Stethoskop ... Er war ein Retter. Die Menschen vertrauten ihm, gehorchten ihm, wenn er an einer Unfallstelle Anweisungen gab. Er hatte alles im Griff. Plötzlich war er wieder der Rettungssanitäter, der sich um Verletzte kümmerte, ihnen half. Ein guter Mensch. Ein wichtiger Mensch.

Er ging in die Knie, sah sie von unten an und lächelte. „Na, Kleine, sag mir mal, wie du heißt", sagte er langsam.

„Sarah", kam es unter Schluchzen hervor. Ihr tränennasses Gesicht war vom Weinen zur Grimasse verzogen. Sie rieb sich die Augen, eine blonde Locke klebte am feuchten Augenwinkel.

„Gut. Sarah, ich heiße Karl. Ich bin ein Notarzt. Weißt du denn, was ein Notarzt ist?"

Sie nickte stumm und sah ihn an. Alle paar Sekunden zuckte ihr Körper von unterdrücktem Schluchzen. Ihre Augen waren rot, Tränen rollten die Wangen hinunter, ihre Nase lief, der Mund war verzerrt.

„Also, deine Mama hat etwas Giftiges gegessen. Du weißt, was ein Gift ist?"

Wieder nickte sie. Tränen tropften von ihren Pausbacken und bildeten dunkle Flecken auf dem Schlafanzug.

„Ich habe versucht, deine Mama zu retten, aber manchmal kann auch ein Notarzt nicht mehr helfen, verstehst du?"

„Mein Papa ist Notarzt." Sie holte ruckartig Luft zwischen Schluchzern und konnte kaum sprechen.

Ihr heiliger Vater. Luthofs Lächeln erstarb. Er unterdrückte den Impuls, das Mädchen zu schlagen. Nach einigen Sekunden hatte er sich wieder im Griff. „Dein Papa kann nicht kommen, hat er gesagt. Er muss im Krankenhaus arbeiten. Wir müssen dich jetzt zu deinem Papa bringen. Du willst doch zu deinem Papa, oder?"

Sie nickte und weinte.

„Soll ich dich zu deinem Papa bringen?"

Sie nickte immer weiter.

„Gut, dann rufen wir ihn an und sagen ihm, was passiert ist, einverstanden?"

Er streckte die Hand aus, nahm die ihre, die sie ihm entgegenstreckte, und stand auf. Er achtete darauf, dass er ihr den Blick auf ihre Mutter verdeckte. Kurz drehte er den Kopf über die linke Schulter, sah die Frau liegen. Sie atmete noch. Vielleicht blieb es so, dann hatte sie Glück. Vielleicht hörte sie auf, dann starb sie eben.

Einen Moment zögerte er. Wenn sie lebte, würde es Gehr vielleicht noch mehr quälen. Vielleicht würde sie ihm Vorwürfe machen.

Donnerstag, 9. Oktober 2003, 20:05 Uhr, Aufenthaltsraum für Anästhesisten, St.-Marien-Krankenhaus in München-Laim

Reinhard Gehr saß im Aufenthaltsraum im dritten Stock. Vor drei Stunden hatte er seinen Dienst angetreten und bisher wenig zu tun gehabt. Um sechs Uhr hatte er den letzten Fall des Tagesprogramms abgearbeitet. Ein Arbeiter hatte sich beim Hantieren mit einer Kreissäge die Hand verletzt. Gehr hatte eine Plexusanästhesie angelegt. Noch während der Injektion von zwanzig Millilitern Bupivacain hatte der Mann gesagt, sein Arm würde schwer und warm. Gehr war zufrieden mit sich gewesen. Die Betäubung würde noch für Stunden anhalten. Der Patient würde auch nach der Operation keine Schmerzen haben, Gehr musste sich während der Nacht nicht um ihn kümmern. Ein guter Anfang für einen Dienst.

Gehr hatte sich während der Operation neben den OP-Tisch auf einen Hocker gesetzt und mit dem Mann über Betonverschalungen und U-Bahn-Baustellen gesprochen. Er hatte nichts zu tun gehabt, außer gelegentlich einen Blutdruck oder eine Sauerstoffsättigung in sein Protokoll zu schreiben. Gute Vorbereitung war der Schlüssel zu Eingriffen ohne Stress und Risiko, das war Reinhard Gehrs Motto. Er liebte es, sich die Gültigkeit dieser Regel täglich aufs Neue zu beweisen.

Dass Otto Midner, der Hektiker unter den Chirurgen, heute Nacht mit ihm Dienst hatte, störte Gehr kaum. Er hatte gelernt, ihn zu ignorieren, wenn es nötig war.

„Was dagegen, wenn ich umschalte?“, fragte Renate Bondorf, die Anästhesieschwester, die bis zum Morgen mit Gehr Dienst hatte. „Um Viertel nach acht fängt der Schwarzenegger-Film auf dem Zweiten an.“

Renates Stimme erinnerte Gehr an die seiner Frau Anja. Renate war ein paar Jahre jünger und mit ihren schmalen Hüften wirkte sie sportlicher.

Gehr schüttelte den Kopf. Er saß auf dem mit Velours bezogenen Sessel gegenüber dem Fernseher und hatte die Füße auf den Couchtisch gelegt.

Auf den Armlehnen schien das Gittermuster des Gewebes durch. Gehr war angenehm in das Polster versunken und mit jeder Bewegung ächzten die Metallfedern. Er dachte an den Arbeiter und was man spürte, wenn sich eine Kreissäge durch die Haut, Sehnen, Nerven und Knochen der Hand schlug. Der Mann hatte beschrieben, wie es sich anfühlte, wenn man das Sägeblatt berührte: als ob jemand mit einem Vorschlaghammer auf die Hand eindrosch. Sie wurde mit unglaublicher Wucht von der Säge geschleudert und plötzlich, ohne dass man schon Schmerzen spürte, hingen Haut und Sehnen in Fetzen hinunter. Gut, dass ich ihm wenigstens für die Nacht die Schmerzen erspart habe, dachte Gehr. Gut, dass er die Hand wieder bewegen kann.

Er war froh, dass Renate heute Dienst hatte. Sie war eine erfahrene Schwester, sie musste ebenso lang in ihrem Job sein wie er in seinem. Die Anästhesieabteilung im Marien-Krankenhaus war schwach besetzt. Anders als vor zehn Jahren, als Gehr nach dem Studium angefangen hatte, bekam man heute kaum noch Bewerbungen auf ausgeschriebene Stellen. Die wenigen Fachärzte, die eine Stelle suchten, konnten ebenso gut in der Universität oder in einem der großen städtischen Häuser in Schwabing oder Bogenhausen arbeiten. Der Chef hatte eine Stelle unbesetzt lassen müssen und der Verwaltungsdirektor hatte sie aus dem Plan gestrichen, als er bemerkt hatte, dass dennoch alle Arbeit erledigt wurde. Seitdem war in der Nacht immer nur ein Anästhesist im Dienst. Gehr wünschte sich, dass der Verwalter eines Nachts zu ihm kommen würde und eine Narkose bräuchte. Er malte sich aus, wie er dem Mann erklärte, wie stark doch das Risiko einer Narkose in der Nacht stieg. In einer Nacht, in der ein einziger Arzt nach über dreißig Stunden Arbeit Stresshormone wie eine Kompanie Rekruten angesammelt hatte und sämtliche Fälle alleine abarbeitete.

Gehr hatte im Klinikum Rechts der Isar begonnen und war dort Facharzt geworden. In dem menschlicheren Betrieb des St.-Marien-Krankenhauses mit nur zweihundert Betten war es einfacher. Hier achtete man auf die Verhältnismäßigkeit der Mittel. Vieles Machbare geschah aus Geldmangel nicht, und Gehr glaubte, dass viel Leid dadurch verhindert wurde.

Renate stand auf und streckte sich. Sie stand mit dem Rücken zu Gehr. Sie fasste ihre schulterlangen Locken mit beiden Händen und formte für einige Sekunden einen Pferdeschwanz. Das dunkelgrüne OP-Hemd rutschte einige Zentimeter nach oben und entblößte die seitlichen Bänder eines dunkelroten Slips.

Gut in Form, dachte er. Sie musste ein paar Jahre jünger als er sein, Anfang dreißig.

Er war zufrieden mit seiner Ehe, auch wenn die Liebe nach den acht Jahren ihn und seine Frau nicht mehr atemlos machte. Renates Anblick hatte ihn trotzdem immer verlockt. Dass ihre Stimme der Anjas so ähnlich war, hatte seine Gefühle noch verstärkt.

Wenn Reinhard sie länger als nötig berührt hatte oder scheinbar aus Versehen eng bei ihr stand, schien sie es nicht eilig gehabt zu haben, die Situation zu beenden.

Er hatte einmal an sie gedacht, als er mit Anja geschlafen hatte und in der gleichen Nacht von ihr geträumt. Seither schien ihm alles möglich zu sein. Wenn sie in seiner Nähe war, schlug sein Herz schneller und er fand manchmal nicht die richtigen Worte.

„Ich gehe mir eine Cola holen vor dem Film. Soll ich was für dich mitbringen, Reinhard?“ Sie drehte den Kopf über ihre rechte Schulter und sah ihn an. Das OP-Hemd rutschte noch etwas weiter nach oben.

„Ich bleibe bei Wasser“, sagte er und lächelte.

„Seit ihr das Haus gekauft habt, bestellst du im Dienst nichts mehr bei der Pizzeria, trinkst nur noch Wasser und ich glaube, du trägst seit zwei Jahren das gleiche Paar Tennisschuhe, richtig?“

Gehr sah an seinen Beinen hinunter. Die ehemals weißen Latschen an seinen Füßen mussten dringend ersetzt werden. Er hob den rechten Fuß, drehte ihn ein wenig hin und her und nickte.

„Lohnt sich das alles, nur für ein Reihenhaus in Karlsfeld?“

„Wenn die Kleine einen Platz im Hort bekommt, kann Anja wieder halbtags in der Bank arbeiten, dann wird’s besser. Jetzt geh deine Cola holen, Arnie der Gouvernator bringt sonst eine Hundertschaft ohne dich um.“

Sie ließ ihre Haare los, zog ihr Portemonnaie aus einer der Taschen im OP-Hemd und ging hinaus.

Ein Ausschnitt kündigte den Film an. Schwarzenegger ging mit Schritten wie ein Riese durch einen Haufen Schrott und schoss beidhändig auf irgendwen.

Gouverneur ist so etwas wie ein Ministerpräsident in Deutschland, dachte Gehr und schüttelte den Kopf.

Das Klingeln des Telefons ließ ihn hochfahren.

Die Ruhe ist vorbei, dachte er. Sogar der Film zog ihn plötzlich an, im Vergleich zu der Arbeit, die ihn der Anruf erwarten ließ. Er sah auf die Uhr. Zehn nach acht. Seine Frau Anja kämpfte wahrscheinlich gerade mit der sechsjährigen Sarah, die nicht ohne ein Versteckspiel ins Bett gehen wollte. Gehr nahm sich vor, mit Anja zu telefonieren, bevor er die anstehende Narkose einleitete. Er käme sonst nicht mehr zu seinem regelmäßigen Anruf und Anja würde sich Sorgen machen. Sie macht sich immer viel zu viel Sorgen, dachte er. Der Gedanke an die geplante Reise kam ihm in den Sinn; er lächelte.

Gehr hob ab und meldete sich mit seinem Namen.

„Doktor Reinhard Gehr", sagte ein Mann.

Gehr erkannte ihn nicht. Der Mann hatte schnell gesprochen, am Ende des Satzes die Stimme gesenkt. Er hatte etwas festgestellt, nicht gefragt.

„Das bin ich." Es war kein Chirurg, den Gehr kannte. Das bedeutete, es würde keine Arbeit auf ihn zukommen, er könnte sitzen bleiben, Renate mit Kommentaren über den Film ärgern und einen schönen Abend haben. Seine Laune hob sich.

„Genau zuhören jetzt. Sie haben nur diese einzige Chance." Der Mann senkte sein Sprechtempo und war kaum noch zu hören. „Ich habe Ihre Tochter Sarah hier bei mir. Sie werden tun, was ich Ihnen befehle, sonst wird sie sterben. Haben Sie mich verstanden?"

Gehrs Hand krampfte sich um den Telefonhörer. Er hörte das Blut in seinen Ohren rauschen. Hatte er richtig verstanden? Sarah. Er hatte Sarah? Er wollte sie ... töten? „Was? Sarah?" Gehr stotterte. „Nein, tun Sie ihr nichts. Was wollen Sie? Sie können alles haben. Um Gottes willen, ich habe kein Geld. Was wollen Sie?" Er sprach laut und plötzlich packte ihn Wut. Das musste ein Scherz sein. Was war das für ein Wahnsinniger, was wollte er?

„Ich will, dass Sie gehorchen", sagte der Mann. „Nichts weiter. Gehorchen Sie und es geschieht nichts."

„Sie sind wahnsinnig, Sie haben meine Tochter nicht, ich rufe die Polizei, jetzt, sofort."

„Tun Sie es und Ihre Tochter ist tot", zischte der Mann. „Innerhalb einer Minute. So schnell kann keine Polizei hier sein."

Gehr sprang auf. Er klammerte sich an den Telefonhörer in seiner Linken und sah das Fernsehprogramm ablaufen, als wäre es aus einem anderen Universum. „Sie lügen." Gehrs Stimme zitterte.

„Sie glauben nicht, dass ich es tun könnte? Ich kann es beweisen, Doktor Gehr. Ich habe Ihre Frau getötet. Es ist nicht schwer, ich kann es wieder tun."

Gehr sank auf den Sessel. „Anja? Anja ist – tot?"

Er sah das Gesicht seiner Frau vor sich, wie sie ihn heute Morgen an der Tür ihres Hauses verabschiedet hatte. Sarah war um ihre Beine gelaufen und hatte immer wieder „Tschüss, Papa" gerufen.

„Sie haben meine Frau ermordet? Sie lügen!", schrie er. Eine Ansagerin lächelte und kündigte den Film des Abends an. Gehr hieb wütend auf die Fernbedienung ein. Er konnte diese dumme Fratze nicht ertragen.

„Sie glauben mir nicht, Doktor Gehr? Das habe ich vorausgesehen. Warten Sie."

Der Hörer wurde abgelegt. Gehrs Blick raste im Raum umher, suchte Halt, Hilfe. Was konnte er tun? Polizei? Er musste die Polizei holen. Egal, was ein Entführer sagt, man verständigt immer die Polizei, dachte er. Das hatte er schon so oft gehört. Aber wo? In Filmen. Es war eine erfundene Wahrheit, untauglich für die Realität. Der Mann hatte gedroht, Sarah umzubringen, wenn Gehr die Polizei verständigte. Aber würde er es merken?

Man konnte der Polizei alles schildern. Sie würden es verstehen.

Sarahs Stimme war aus dem Hintergrund zu hören. Sie weinte. Gehr sprang wieder auf. Noch bevor das Mädchen am Telefon zu hören war, rief er: „Sarah? Sarah! Hier ist Papa. Was ist mit dir? Wie geht es dir?"

Gehr hörte, wie der Mann sanft mit Sarah sprach. „Dein Papa ist dran. Er will sich nach dir erkundigen. Sag es ihm. Er kann nicht glauben, was mit deiner Mama passiert ist. Er will nicht nach Hause kommen, weil er es nicht glaubt. Sag es ihm, Sarah, damit er nach Hause kommt von der Arbeit, gut?"

Gehrs Wut kochte auf. Er wollte schreien, aber plötzlich war Sarahs schluchzende Stimme zu hören. „Papa? Papa, der Notarzt sagt, Mama ist tot. Komm nach Hause. Mach Mama wieder lebendig. Komm nach Hause, ich hab so Angst. Papa, bitte, Papa.“

Der Notarzt? Warum sollte ein Arzt so etwas tun? Es muss eine Verkleidung sein, dachte Gehr. Jemand muss mit dieser Tarnung in das Haus gelangt sein.

Bevor er antworten konnte, war wieder die Stimme des Mannes zu hören. „Sie sollten Ihrer Tochter glauben, Herr Gehr. Tun Sie, was ich sage. Ich habe das jetzt das zweite Mal sagen müssen.“

Gehr presste den Hörer ans Ohr, die Stimme war kaum zu hören.

„Es macht mich wütend, wenn ich mich wiederholen muss. Sie sollten alles tun, um mich nicht wütend zu machen.“

„Sarah“, rief Gehr. „Sarah!“ Seine Fingernägel krallten sich in den Handballen. Das ist nicht wahr, dachte er, ein Albtraum! Seine Faust zitterte, dann ließ er den Apparat fallen. Klappernd fiel der Telefonhörer auf die Tischplatte. „Anja – tot?“, sagte er leise. „Er hat Anja umgebracht?“ Absurd, dachte er. Er griff nach dem Hörer, ließ ihn fallen, erwischte das taumelnde Kunststoffteil wieder und presste die Muschel ans Ohr. „Warum?“ Mehr als ein Flüstern schaffte er nicht. Er hörte sich selbst wie einen Fremden. „Warum ich? Was wollen Sie denn von mir? Ich kann Ihnen doch nichts geben.“ Gehr ließ sich in den Sessel fallen und stützte die Stirn in die linke Hand. Langsam bewegte er den Oberkörper vor und zurück und stöhnte mehr als er sprach: „Ich kann Ihnen doch nichts geben, ich kann Ihnen doch nichts geben.“

„Sie sollen für mich einen Menschen töten.“

Gehr richtete sich auf und erstarrte. „Aber …“

Ein Geräusch im Telefonhörer ließ ihn zusammenfahren. Der Mann hatte aufgelegt. Gehr sprang auf, klammerte sich an den Hörer und rief den Namen seiner Tochter. Er schüttelte das Kunststoffteil und sah es mit gefletschten Zähnen an. Er wollte das Telefon gegen die Wand schmettern, das Kabel aus der Wand reißen, darauf herumtrampeln. Er tat es nicht und nach einigen Sekunden fiel er auf den Sessel und legte den Kopf auf die Knie. Der Hörer fiel zu Boden.

Abrupt richtete er sich auf, zog das Telefon zu sich herüber und schlug drei- viermal mit der Hand auf die Gabel. Seine

Finger rasten von alleine über die Tastatur und gaben die eigene Telefonnummer ein. Es ist eine Lüge, dachte er, meine Frau ist nicht tot. Es darf nicht wahr sein, es kann nicht wahr sein. Gleich wird sie abheben, über meine Panik staunen, mich auslachen und fragen, was das alles soll. Aber was ist mit Sarah ...? Ich habe Sarah gehört.

„Gehr, glauben Sie mir nun?", sagte der Mann gelangweilt.

„Oh nein", stöhnte Gehr, warf den Hörer auf die Gabel und tippte die Mobiltelefonnummer seiner Frau. Nach einer Ewigkeit kam die Verbindung zustande. Noch im ersten Klingelton wurde abgehoben.

„Haben Sie noch weitere Telefonanschlüsse?" Der Mann klang amüsiert. „Sie müssen gehorchen, Doktor ..." Hier holte der Mann lange Luft. „Gehr. Es sind meine Regeln und Sie befolgen sie, sonst ..."

Gehr hörte Sarah im Hintergrund weinen. „Tun Sie meiner Tochter nichts, Mann. Sie wollen, dass ich einen Menschen ..." Gehr konnte es nicht aussprechen.

„Endlich kommen wir zum Wesentlichen. Ich will, dass Sie einen Patienten töten. Ich will Ihrer Tochter nichts tun, aber wenn Sie nicht tun, was ich Ihnen befehle, werde ich meine Meinung ändern. Ich kann erschreckend brutal sein." Er schien über sich selbst zu staunen.

Gehr konnte nicht sprechen. Er öffnete den Mund, schloss ihn wieder. Er brachte nur einen Kehllaut zustande. Sein rechtes Augenlid begann zu zucken.

Er hatte aufgegeben zu hoffen, dass dies ein Traum war. Der Mann war wirklich, die Stimme seiner Tochter war es, er selbst war Wirklichkeit. Schwitzend und zitternd saß er auf dem Sessel, auf dem er Dutzende Mal im Dienst gesessen und sich gelangweilt hatte.

„Sie wollen, dass ich jemanden töte?" Gehr schluckte, die Schleimhäute klebten aneinander. Es schmerzte in der Kehle. „Das kann ich nicht tun, ich ..." Einen Menschen töten, dachte er, das ist unmöglich. Was will dieser Wahnsinnige wirklich? Warum? Was passiert hier? Er wollte schreien.

„Dann stirbt Ihre Tochter." Diese Antwort kam ohne Zögern. Plötzlich sprach der Mann freundlich. „Ich denke, Sie glauben mir, wenn ich Ihnen versichere, dass mir das nichts ausmachen würde." Er wechselte von einem Wort zum nächsten zurück zu seiner kalten Stimme. „Sie stirbt, wenn Sie nicht gehorchen, sie stirbt, wenn Sie das Krankenhaus verlassen, sie stirbt in der Sekunde, in der ein Polizist hier auftaucht. Wenn ich auch nur glaube, dass Sie die Polizei angerufen haben, stirbt sie auf die gleiche Weise wie Ihre Frau. Tun Sie alles, um mich zu überzeugen, dann passiert nichts."

„Warum tun Sie es nicht selbst?" Gehrs Worte polterten aus ihm heraus. „Sie können das doch. Warum ich? Warum meine Frau? Das ist … Sie sind … Das können Sie nicht von mir verlangen!"

„Ich verstehe, dass Sie aufgebracht sind." Mitleid schwang in der Stimme. „Aber Sie können es tun und Sie werden es tun. Ich weiß, wovon ich spreche. Jeder kann es."

Jäh flößte die Stimme Gehr wieder Furcht ein.

„Hören Sie gut zu. Jetzt ist Schluss mit den Wiederholungen, Schluss mit dem Gewinsel. Ich sage es nur einmal. Manfred Bachmann. So heißt der Patient, den Sie töten werden. Denken Sie nach, machen Sie einen natürlichen Tod daraus. Keiner darf etwas merken. Hören Sie? Denken Sie an Ihre Tochter. An ihr Leben."

„Warum? Warum muss der Mann sterben? Was hat er Ihnen getan? Was …"

Gehr hörte Atmen am anderen Ende. Keine Antwort.

„Wer sind Sie?"

Der Mann lachte einmal. Es klang wie ein Schlag auf eine Rassel. „Vielleicht kennen Sie mich ja, wer weiß? Denken Sie darüber nach. Sie werden mich ab jetzt Charon nennen. Charon – Sie verstehen? Ein Name macht es Ihnen leicht, mich zu hassen. Denken Sie daran, niemand darf wissen, dass es ein Mord ist." Ein Klicken, die Verbindung war unterbrochen.

„Hallo? Hören Sie?", rief Gehr, obwohl er wusste, dass es keinen Sinn hatte.

Ich kenne die Stimme nicht, dachte Gehr. Er hat so unnatürlich betont. Warum soll ich Charon kennen? Was hat dieser Bachmann getan, dass Charon seinen Tod will? Warum benutzt Charon mich als Werkzeug?

Jemand öffnete die Tür im Gang vor dem Aufenthaltsraum. Gehr hörte Renates Holzpantinen auf dem Linoleumboden klappern.

Er zögerte, dann legte er in Zeitlupe den Hörer auf die Gabel. Manfred Bachmann, wiederholte er in Gedanken. Woher wusste Charon, dass Bachmann heute Nacht operiert wurde? War Charon hier im Krankenhaus? War Sarah hier im Haus? Nein, Gehr hatte den eigenen Apparat zu Hause angerufen. Charon musste in Karlsfeld sein und er musste einen Komplizen im Krankenhaus haben. Der würde überprüfen, ob Gehr gehorchte. Wollte Charon, dass Gehr dafür sorgte, dass Bachmann operiert wurde?

Er durfte sich nichts anmerken lassen. Nichts Ungewöhnliches tun, befahl sich Gehr. Charon, der Fährmann zur Unterwelt – in welch abscheulichem Wahn lebte dieser Mann?

Er rieb sich die Stirn.

„Warum hast du den Fernseher ausgeschaltet?“ Renate hielt zwei Plastikflaschen Cola in der Hand. Im Vorbeigehen warf sie Gehr eine davon zu.

Er sah die Flasche auf sich zukommen, aber er war unfähig zu reagieren. Das Wurfgeschoss traf ihn an der Schulter. Er schwankte, die Plastikflasche prallte ab, fiel gegen die Kante des Tischs und polterte zu Boden. Die Kohlensäure mischte Flüssigkeit und Luft zu braunem Schaum. Gehr blieb sitzen und folgte der weiterrollenden Flasche mit den Augen.

„He, was ist los, Reinhard? Ich kaufe dir eine Cola und rette dein knappes Hauskäufer-Budget für den Abend und du kümmerst dich nicht drum.“ Renate schien amüsiert und erstaunt zugleich. Sie nahm die Fernbedienung, ließ sich in den Sessel fallen und schaltete dabei den Fernseher ein.

Gehr sah aus dem Augenwinkel Staub aufwirbeln. Die Teilchen tanzten im Licht der Stehlampe in der Ecke. Er hatte sich nicht bewegt.

Renate drehte den Plastikdeckel ihrer Flasche. Es zischte. „Sag mal, stimmt was nicht? Du schaust ja, als wäre deine Oma gestorben.“ Im Fernsehen erschoss Schwarzenegger einen russischen Gangster.

Langsam löste Gehr die Stirn von seiner Handfläche und blickte zu Renate hinüber.

„Oh Gott. Entschuldige, Reinhard.“ Renates Lider öffneten sich weit. „Es ist wirklich etwas passiert?“

Gehr senkte seinen Blick auf die Flasche, der Schaum löste sich auf. „Ja“, sagte er, „Meine Großmutter, ja.“ Er stand auf.

Ich muss mich bewegen, dachte er. Er konnte es nicht mehr ertragen, nur zu sitzen. Irgendetwas musste getan werden.

„Reinhard, es tut mir leid, ich konnte doch nicht wissen ...", rief Renate hinter ihm her.

Gehr hob die Hand zu der Schwester hinter ihm und ging hinaus. Im Gang vor dem Aufenthaltsraum waren die Schüsse und das Gebrüll aus dem Fernseher kaum noch zu hören. Plötzlich erstarben sie ganz. Renate musste den Apparat ausgeschaltet haben. Hoffentlich kommt sie mir nicht nach, dachte er. Er stand da und blickte nach rechts und links den Gang hinunter. Alle paar Meter kämpfte eine Leuchtstoffröhre und verlor gegen die Dunkelheit des fensterlosen Gangs mit dem grauen Linoleumboden. Rechts endete der Flur in einer doppelten Milchglastür. Die Lampe dort flackerte im Sekundenrhythmus und ließ den roten Aufkleber auf der Tür aufblitzen wie ein Warnlicht und die Aufschrift: *„Kein Eintritt – Operationsabteilung"* bedrohlich zucken.

Gehr drehte sich nach rechts und ging ein paar Schritte. Das Quietschen der Sohlen seiner Turnschuhe hörte er wie aus der Entfernung. Er blieb stehen.

Was konnte er tun? Diese Frage wiederholte er unaufhörlich. Jede Sekunde quälte sie ihn mehr. Was sollte er tun? Die Polizei anrufen? Wie sollte der Entführer wissen, dass Gehr es getan hatte? Es musste einen Komplizen im Krankenhaus geben, der es Charon meldete. Aber man konnte der Polizei alles erklären. Sie würden vorsichtig sein. Wie vorsichtig? Sarah war nicht die Tochter eines dieser Polizisten. Charon hatte gesagt, er würde Sarah sofort töten. Gehr wischte sich mit der Hand über die Augen. Sofort. Sofort, hatte der Verrückte gesagt. Er hatte Anja getötet.

Gehr spürte, wie seine Beine nachgaben. Er sank auf die Knie. Er konnte das Schluchzen nicht zurückhalten. Er kämpfte mit sich, aber sein Körper gehorchte ihm nicht. Er kniete in der Mitte des Gangs und wurde geschüttelt von den Krämpfen seines Zwerchfells. Langsam sank er auf die Seite. Er wollte aufstehen, sich zusammennehmen, überlegen und handeln. Er konnte es nicht.

Das Klappern von Renates Schuhen riss ihn aus seinem Selbstmitleid. Er stützte sich ab und versuchte aufzustehen.

Renate stand bei ihm und hielt ihn am Arm. „Deine Oma – sie war sehr wichtig für dich?"

Gehr wischte sich die Tränen aus dem Gesicht und hoffte, dass sie nichts sehen würde. „Ich weiß auch nicht, was los ist mit mir. Sie war krank. Wir haben es erwartet. Lange erwartet." Er kramte nach einem Papiertaschentuch in seinen Taschen.

Renate reichte ihm eines.

„Danke." Er suchte nach einer plausiblen Erklärung. Plötzlich fielen ihm die Lügen zu. „Es ist nur ... Ich hatte viel Stress in der letzten Zeit. Es gibt Streit unter den Enkeln. Alle wollen nur an das Erbe. Es hat mich ziemlich mitgenommen. Schon vor ihrem Tod – du weißt."

Renate nickte. „Hat sie bei euch gewohnt?"

Gehr dachte an das, was er Renate früher über seine Großmutter erzählt hatte. Konnte er verhindern, dass Renate später erfuhr, dass sie noch lebte?

Er schüttelte den Kopf. „Nicht weit von uns. Ich ..." Es fiel ihm schwer, den Namen auszusprechen. „Anja und ich haben uns um sie gekümmert in den letzten Jahren." Plötzlich überwältigte ihn Hass auf diesen Charon. Gehr log und verstellte sich, weil ein Verrückter es verlangte, er machte sich zum Komplizen dieses Wahnsinnigen!

„Kannst du nicht einen Kollegen anrufen? Einen, der deinen Dienst übernehmen könnte?"

Gehr schämte sich vor Renate. „Wer würde das schon machen? Schau mal auf die Uhr. Nein, es geht schon wieder. Es hat mich einfach unvorbereitet getroffen. Geht schon wieder."

Sie gingen zurück in den Aufenthaltsraum. Renate machte Vorschläge, wie sie Gehr helfen konnte, durch die Nacht zu kommen. Sie ließ nichts aus von Tee kochen bis zu Brettspielen. Gehr wurde ständig nervöser. Er achtete kaum darauf, was Renate sagte. Hin und wieder nickte er, schüttelte den Kopf, oder sagte etwas Belangloses. Er war froh, als um zwanzig nach acht sein Funker zu pfeifen begann und Renates immer neue Vorschläge unterbrach.

Er sprang auf, wählte gebückt die Telefonnummer, die das kleine Display anzeigte. Die Nummer der chirurgischen Station.

„Midner hier, bist du das, Reinhard?" Der Chirurg Otto Midner atmete schwer zwischen seinen Worten.

Gehr stellte sich das rote und lächelnde Gesicht des Zweimetermannes vor. „Was ist los, Otto?“ Midner wird mir eine Operation ankündigen, dachte Gehr. Ein Mann mit dem Namen Manfred Bachmann. Schweiß bildete sich auf seiner Stirn.

„Ein gebrochenes Bein. Sturz von der Leiter. Wollte seinen Wintergarten selbst montieren. Fünfundvierzig Jahre. Machst du mir eine gepflegte Narkose?“

„Wie heißt der Mann?“, sagte Gehr und ärgerte sich im gleichen Moment über sich. Diese Frage stellte er nie. Es war immer egal, wie der Patient hieß - nur jetzt war es die wichtigste Tatsache von allen.

„Bachmann heißt er, wieso? Machst du nur Narkosen von Leuten mit Nachnamen von A bis K heute Nacht, oder was? Na, jedenfalls kommt B wie Bachmann nach A wie Anästhesie und vor G wie Gehr und wir machen ihn, alles klar?“

Wenn ich Midner überzeugen kann, die Operation auf den Morgen zu verschieben, kann Charon nicht den Tod des Patienten verlangen, dachte Gehr. Charon will einen Mord, den niemand erkennt. Zeit – ich muss Zeit gewinnen, es muss mir etwas einfallen!

Gehr hielt die Muschel des Telefonhörers mit der Hand zu und atmete zweimal tief durch. Seine Stimme musste normal klingen. Dann sagte er: „Eine Fraktur?“ Er gab sich den Anschein, gelangweilt zu sein. „Das kann doch bis morgen warten. Warum die Eile? Steck ihn in die Extension und mach es morgen früh.“

„Geht nicht“, keuchte Midner. „Er spürt nichts im Fuß und die Durchblutung ist scheiße. Da müssen wir jetzt ran. Der Mann ist schon unterwegs in den OP. Bis gleich.“ Midner hatte aufgelegt.

„Otto!“, rief Gehr. Er warf den Hörer auf die Gabel. „Scheiße.“ Fünfundvierzig Jahre, dachte er. Ein junger Mann, nur ein paar Jahre älter als ich. Ich kann keinen Mord begehen. Wie um Himmels Willen soll ich es tun? Denkt Charon, ich kann auf Abruf einen perfekten Mord inszenieren? Gibt es das überhaupt? Wie tötet man einen Menschen.?

Er rieb sich die Augen mit beiden Händen. Der Druck seiner Finger auf die Augäpfel ließ ihn Blitze sehen. Fast hätte er geschrien, als ihm bewusst wurde, was er dachte. Bin ich tatsächlich fähig, einen Menschen zu ermorden?

Renate sagte etwas, das Gehr nicht verstand. Gehr dachte an seine Tochter. Sarah – er hatte ihre Stimme gehört, als Charon angerufen hatte. Es war Wirklichkeit. Abrupt nahm er die Hände von den Augen. „Renate, wir müssen eine Narkose machen. Patient ist schon unterwegs." Er stand auf.

„Was wirst du brauchen?" Renate rieb sich die Arme, als ob sie fror.

„Allgemeinanästhesie, vielleicht mache ich eine Larynxmaske. Die üblichen Medikamente, nichts Besonderes." Gehr war schon aus dem Raum, als er die letzten Worte sagte. Die flackernde Neonlampe rechts wies ihm den Weg. Das rote Schild auf der Tür blitzte rhythmisch auf.

Wie kann ein junger Mann während einer Narkose sterben? Was ist das Häufigste? Er beobachtete seine Gedanken, ohne darüber zu erschrecken. Er überlegte und arbeitete auf ein Ziel hin. Auf den Tod dieses Patienten. Auf einen Mord. Er blieb vor der Tür zur OP-Abteilung stehen. Er hob die rechte Hand und drehte sie, um sie zu betrachten. Sie zitterte nicht mehr. Es war die Hand eines Mörders.

Er hörte das Klappern von Renates Holzsandalen. Gehr drückte die Tür auf, streifte die Schuhe von den Füßen und zog aus dem Regal ein Paar grüner Gummischuhe, die klatschend auf den Boden fielen. Er schob die Schuhe über den roten Streifen auf dem Boden und trat über das Wort „STOP" in die sterile Zone.

Donnerstag, 9. Oktober 2003, 20:30 Uhr,
Adalbert-Stifter-Straße, Karlsfeld bei München

Karl Luthof zog eine Aluminium-Packung mit Schlaftabletten aus der Jackentasche. Das Mädchen saß in Straßenkleidung auf ihrem Bett und umklammerte ihren Teddybären. Sie hatte nicht aufgehört zu schluchzen, seit sie ihre Mutter auf dem Wohnzimmerboden liegen gesehen hatte. Alles war so gekommen, wie er es vorausgesehen hatte.

Die Kleine würde stören, sie musste schlafen. Er drückte eine Tablette in seine Hand. Eine Tablette des Benzodiazepins hätte einen Erwachsenen, der es nicht gewohnt war, für eine Nacht lahm gelegt. Für die Kleine war es mehr als genug. Sie würde bewusstlos sein für die Zeit, die er brauchte. Irgendwann morgen würde sie aufwachen. Wahrscheinlich.

„Ich habe hier eine Tablette, die macht, dass du aufhören kannst zu weinen, Sarah." Er nahm das vorbereitete Glas mit Apfelsaft vom Nachttisch und hielt ihr die offene Hand mit der Tablette und den Saft hin.

Sie umklammerte ihr Stofftier fester, schob sich in eine Ecke ihres Bettes und bewegte den Kopf langsam von rechts nach links. Dabei schluchzte sie ständig.

Luthof begann sich zu ärgern. Er kauerte sich auf den Boden, hielt beide Hände weiter ausgestreckt. „Du musst das nehmen, das ist gut für dich."

Sie presste die Lippen zusammen und warf den Kopf hin und her. Ihre blonden, vom Schlaf verwirrten Locken wippten.

„Sarah." Er sprach so sanft, wie er konnte. „Ich will dir doch nichts tun. Die Tablette beruhigt dich und dann können wir zu deinem Papa fahren." Er rutschte etwas auf sie zu.

Das Mädchen drückte sich noch weiter in die Ecke des Bettes.

Luthof ließ die Hände sinken. „Dann können wir nicht zu Papa fahren." Er stellte das Glas auf den Nachttisch und schloss die Rechte mit der Tablette darin zur Faust. „Du willst doch zu deinem Vater?"

Sie nickte einmal.

„Dann nimm die Pille, Sarah. Schmeckt süß, wie ein Bonbon."

„Ich habe Angst. Ich will nicht." Sie verzog den Mund, als ob sie weinen wollte.

Luthof sprang auf, drückte das Kind mit dem Knie auf das Bett und packte ihren Unterkiefer mit der Linken. Ihr Kopf schlug hart auf den Bettrahmen. Sie schrie und zog mit ihren kleinen Fingern erfolglos an seiner Hand. Luthof steckte ihr die Pille in den Mund und schob sie tief in den Rachen. Sie würgte, schüttelte den Kopf, versuchte zu beißen, aber sein Daumen und Zeigefinger pressten ihre Wangen zwischen Ober- und Unterkiefer und ließen es nicht zu. Er nahm den Saft und ließ ihn zwischen ihre Lippen fließen. Sie hustete, schüttelte den Kopf. Der Großteil des Saftes lief über ihr Gesicht und auf das Kopfkissen. Er drückte ihr den Mund zu und wartete, bis sie schluckte, dann goss er weiter Saft in ihren Mund.

Endlich ließ er sie los. Sie weinte, hustete und schrie gleichzeitig. Sie wollte aufspringen und weglaufen, er packte sie um die Hüften und warf sie wieder aufs Bett. Mit großen Augen starrte sie ihn an. Er hob die Hand, wie um sie zu schlagen. Schützend hob sie ihr Stofftier vor das Gesicht und drehte sich zur Seite.

Als er aufstand, hatte sie sich zu einem wimmernden Bündel am Fußende des Bettes zusammengekauert. Sie verbarg ihr Gesicht in der Ecke unter ihrem Teddybär.

Er setzte sich auf einen Kinderstuhl und wartete. Er schätzte, es würde eine halbe Stunde dauern, bis das Medikament wirkte. Er hatte Zeit. Gehr würde eine oder zwei Stunden brauchen.

Donnerstag, 9. Oktober 2003, 20:30 Uhr,
Operationsabteilung

Gehr fürchtete sich vor dem Gefühl, einen Menschen getötet zu haben. Wie würde er selbst weiterleben können? Der Gedanke an Selbstmord brannte durch alle anderen hindurch.

Es gibt zwei häufige Todesursachen bei jungen Menschen, dachte er. Die Lungenembolie und die Allergie. Die häufigste Allergie während einer Narkose ist die gegen Muskelrelaxanzien. Otto Midner wird nach einer Muskellähmung verlangen, wenn er die Fraktur einrenkt. Ich kann ein Muskelrelaxans geben und eine Allergie vortäuschen. Aber das ist kompliziert.

Gehr dachte an die verschiedenen Mechanismen der Allergie. Man kann es ohne das Allergiehormon Histamin nicht vortäuschen. Ich könnte es besorgen, wenn ich einige Tage Zeit hätte. Es ist der perfekte Mord. Genug Histamin bringt jeden um, man muss es nur einige Sekunden zu spät bemerken, dann ist nichts mehr zu retten.

Gehr klärte die Patienten vor der Anästhesie immer über das Risiko einer Allergie auf, die auch tödlich enden konnte. Bachmann wurde ohne unterschriebene Einverständniserklärung operiert. Sein Bein war gefährdet, es gab keine Alternative. Selbst die Zeit für eine Aufklärung hatten sie nicht mehr. Eine Lungenembolie war häufig bei Knochenbrüchen. Knochenmark und Fett gelangten in die Blutbahn und stießen die Gerinnungskaskade an. Der Thrombus riss sich los, wurde von der rechten Herzkammer in die Lunge gepumpt und verschloss die große Lungenarterie. Ein schneller Tod, es blieben nur Sekunden, um zu reagieren, und auch dann war es meist zu spät. Gehr ging am Regal mit den Gesichtsmasken und Kopfhauben vorbei und nahm sich im Vorübergehen aus den Kartons, was er brauchte.

Wie kann ich die Embolie erzeugen? Er knotete das Band der Gesichtsmaske im Nacken zusammen, öffnete die Tür zum Narkosevorbereitungsraum und ging hinein.

Die Tür krachte hinter ihm zu. Die Lüftungsanlage saugte Luft durch Metallschlitze zwischen Decke und Wänden. Ein Zischen unterlegte alle Geräusche des Raums. Etwas in den Eingeweiden der abgehängten Decke tickte langsamer als der Sekundenzeiger an der Wand hinter und über ihm.

Er brauchte einen Stoff, der Blut sofort gerinnen ließ. Er würde etwas davon injizieren. Er müsste es langsam tun, damit das Gerinnsel nicht in einer Armvene hängen blieb, sondern ins Herz gelangte. Kleine Thromben mussten entstehen, sich im Herz sammeln und in die Lungenarterien gepumpt werden. Wenn die Gerinnsel sich dort sammelten und die Gefäße verschlossen, starb auch der Jüngste und Kräftigste schnell. Es war die häufigste Todesursache nach Operationen. Sogar bei einem jungen Mann wie Bachmann gäbe es nicht allzu viel Aufregung. Aber welches Mittel konnte er benutzen? In den Labors benutzen sie Stoffe, um die Gerinnung anzustoßen und Messungen anzustellen. Er hatte nicht mehr genug Zeit, um sich in den Labors der Klinischen Chemie umzusehen und etwas zu suchen. Aber es gab eine Gerinnungsuntersuchung, die er häufig im Operationssaal durchführte.

Im Edelstahlregal links vor ihm stand das blaue ACT-Gerät. ACT, *activated clotting time*, aktivierte Gerinnungszeit. Ein Kasten, zwanzig mal zwanzig Zentimeter groß mit zwei Knöpfen, einer digitalen Anzeige und einer Öffnung an der Vorderseite. Dort hinein wurde ein Reagenzglas eingeführt, in das Blut des Patienten gefüllt wurde. Im Reagenzglas war eine Spur Kaolin, das die Gerinnung anstieß, und ein kleiner Magnet. Wenn das Blut fest wurde, reagierte der Sensor im Gerät auf die Bewegung des Magneten im Glas und zeigte die Zeit an, die das Blut zur Gerinnung gebraucht hatte.

Gehr ging auf das Gerät zu. Daneben standen zwei Packungen mit den vorbereiteten, verschlossenen Reagenzgläsern. In jedem zwölf Milligramm Kaolin. Es war entschieden. Eine Embolie. Er fragte sich, wie viel er brauchte. Den Inhalt von zehn, von zwanzig Röhrchen? Zwölf Milligramm waren genug, um fünf Milliliter Blut zur Gerinnung zu bringen. Der Inhalt von zehn Reagenzgläsern reichte für fünfzig Milliliter. Das würde genügen, um einen faustgroßen Thrombus zu erzeugen. Hundertzwanzig Milligramm Kaolin waren nicht zu finden in der fünfhundertfachen Menge geronnenen Blutes – auch nicht für einen Gerichtsmediziner. Oder doch?

Das Styropor quietschte, als er das Reagenzglas herausdrehte. Er hielt es in der Hand und hob es vor die Augen. Der Boden war mit einem weißen Staub bedeckt. Er drückte den Deckel mit dem Daumen auf. Das Plastikteil sprang auf die ACT-

Maschine, fiel auf den Fußboden und rollte zur Seite. Gehr hob die Öffnung unter die Nase und sog die Luft ein. Ein seltsamer Geruch wie aus einem Chemielabor. Ein kurzer Schwindel ließ ihn die Augen schließen.

Plötzlich fiel es ihm leicht zu tun, wovor er sich gefürchtet hatte. Er griff in den weiß und orange gefärbten Karton mit den Zwanzigmillilieterspritzen und riss eine Verpackung auf. Er nahm eine Ampulle Kochsalzlösung und saugte den Inhalt in die Spritze. Ein paar Milliliter Kochsalz flossen in das ACT-Röhrchen. Eine weißlich trübe Lösung entstand, die er wieder aufzog. Er ließ das ausgewaschene Reagenzglas in die Tasche gleiten und begann von Neuem. Zehn ACT-Gläschen spülte er mit der Spritze aus. Die leeren Gläser schob er tief unter den Abfall in der großen, blauen Mülltüte. Die Spritze mit der trüben Flüssigkeit schob er in die Tasche seines OP-Hemdes.

Er wandte sich zur Tür um. Gehr fragte sich, wo der Patient blieb. Sein Blick fiel auf das Telefon an der Wand. Eine Sekunde überlegte er, dann riss er den Hörer vom Apparat und tippte seine eigene Telefonnummer ein. Eine letzte Chance, dachte er. Er flehte, er hoffte: Lass es einen Traum sein, einen Scherz. Alles, nur zu Ende muss es sein!

Er zählte die elektronischen Töne des Telefons. Niemand hob ab. Im Gang quietschten die Räder eines Operationstischs auf dem Linoleumboden. Sie brachten den Patienten. In wenigen Sekunden würde die Tür geöffnet.

Gehr knallte den Hörer auf die Gabel, hob wieder ab und wählte die Nummer des Mobiltelefons seiner Frau. Bitte!, dachte er.

Die Tür wurde aufgezogen, aus dem Augenwinkel nahm er Renate wahr. Fünfmal hatte er es klingeln lassen, niemand hatte abgehoben. Renate sagte etwas zu Gehr, er hörte nicht auf sie. Plötzlich war Charons Stimme in der Leitung.

„Tun Sie es."

Gehr wollte rufen ‚Warum? Warum ich? Warum Bachmann?' Das Pfeifen, das eine Aufzeichnung ankündigte, hielt ihn davon ab. Der Anrufbeantworter seiner Frau hatte ihm Charons Stimme vorgespielt. Er warf den Hörer auf die Gabel.

„Reinhard, dein Patient", sagte Renate. „Midner hat ihm von der Nachtschwester ein bisschen zu viel Midazolam verpassen lassen. Er hat nicht mal die Augen aufgemacht, als wir ihn umgelagert haben."

Er nickte, sah kurz in Bachmanns Richtung und drehte sich zum Regal mit den Medikamenten. Midazolam ließ die Patienten ihr Gedächtnis für ein paar Stunden verlieren. Genau das Richtige, um die ganze Aufregung um eine Operation zu verarbeiten. Er wollte dem Patienten nicht in die Augen sehen. Er würde es nicht tun können, wenn er zu viel nachdachte. Er griff in eine Schachtel und nahm zwei Ampullen Propofol. „Wir nehmen Propofol als Narkotikum, Renate. Ich gehe das Opiat holen, gibst du mir den Schlüssel für den Schrank?"

Er blieb mit dem Rücken zur Schwester und zum Patienten stehen, streckte die offene Linke seitlich aus und wartete auf ihre Antwort. Er konnte den Anblick des Mannes nicht ertragen. Bachmann vertraute Gehr sein Leben an und er nutzte dieses Vertrauen aus, ihn zu töten. Er bereitete das extremste Verbrechen vor, das ein Arzt begehen konnte. Gehr sah sich in Gedanken selbst wie von oben vor dem Operationstisch stehen. In seinem Rücken sein Opfer und die Frau, die Gehr zu seiner Gehilfin machte.

Er wollte weg. Weit weg. Er fragte sich, wie es sein würde, sich selbst zu töten. Konnte er sich ein paar Medikamente nehmen, sich in der Toilette einsperren und sich etwas spritzen, was diesem Wahnsinn ein Ende machte? Würde Charon Sarah gehen lassen, wenn ihr Vater ihm nicht mehr nutzen würde? Würde Charon seinen Tod bemerken oder Sarah dennoch töten?

Gehr schob sich die beiden Propofol-Ampullen in die Tasche. Die Wirkung würde in zwanzig Sekunden einsetzen. Zwanzig Milliliter Propofol würde er sich spritzen können, bevor er davon einschlief. Er würde aufhören zu atmen. Es wäre vorbei. Vorbei. Alles wäre zu Ende. Er würde Sarah nicht mehr wiedersehen. Seine Arme legten sich automatisch um seinen Leib. Unwillkürlich beugte er sich vor und ließ die Schultern fallen. Mein Leben oder das Bachmanns, dachte er. Ist das mein Lebensinstinkt oder bin ich feige? Sarah muss leben und ich will leben, dachte er.

„Was soll das, Reinhard? Wir sollten es machen wie immer. Gib mir das Propofol, ich hole das Opiat, du musst noch mit der Ehefrau reden."

Gehr richtete sich auf, ließ die Arme sinken und drehte sich um. „Die Ehefrau? Wo? Ist die hier? Wir fangen an, ich will jetzt nicht mit der sprechen." Er steckte die Hand in die Tasche und hielt die beiden Ampullen umklammert, seine Rechte umfasste die Spritze mit der tödlichen Mischung.

Sein Blick fiel auf Bachmanns entspanntes Gesicht. Ein schlanker Mann mit Schnurrbart und kurz geschnittenem, grauem Haar. Die Haarfarbe passte nicht zu dem jung gebliebenen Gesicht. Der Mund des Mannes stand offen, Gehr hörte ihn langsam atmen. Speichel hatte sich in der Kehle angesammelt und gurgelte im Luftstrom. Um den rechten Unterschenkel waren locker Mullbinden gewickelt. Das Bein lag auf dem weißen Baumwolltuch, das den Rest des Körpers bedeckte.

„Wir starten", sagte Gehr.

„Seine Frau wartet auf dich in der Patientenschleuse", sagte Renate und klebte EKG-Elektroden auf Bachmanns rasierte Brust. „Der Mann ist noch nie operiert worden. Sie glaubt, er hat eine Leben-und-Tod-Operation vor sich, ist völlig aus dem Häuschen. Du musst mit ihr sprechen."

„Wir starten", sagte Gehr tonlos.

Die Tür flog auf, Midner kam herein. „Reinhard, erklär mal der Frau da draußen, dass eine moderne Narkose völlig ungefährlich ist." Er sprach, als ob er mehrere Stockwerke hinaufgerannt wäre. Seine Gesicht leuchtete rot zwischen Gesichtsmaske und blauer Zellstoff-Kopfhaube. Eine rotblonde Locke quoll unter der Kopfhaube hervor. „Das musst du ihnen vorlügen, Reinhard. Ich kann nicht, ich glaube es ja selbst nicht. Du etwa?" Er lachte. „Man kann nur leider nicht operieren ohne Narkose." Er legte den Kopf schräg, tat so, als ob er nachdachte. „Die halten ja sonst nicht ruhig und ich vertrage keine Ohropax."

Nur er lachte über seinen Witz.

Gehr stand hinter dem Patienten, zwischen Beatmungsgerät und Operationstisch und sah auf den schlafenden Mann. Der Anblick des Gesichts hatte ihn eingefangen wie eine Lampe die Motte. Er war nicht in der Lage, sich loszureißen. Er sah ihn an und wusste, dass Bachmann sterben würde.

„Lass uns anfangen", sagte er ohne aufzusehen. „Das Bein – du hast gesagt, es muss sofort sein."

„Jetzt geh, ich flirte solange mit deiner Schwester hier." Midner lehnte sich an die blau gekachelte Wand und verschränkte die Arme vor der Brust. „Renate, was ist ein Anästhesist?" Er gab ihr keine Zeit zu antworten. „Jemand, der halb schlafend neben dem Kopf eines halb wachen Patienten sitzt." Sein Lachen dröhnte durch den Raum. „Hat mir dein Chef erzählt, Reinhard. Beschwer dich bei ihm." Er wies auf die Tür hinter Gehr. „Mach schon, Reinhard, die warten auf dich. Ich hab nicht die ganze Nacht Zeit." Er drehte sich wieder zu Renate. „Wacht eine Frau morgens neben so einem Kerl auf und sagt: Du bist Anästhesist, oder? Sagt der Kerl: Woher weißt du das? Die Frau: Na, ich hab nichts gespürt." Dröhnendes Lachen.

Renate wandte sich von Midner ab, bereitete die Medikamente und die Geräte für die Intubation vor. Sie sah Gehr an und verdrehte dabei die Augen.

Gehr stellte sich vor, wie er die Kaolin-Spritze ansetzen würde. Er presste die Lider zusammen. In jedem Augenblick, in dem die Bestie Gehr hier stand und diesen Plan nicht aufgab, war er eine Perversion all dessen, was er sein Berufsleben lang geglaubt und gewollt hatte.

Er fühlte die gefüllte Spritze in der rechten Tasche. Ohne darüber nachzudenken, nahm er eine Injektionsnadel und eine große Spritze aus dem Regal und ging hinaus, ohne Renate, Midner oder Bachmann noch einmal anzusehen. Er ließ die Tür hinter sich zufallen und stand allein auf dem Flur.

Fünf Meter weiter rechts war die Schiebetür zur Patientenschleuse. Dort stand Bachmanns Frau. Der Gedanke schreckte ihn ab, er torkelte wie im Schlaf und drehte sich nach links in Richtung des Ausgangs. Er konnte wegrennen, weg von Bachmann, weg von diesem Krankenhaus. Aber er vermochte nicht, vor Sarah zu fliehen, nicht vor Charon, und nicht vor sich selbst. Er stieß hart mit der Schulter gegen die Wand. Nur mit Mühe hielt er sich auf den Beinen. Sein Atem ging keuchend.

Er konnte sich selbst das Kaolin oder das Propofol spritzen, bevor die anderen ihn überhaupt vermissten. Er würde auf die Weise sterben, die er Bachmann zugedacht hatte – es war fair.

Der Schwindel ließ nach. Er stand, rührte sich nicht und hatte den Kopf über die linke Schulter zum Ausgang gedreht. Weg von hier, dachte er. Mord. Sarah. Selbstmord. Bachmann. Charon. Sarah.

Er wischte sich über die Augen, der Stempel der Kaolinspritze kratzte über seine Stirn. Gehr presste den Zylinder auf die Haut, die Kühle des Kunststoffs beruhigte ihn nicht. Er hielt die Luft an und hoffte, die Gedanken würden aufhören, ihn zu quälen. Er musste für Sarah da sein. Er durfte sie nicht im Stich lassen. Er war ihre Chance zu überleben. Es war nicht seine Schuld, er wurde gezwungen. Bachmann konnte ebenso gut an einer natürlichen Embolie sterben. Es war häufig, sogar bei jungen Patienten. Er hätte bei dem Sturz sterben können.

Gehr drehte sich nach rechts und ging zur Patientenschleuse. Er legte die Hand auf den Griff der Schiebetür und zog sie mit einem Ruck auf.

Eine Frau in einem hellgrünen Sommerkleid hatte die Arme vor der Brust verschränkt und ging auf und ab. Sie bemerkte Gehr, lief auf ihn zu und blieb vor dem roten Streifen auf dem Boden stehen. Sie sah ihn mit weit geöffneten Augen an. Rot lackierte Fingernägel krallten sich in ihre Oberarme. „Bachmann, guten Abend. Sind Sie der Narkosearzt? Doktor Gehr?“ Sie sah auf den Boden und hob den Blick sofort wieder. „Wissen Sie, mein Mann … Es ist eigentlich lächerlich, ich weiß, aber ich habe Angst vor dieser Operation. Mehr als er. Könnten Sie nicht eine Teilbetäubung machen, die Nerven betäuben oder so etwas? Doktor Midner hat gesagt, Sie würden eine Vollnarkose machen. Muss das wirklich sein?“ Sie strich sich mit einer Hand immer wieder über den rechten Oberarm.

Gehr antwortete nicht. Er stand nur einen Meter von der Frau entfernt, die rechte Hand um die Spritze in der Tasche gekrallt. Die rote Markierung auf dem Boden mit der Aufschrift „STOP“ trennte ihn von Bachmanns Frau.

„Der Junge hat ihn stürzen sehen. Er ist ganz verstört. Ich habe ihn zu meiner Mutter gebracht.“ Sie lachte einmal, es geriet zum Hilferuf.

„Sie haben Kinder?“ Seine Stimme war rau, der Hals brannte vor Trockenheit.

Ihre Hand hörte auf, über den Arm zu streichen. Sie sah ihn einen Moment an, ohne sich zu bewegen.

„Er ist von der Leiter gefallen?“

„Ja, er hat sie nicht richtig abgestützt. Er wollte die Balkonbrüstung anstreichen.“ Sie rieb wieder den Oberarm. „Es wird doch alles gut gehen?“

„Er hätte sich das Genick brechen können. Er hat Glück gehabt.“

Sie sah ihn nur an.

„Es ist eine Notfalloperation, das Risiko ist dann immer höher. Sein Magen ist wahrscheinlich nicht entleert, es kann zur Aspiration kommen. Allergie. Hat Ihr Mann eine Allergie?“ Er ließ ihr keine Zeit zu antworten. „Oft sind Allergien gegen Medikamente nicht bekannt. Es kann zum allergischen Schock kommen.“ Er ließ sich zwischen den Sätzen keine Zeit zum Atmen. „Eine Lungenembolie kommt nicht selten vor. Gerade Frakturen von Extremitäten führen häufig dazu. Das kann sehr gefährlich sein. Eine Leitungsanästhesie kommt nicht in Frage. Uns bleibt keine Wahl. Doktor Midner muss jetzt operieren. Er sagt, das Bein ist in Gefahr. Das Risiko ist hoch. Mit Notfalloperationen ist nicht zu spaßen, machen Sie sich das klar. Niemand hat Ihren Mann gezwungen, ohne Sicherung auf eine Leiter zu steigen. Er ...“ Ohne Übergang schwieg er, öffnete den Mund, schloss ihn wieder und biss sich auf die Lippen.

Tränen standen ihr in den Augen. Sie strich schneller mit den Händen über beide Oberarme, auf deren Haut die Haarwurzeln eine Gänsehaut gebildet hatten. Sie drehte sich um, verbarg das Gesicht in den Händen und weinte stumm.

Gehr verharrte, wo er stand und hasste sich. Er war ein Monster, ein Tier. Er wünschte sich, nie geboren worden zu sein. Es war das Beste, diesen Fehler der Natur zu korrigieren.

Die Frau stand mit gebeugtem Kopf und wandte ihm den Rücken zu. Sie schluchzte, Schultern und Rücken zuckten.

„Es wird alles gut gehen“, hörte er sich sagen und drehte sich um. Er ging hinaus, ohne zurückzusehen. Er hörte, wie die Schiebetür hinter ihm zuglitt.

Er wusste jetzt, was er tun musste. Er ging nach rechts, in den Putzraum, und stieß die Tür hinter sich zu.

Es war ein winziger Raum, die Luft stank nach Putzmittel und benutzten Putzlumpen. Regale waren vollgestopft mit Kanistern voll Reinigungs- und Desinfektionsmittel. Ein Abwasserbecken aus Edelstahl hing gegenüber der Tür an der Wand.

Er zog eine Ampulle mit milchigem Propofol aus der Tasche, brach die Spitze ab und zog den Inhalt zitternd in die Spritze auf. Einige Milliliter tropften auf den Boden, auf seine Schuhe und die Hosenbeine. Er schüttelte die Spritze heftig, um den Schaum aufzulösen und erzeugte dabei nur neuen. Spritzer der kalten Flüssigkeit landeten auf seinem Gesicht, ein Tropfen brannte im Auge. Er kniff das Auge zu, hatte Schwierigkeiten, seine Hände zu koordinieren und ließ die Ampulle mit einem Rest des Narkosemittels auf den Boden fallen. Das Glas zerbrach mit einem feinen Klirren. Der Stempel der Spritze war ganz zurückgezogen. Er drehte sie um und spritzte den Schaum heraus, der ihm über die Finger lief.

Die zweite Ampulle passte nur zur Hälfte hinein. Er schleuderte das Gefäß in das Becken. Scherben fielen in das Wasser im Siphon, ein Film weißer Flüssigkeit lief den Edelstahl hinunter. Er zog die Kanüle mit zitternden Fingern aus der Tasche, riss die Papierverpackung ab und zog die Kappe mit den Zähnen ab. Ein dünner Strahl weißer Flüssigkeit schoss aus der aufgesteckten Stahlnadel und spritzte auf seine Brust. Er ballte die Faust, öffnete sie und schloss sie wieder und wieder. Die Venen seines herabhängenden Armes waren prall gefüllt. Er hielt die Nadelspitze direkt vor die größte Ader in seiner Ellenbeuge.

Nur zwei, drei Sekunden, dachte er, nur Sekunden dauert es, dann ist es getan.

Das Atmen fiel ihm schwer, er presste die Luft aus, saugte sie mühevoll ein. Atemnot überfiel ihn. Schweiß rann an seiner Stirn herab. Er riss den Mund auf, um es sich zu erleichtern. Es war nicht genug Luft hier im Raum, er glaubte, zu ersticken.

Tue es, Feigling!, dachte er.

Sein Atem ging immer schneller, es flimmerte vor seinen Augen, das Blut rauschte in seinen Ohren, sein Herz raste. Die Rechte zitterte zu stark. Er lehnte sich gegen die Tür, stützte den rechten Unterarm auf dem Bauch ab und bewegte den linken Arm, bis die Nadel durch die Haut drang. Der scharfe Schmerz tat ihm gut. Er wünschte sich, es würde noch mehr weh tun. Er hatte unendliche Schmerzen verdient. Langsam schob er die Nadel in die Vene und hob den Daumen auf den Stempel der Spritze. Die Kanüle rieb an der inneren Venenwand. Ein dumpfer Schmerz erfüllte den Arm in der Tiefe vom Handgelenk bis zur Schulter. Mit jedem Atemzug kam ein Stöhnen aus seinem Brustkorb. Immer lauter ächzte er, immer schneller ging sein Atem. Der Schweiß rann tropfenweise aus seinem Haar, über die Stirn, in seine Augen.

Plötzlich öffnete er die rechte Hand, die Spritze fiel zu Boden, er presste seine Faust in die linke Ellenbeuge und glitt an der Tür hinab. „Anja“, sagte er unter Tränen und blieb zusammengekauert am Boden sitzen.

Sein Atem wollte sich nicht beruhigen, immer noch schwitzte er wie in einer Sauna, die Enge hier war unerträglich. Langsam löste er die Faust vom linken Ellenbogen. Die kleine Wunde hatte sich geschlossen, aber er hatte sein Blut über die Haut des Unterarms verschmiert. Er schob sich mit beiden Handflächen an der Tür empor, bis er an die Tür gelehnt stand. Mühsam hielt er sein Gleichgewicht. Er zwang sich nach und nach einen langsameren Atemrhythmus auf und wischte sich mit dem OP-Hemd den Schweiß von der Stirn.

Nach einer Minute konnte er stehen, ohne sich anzulehnen. Er bückte sich, hob die Spritze mit dem Propofol auf und leerte den Inhalt in den Abfluss. Es knirschte unter seinem Turnschuh, als er auf die Ampullenscherben trat. Er ließ die Plastikspritze und die Nadel in das trübe Wasser im Becken fallen und lehnte sich mit beiden Händen auf den verchromten Spülknopf, ließ Wasser strömen, bis nichts mehr zu sehen war. Ein fauliger Geschmack bildete sich auf seiner Zunge. Er spuckte immer wieder Faden ziehendes Sekret in das strömende Wasser. Er versuchte zu erbrechen, es gelang ihm nicht. Der üble Geschmack und die Übelkeit blieben.

Endlich richtete er sich auf. Er fing eine Handvoll Wasser auf und rieb das Blut von seiner Haut. Nach einigen Sekunden hörte das Wasser auf zu rauschen. Er atmete ein paar Mal tief durch und öffnete die Tür. Die kühlere Luft des Flurs ließ ihn frösteln, das Hemd klebte auf der verschwitzten Haut.

Er vermied den Blick auf die Schiebetür zur Patientenschleuse und blieb vor dem Vorbereitungsraum stehen. Er streckte die Hand aus. Seine Finger zitterten.

„Hör auf", sagte er leise.

Der blanke Stahl der Türklinke kühlte seine Handfläche. Keine Gedanken mehr, befahl er sich. Er würde eine gute Narkose machen. Er würde professionell arbeiten, gute Medizin machen, auf alles achten. Dann würde er für zehn Sekunden die Gedanken ausschalten. Er würde zum Mörder werden, nichts denken, nichts erinnern, alles würde unwiderruflich geschehen sein, bevor er wieder Reinhard Gehr werden würde.

Er zog die Tür auf.

Konnte man nichts denken?

Renate stand neben dem Patienten. Auf einem kleinen Wagen hatte sie die Utensilien für die Einleitung der Narkose zurechtgelegt. Gehr kannte die Anordnung. Nichts fehlte, alles hatte seinen gewohnten Platz.

„Zweihundert Milligramm Propofol, Renate“, rief er in den Raum, während er die Tür schloss. „Fünf Milligramm Atracurium, null Komma zwei Fentanyl. Einen Endotrachealtubus, acht null. Keine Larynxmaske.“

„Hast du die Frau beruhigen können? Du warst lang weg.“ Sie riss eine Plastikverpackung auf, gab Gel mit Lokalanästhetikum auf die Spitze des Endotrachealtubus und verrieb es mit der Innenseite der offenen Umhüllung. „Ein gutes Gespräch kann so viel bewirken. Gut, dass du heute Nacht da bist.“

Er sah sie an, unterdrückte den Impuls zu lachen und ordnete mit knappen Worten die Medikamente zur Narkoseeinleitung nacheinander an.

Nach einigen Sekunden war Bachmann bewusstlos. Mit der richtigen Kombination von Medikamenten war es ein angenehmes Einschlafen. ‚Sie wachen auf, wie sie einschlafen‘, hatte Gehrs erster Oberarzt ihn immer ermahnt.

Gehr hörte auf den Ton der Pulsoximetrie, während er mit dem Laryngoskop den Kehldeckel suchte. Jede Veränderung der Tonhöhe oder Geschwindigkeit hätte ihn alarmiert. Er achtete auf die Zunge des Patienten. Wenn man den Rand zwischen Spatel des Instruments und Backenzähnen einklemmte, litten die Patienten später unter starken Schmerzen. Er vermied es, mit dem stählernen Laryngoskop gegen die oberen Schneidezähne zu hebeln. Mit dem Zeigefinger überprüfte er, ob er die Oberlippe am Gebiss quetschte. Er hielt die rechte Hand in Renates Richtung. Sie legte ihm den Tubus in die Hand. Er führte die Spitze des Beatmungsschlauches an den Schleimhäuten vorbei in Richtung Kehlkopf. Je weniger Mundflora er in die Luftröhre verschleppte, umso geringer war die Gefahr einer Lungenentzündung. Renate füllte die abdichtende Manschette mit Luft. Er prüfte mit antrainiertem Gefühl der Fingerkuppen den Druck im Kontrollballon. Zu viel Druck konnte der Luftröhre schaden.

„Propofolinfusion, zweihundertfünfzig Milligramm pro Stunde. Er soll gut schlafen“, sagte Gehr, während er den Tubus mit einer Schlinge aus Klebeband ohne eine Falte befestigte. Das Ende der Streifens knickte er einen halben Zentimeter um, so konnte man die Befestigung später leicht lösen. Manchmal mussten Narkosen schnell beendet werden. Vorbereitung entschied über gute und schlechte Anästhesie. Er schloss das Beatmungsgerät an, rechnete Bachmanns Körpergewicht mit Zahlen aus seinem Gedächtnis zu Richtwerten um und regelte die Drücke, Flüsse und Volumina danach ein. Es musste alles an den Patienten angepasst werden.

Einige Minuten später schoben Gehr und Renate den Operationstisch mit dem schlafenden Mann aus dem Vorbereitungsraum in den Operationssaal. Midner stand im Waschraum und sah ihnen durch die offene Schiebtür zu, während er sich die Unterarme mit Desinfektionsmittel einrieb.

Der Patient war zugedeckt, um ihn vor Wärmeverlust zu schützen. Die Auflagepunkte seines Körpers waren gepolstert, kein Nerv sollte unbemerkt gequetscht werden. Die Infusionen tropften ihren abgezählten Rhythmus nach dem berechneten Flüssigkeitsbedarf zuzüglich Verdunstung durch die Operationswunde und Defizit durch die Nüchternheit. Die prophylaktischen Antibiotika zirkulierten längst in der Blutbahn des Patienten, bevor Midner mit seinem ersten Schnitt die schützende Barriere der Haut durchbrach. Die Herzfrequenz änderte sich nicht, als der Skalpell durch Haut, Fett und Muskeln schnitt. Bachmann war in tiefer Narkose.

Donnerstag, 9. Oktober 2003, 21:10 Uhr,
Adalbert-Stifter-Straße, Karlsfeld bei München

Luthof hatte sich ein Kinderbuch aus dem Holzregal hinter ihm genommen und blätterte. Naive Bilder von Mädchen und Jungen auf einem Bauernhof auf jeder linken Seite waren begleitet von Geschichtchen in Großdruck auf der rechten Seite: Kinder, die einen Sommer bei den Großeltern auf dem Land verbrachten. Für kurze Zeit vertiefte er sich in die erfundene Welt der Tiere und Kinder. Eine Oma, die ständig molk, Essen kochte und Wäsche wusch, konnte außerdem eine Horde Kinder und eine Schar Hühner hüten, ohne dabei auch nur eine Sekunde ihr Lächeln aufzugeben. Der Bauern-Großvater war ein Universalgenie als Handwerker, Tierarzt und Traktormechaniker und erklärte außerdem alles den Enkeln, ohne je die Geduld zu verlieren. Die schwierigsten Probleme waren eine Katze, die sich auf einem Baum verirrt hatte, und ein verirrtes Lämmchen in einem Maisfeld. So ist das Leben nicht, dachte er. Zu leben heißt Ungerechtigkeit zu ertragen oder grausam zu sein. Man musste wählen, und Luthof hatte gewählt.

Das Mädchen unterbrach ihren Atemrhythmus und röchelte einmal. Er sah auf. Sie lag noch in der Ecke ihres Bettes. Der Teddy war auf ihrem Kopf, die Hand war zur Seite gerutscht. Sie schlief tief.

Er ließ das Buch auf den Boden fallen, stand auf, beugte sich über sie und öffnete ihr rechtes Augenlid, ohne dass sie aufwachte.

Das Schwierigste habe ich geschafft, dachte er, niemand kann mich jetzt noch aufhalten. Den Rest muss Gehr erledigen.

Beim Hinausgehen trat er auf die Seiten des Buches. Er ließ die Tür offen stehen, löschte alle Lichter im oberen Stockwerk und ging die Treppe hinunter.

In der Tasche eines Mantels in der Garderobe fand er die Schlüssel für das Haus und das Auto. Die Gehr fuhr einen italienischen Kleinwagen, den sie immer direkt vor dem Haus parkte. Er würde aufpassen müssen, dass ihn kein Nachbar sah, wenn er ihn benutzte. Heute Nacht seinen eigenen Wagen zu nehmen, den er ein paar Straßen entfernt geparkt hatte, bedeutete ein zu hohes Risiko. Die Polizei hatte sein Nummernschild wohl schon auf einer Fahndungsliste, nachdem der Gerichtsvollzieher ihm den Wagen heute nicht hatte wegnehmen können.

Luthof nahm sich vor, erst um elf Uhr nachts in die Klinik zu fahren.

Im Wohnzimmer warf er einen Blick auf die Frau. Sie atmete. Er zuckte mit den Schultern, löschte das Licht, ging in die Küche, ließ die Rollläden herunter und schaltete das Licht ein.

Der Fernseher auf der Anrichte überraschte ihn. Er hatte nie die Küche beobachten können. Während er mit einer Hand die Kühlschranktür hielt und hineinsah, knipste er mit der Rechten den Apparat an. Mit einem Bier und einer halb vollen Schüssel Salat setzte er sich an den Tisch gegenüber der Arbeitsfläche. Er zog sich den zweiten Stuhl heran, legte die Füße hoch und sah sich den Schwarzenegger-Film an. Alles lief, wie er es geplant hatte. Er steuerte Gehr.

Gehrs Bier schmeckte gut. Gehrs Frau machte guten Salat. Nach ein wenig Suchen hatte Luthof auch ein fast frisches Baguette entdeckt. Es war ein Abendessen auf Gehrs Kosten. Das machte es noch besser.

Donnerstag, 9. Oktober, 21:10 Uhr,
Operationssaal 2

Gehr saß auf einem Hocker vor dem Beatmungsgerät.

Midner bellte Anweisungen an seinen Assistenten. Selbst die hingeworfenen Befehle „vierzig Grad!“ und „breites Raspatorium!“ brachte er nicht ohne Schnaufen heraus.

Gehr las Werte vom Bildschirm des Gerätes ab und trug sie in das Narkoseprotokoll ein. Eine weiße Kurve auf schwarzem Hintergrund zeigte den Verlauf der Beatmungsdrücke gegen die Zeit, eine grüne Linie gab den Anteil ausgeatmeten Kohlendioxids an. Sie stieg mit der Ausatmung an und sank steil ab, wenn die Maschine frisches Atemgas in die Lungen des Patienten pumpte. Mit jedem Atemzug hob sich die Kurve auf das gleiche Niveau, vier Prozent, um dann beim Einatmen auf Null abzufallen.

„Strecken!“, rief Midner, und der Assistent zog an Bachmanns Bein. „Reinhard, mach ihn schlaff!“

Automatisch griff Gehr nach der Spritze mit dem Muskelrelaxans und entleerte den Inhalt in den Venenkatheter im Handrücken des Patienten.

Gehr ließ die Spritze auf den Boden fallen und starrte weiter auf die Bewegung der grünen Kurve. Ein schräger Anstieg, ein steiler Abfall, ein schräger Anstieg, ein steiler Abfall. Zwölfmal in der Minute, immer wieder.

Das Pfeifen des elektrischen Messers ließ ihn auffahren.

Die grüne Kurve würde absinken und unten bleiben, wenn der Patient eine Lungenembolie erlitt. Gehr griff in die Tasche des OP-Hemds und umfasste die Spritze. Sein Körper hatte sie erwärmt. Ein glatter Zylinder von zehn mal zwei Zentimetern. An einem Ende ragte der Stempel ein Stück hinaus.

Renate war vor wenigen Minuten in den Vorbereitungsraum verschwunden um aufzuräumen. Gehr hörte sie durch die Tür arbeiten. Er beobachtete das Steigen und Fallen der Kurven auf dem Monitor. Langsam zog er die Spritze aus der Tasche. Er drehte die Hand und beobachtete die Bewegung, als ob sie nicht seine war. Er setzte den Konus auf die Öffnung des Venenkatheters. Sein Daumen berührte den Stempel, drückte ihn hinab. Ein halber Milliliter, ein Milliliter war injiziert. Würde sich das Gerinnsel bilden und ins Herz mitgerissen werden?

„Reinhard, brauchst du noch …“ Renate war direkt hinter Gehr.

Er drehte sich um. Seine Hand hielt die Spritze mit dem Kaolin. Er erwartete, dass sein Herz zu rasen begann, dass er schwitzte, oder zitterte. Nichts davon geschah.

„Was gibst du denn da?“ Renate beugte sich über seine Schulter und zeigte auf Gehrs linke Hand. „Das Zeug ist trüb. Was ist das?“

„Magnesium“, sagte Gehr, ohne zu zögern, zog die Spritze ab und betrachtete sie. „Er hatte ein paar Arrhythmien, ich dachte, er kann es brauchen.“ Er verfolgte seine Worte und seine Bewegungen mit einem zweiten Bewusstsein. Wie kann ich so ruhig bleiben, dachte er. Magnesium … Er gab fast allen Patienten eine Ampulle während der Operation. Er war allen Kollegen überlegen, wenn er während einer Anästhesie an alles dachte. Es war der i-Punkt auf einer guten Narkose. Er war stolz auf seine niedrige Komplikationsrate. „Du hast Recht, es ist trüb.“ Er drehte die Spritze vor den Augen. „Da ist irgendetwas ausgefallen. Holst du mir eine neue Ampulle, Renate?“

So schnell, dass er es nicht verhindern konnte, hatte Renate die Spritze aus seiner Hand genommen und war aus dem Saal gegangen.

Er wollte ihr nicht folgen, er musste auf die Kohlendioxid-Kurve achten. Wie viel hatte er injiziert? Würde es genügen? Er beobachtete die grüne Kurve auf dem Bildschirm des Beatmungsgerätes. Die Kurve stieg an, fiel abrupt ab. Keine Änderung.

Die Linie stieg schräg wieder nach oben und erreichte nicht das Plateau des letzten Atemzugs. Der nächste Zyklus kam, wieder ein niedrigerer Wert.

Das Sterben begann.

Ein Blutgerinnsel musste sich um das Kaolin gebildet haben und war in eine Lungenarterie gepresst worden. Dieser Bereich der Lunge konnte kein Kohlendioxid mehr ausatmen.

Im nächsten Atemzug stieg das Plateau des ausgeatmeten Kohlendioxids an, nach einigen Minuten war das alte Niveau erreicht. Der Embolus hatte sich aufgelöst, Bachmanns Herz hatte die Reste in die feinsten Verzweigungen der Lungenarterie gepumpt, dort richteten sie keinen Schaden mehr an und würden nach einiger Zeit aufgelöst werden.

Gehr saß starr vor dem Monitor, gebannt von den flimmernden Zahlen und sich bewegenden Linien. Bachmann stirbt nicht, dachte er. Gerettet von einer aufmerksamen Schwester. Er rieb die Hände über die Oberschenkel. Wo hatte Renate die Spritze hingebracht? Er musste das Kaolin wiederbekommen. Er sprang auf. Bachmann musste sterben, Sarah musste leben!

Ich kann nicht wieder Reagenzgläser ausspülen, dachte Gehr, das fällt Renate auf, sie wird mich dabei beobachten. Die Operation ist gleich vorbei!

Jemand schloss die Tür im Vorbereitungsraum. Renates klappernde Holzsohlen kamen näher. Sie gab Gehr die Ampulle mit zehn Milliliter Magnesiumsulfat. „Hast du das Verfallsdatum angeschaut? Die ich dir gegeben habe, ist noch zwei Jahre gut.“ Sie zog eine Schublade des Narkosewagens auf. „Hier ist doch noch Magnesium, Reinhard.“

Er antwortete nicht, stand auf und nahm eine neue Spritze aus einer Schachtel. Die Ampulle brach leicht. Schlürfend zog der Konus der Spritze die klare Lösung ein. „Wo hast du das trübe Zeug hingetan?“ Er injizierte Bachmann das Magnesium.

Renate hatte ihm den Rücken zugedreht, ordnete Ampullen in der Schublade und antwortete nicht.

Jetzt spürte er seinen Herzschlag, jede Sekunde wurde er schneller. Seine Stimme zitterte. „Wo hast du das trübe Zeug hingetan?“

Renate wies mit der Linken aus dem Operationssaal, ohne sich umzudrehen. „Weggeworfen, irgendwo auf dem Gang. Wieso? Was willst du damit?“

Gehr beobachtete sich. Der Herzschlag wurde wieder langsamer, er zwang sich zu ruhigem Atem. Das Schwitzen konnte er nicht kontrollieren. Zurück zur Routine, dachte er, eben hat es funktioniert. Er musste in seiner Arbeit aufgehen, an nichts denken. Er zog einen akkuraten Strich zwischen oberem und unterem Blutdruckwert auf dem Narkoseprotokoll. Er las Drücke vom Bildschirm der Beatmungsmaschine, veränderte eine Einstellung und konzentrierte sich dann auf Herzfrequenz und Herzstromkurve. Eine Infusionsflasche musste gewechselt werden. Mit Routine prüfte er Bachmanns Augen, die Auflagepunkte an Ellbogen und Schultern, die Stellung der Arme. Ein narkotisierter Patient bewegte sich nicht ständig wie ein schlafender. Der Anästhesist musste auf Druckstellen, falsche Haltungen und Nervenschäden achten. Mit einem Fettstift schrieb Gehr eine große Zwei auf die Plastikflasche der Infusionslösung. Systematik ist das Geheimnis, dachte er, nur wer immer sorgfältiger ist, als im Moment notwendig, kann im Notfall bestehen.

Nach einigen Minuten glaubte er, sicher zu sein. „Renate, übernimmst du mal für fünf Minuten? Ich muss kurz raus."

Sie drehte sich von ihrer Arbeit am Narkosewagen um und sah ihn an. Er fragte sich, ob da Mitleid in ihren Augen war.

„Das ist ja was ganz Neues. Seit wann lässt du deinen Patienten allein im Saal?"

Er gab Renate das Protokoll in die Hand. „Drei Minuten, ich bin auch nur ein Mensch." Er drehte sich um und ging. „Ruf, wenn was ist. Der schläft tief, keine Sorge. Du hast was bei mir gut."

Er ließ die Tür zwischen Vorbereitungsraum und Operationssaal zur Hälfte offen stehen. Im Vorraum beschleunigte er seine Schritte. Er riss die Tür auf. Sein Blick flackerte den Gang hinauf. Es waren drei Abfallbehälter aufgestellt. Einer war nur fünf Meter von ihm entfernt, ein anderer stand in der Nähe des Stützpunktes; dort war auch der Medikamentenschrank. Einen dieser beiden muss sie benutzt haben, dachte er. Niemand sieht mich, sie sind beschäftigt. Ich muss leise sein.

Fünf Schritte brachten ihn zu der hüfthohen Abfalltüte in einem Metallständer. Er zog den Deckel auf, das Krächzen eines Scharniers erschreckte ihn, sein Herz schlug schneller, er hörte das Blut in den Ohren rauschen.

Die Tüte war fast voll. Ein Schwall Gestank traf ihn. Am späten Nachmittag hatten sie ein Dickdarmkarzinom operiert. Die Patienten ließen unter sich, wenn sie umgelagert wurden. Gehr nahm sich vor, die Putzfrau zu dafür zu beschimpfen, dass sie den Abfall nicht entfernt hatte.

Er sah keine Spritze obenauf. Sie konnte an der Seite hinabgerutscht sein. Gehr sah sich ohne Erfolg nach Latexhandschuhen um. Er streckte die Hand zwischen Papier- und Plastikverpackungen und fühlte mit der Zeigefingerspitze einen runden Gegenstand. Das konnte das Kaolin sein. Er versuchte die Spritze zu greifen, stieß mit dem Finger dagegen, sie rutschte tiefer zwischen Mullkompressen und leere Plastikflaschen. Er steckte bis zur Schulter im Müllsack und konnte die Spritze nicht finden.

Fast überwältigte ihn der Gestank. Er richtete sich auf und spürte, dass sein Gesicht vor Ekel verzerrt war.

Im Gang war niemand zu sehen. Ein Kühlschrank hinter ihm sprang an, das Geräusch ließ ihn zusammenzucken.

Gehr nahm den Metallständer, legte den Abfallsack auf die Seite und kniete sich neben die Öffnung. Er zog Plastikfolien, Aluminiumverpackungen und blutige Verbände heraus, die Spritze war nicht dabei. Er zog kotige Tücher und Zellstoff aus dem Plastiksack und achtete nicht darauf, dass er sich mit Schmutz beschmierte.

„Was machen Sie denn da?" Die Stimme einer Frau riss ihn aus seiner Konzentration. Sie musste direkt hinter ihm stehen. Es war nicht Renate, diese Frau sprach einen starken oberbayerischen Dialekt.

Gehr drehte sich nicht um und starrte weiter auf den Abfall. Er durfte nicht ertappt wirken. Zweimal durchatmen, dachte er, weitersuchen.

„Helfen Sie mir mal." Er war erstaunt, wie ruhig seine Stimme klang. „Ich suche eine Spritze mit einer trüben Flüssigkeit. Ist versehentlich weggeworfen worden. Die muss untersucht werden. Kommen Sie schon, ich muss wieder zu meinem Patienten." Er sah kurz zu ihr hoch.

Eine mittelalte, füllige Frau stand hinter ihm. Graue Haarsträhnen quollen unter der blauen Kopfhaube hervor. Sie war eine der Putzfrauen.

„Na los. Eine Zwanzigmilliliterspritze. Suchen Sie mit."

Die Frau ging zur Seite, nahm den Boden des Plastiksacks, drehte ihn kopfüber und schüttelte, bis der stinkende Inhalt sich vor Gehrs Füße entleert hatte. Er zog an Tüten und Mullbinden, gebrauchten Kopfhauben und Gesichtsmasken. Keine Spritze.

Die Putzfrau begann mit behandschuhter Hand den Abfall einzeln aufzusammeln und in die Tüte zu werfen.

Gehr suchte schneller, er wurde nervöser. Sie muss hier irgendwo sein, dachte er. Er achtete nicht auf das Blut, die Exkremente, den Schmutz, den er berührte. Er brauchte diese Spritze.

Die Frau zog die Verpackung einer Infusionsleitung aus dem Haufen. Die Spritze rutschte zwischen Plastikfolie und Papier hervor und fiel auf den Boden.

Gehr nahm die Kaolin-Spritze und steckte sie in die Tasche. „Danke", sagte er, während er bereits durch die Tür zum Vorbereitungsraum ging.

Im Vorbeigehen drückte er einige Male auf den Hebel des Desinfektionsmittelspenders und verrieb Schmutz und Alkohollösung auf den Händen. Er riss ein Papiertaschentuch aus dem Spender neben dem Waschbecken und wischte über die Hände. „Alles in Ordnung?", rief er dabei in den Operationssaal. In der Tür blieb er stehen.

Midner kam ihm entgegen, riss sich den Operationsmantel vom Körper und stopfte ihn in den Wäschesack. Er prustete. „Geschafft. Bein ist noch dran. Ich kann mir die zweite Hälfte vom Spielfilm ansehen. Kommst du nach, Reinhard?"

Gehr antwortete irgendetwas, ohne nachzudenken. Es war zu spät. Sein Blick flog nach rechts zum Telefon. Es war nicht seine Schuld; er hatte getan, was er konnte. Er ging einen Schritt auf den Wandapparat zu. Charon würde abnehmen.

Renates Stimme ließ ihn zögern. „Reinhard, komm. Ich hab das Propofol ausgeschaltet, er rührt sich schon."

Konnte Charon wissen, wo Gehr gerade war? Charon hat gewusst, dass Bachmann operiert wird, dachte Gehr. Woher? Er muss einen Komplizen im Krankenhaus haben. Ich habe die Stimme nicht erkannt, trotzdem kann es ein Angestellter im Krankenhaus sein. Oder ein Patient?

Warum hat Charon mich ausgesucht?

Gehr konnte sich an niemanden erinnern, mit dem er verfeindet war, den er falsch behandelt hatte. Aber dieser Wahnsinnige kann mich zufällig ausgesucht haben, dachte er. Oder Charon glaubt, ich hätte ihm irgendetwas angetan. Aber was will Charon? Mich quälen?

Gehr konnte keine Ordnung in seinen Kopf bringen. Er war unfähig, sich seine Frau tot vorzustellen. Sarah hatte gesagt, Anja sei tot. Sarahs Worte kreisten in seinem Gedächtnis, seit er mit seiner Tochter gesprochen hatte. „Mama ist tot. Komm nach Hause. Komm nach Hause, ich hab so Angst. Papa, bitte, Papa." Konnte sich das Kind irren? War es möglich, dass Charon Sarah mit einer Drohung gezwungen hatte, zu lügen?

Die Ausleitung der Narkose war Routine. Propofol ließ die Patienten wie aus einem Nachmittagsschlaf erwachen: zufrieden und klar. Gehr hatte ohne Erfolg versucht, aus dem Endotrachealtubus Bronchialsekret abzusaugen. Es gab keinen Anhalt für eine Lungenembolie. Bachmann hatte keine Probleme beim Atmen von Raumluft, auch das sprach gegen eine verstopfte Lungenarterie. Gehr fragte ihn, ob ihn der Schlauch im Hals störe. Bachmann konnte nicht sprechen durch den Tubus zwischen den Stimmbändern. Er hob die Schultern und legte den Kopf schräg, es war ihm egal. Auch dies war typisch für das Narkosemittel. Gehr war einen Moment lang zufrieden mit sich und seiner Leistung.

Endlich zog er den Schlauch aus Bachmanns Hals. Der hustete, würgte, beruhigte sich aber sofort. Seine Augen fielen wieder zu und er atmete ruhig.

Renate und Gehr fuhren den Patienten auf dem Operationstisch durch den Vorbereitungsraum zur Patientenschleuse. Um diese Zeit war der Aufwachraum unbesetzt, die Stationsschwester musste auf Bachmann Acht geben.

Ich habe versagt, dachte Gehr. Wie wird der Wahnsinnige reagieren? Wird er außer Kontrolle geraten? Sarah etwas antun?

Er schloss die Augen und blieb stehen. Er hörte, wie Renate weiterfuhr. Sie nahm Rücksicht auf ihn, glaubte wohl, dass er durch den Tod seiner Großmutter mitgenommen sei. Er hörte Renate mit dem Patienten sprechen, die Tür zum Gang schlug zu. Gehr lehnte sich an die Wand neben dem Telefon. Mit immer noch geschlossenen Augen tastete er nach dem Telefon. Er fand den Hörer, drehte sich zum Apparat und tippte seine Telefonnummer ein. Wieder keine Antwort; nach endloser Zeit wechselte das Freizeichen zu „belegt". Anjas Mobiltelefon schaltete nach wenigen Signaltönen den Anrufbeantworter ein. „Tun Sie es", quäkte ihn Charons Stimme an.

Eine Grenze war überschritten und da war etwas Neues. Der Gedanke erschreckte und befriedigte Gehr gleichzeitig: Er hasste Charon, und ihn wollte er töten. Gehr fuhr sich durchs Haar. Ja, er wollte ihn töten. Dieses Gefühl war in diesem Moment stärker als die Sorge um Sarah. Hätte Charon hier gelegen, Gehr hätte die Spritze gegeben, egal wer ihn beobachtete.

Er schüttelte sich, als ob er damit den Gedanken loswerden konnte, und ging hinaus, über den Flur und in die Patientenschleuse.

Bachmann schob sich vom Operationstisch auf das Bett, das er vor fünfundvierzig Minuten verlassen hatte. Seine Augen blieben zur Hälfte geschlossen, er bewegte sich in Zeitlupe.

Gehr stand in der Tür und sah Bachmann an. Gebräunt, athletisch gebaut – der Mann hatte die besten Jahre vor sich. Gehr hatte ihn töten wollen. Es war absurd. Jetzt, da er den Mann sich bewegen sah und ihn sprechen hörte, war es ein unmöglicher Gedanke.

„Ich rufe die Schwester an, sie soll ihn abholen kommen", sagte Renate und hob den Hörer des Wandtelefons ab.

Bachmann stöhnte, während er sich im Bett zurechtlegte. Wenn er sein rechtes Bein unabsichtlich in der Schiene bewegte, verzerrte er das Gesicht zu einer weinerlichen Grimasse, ohne einen Ton von sich zu geben. Seine Augenlider schlossen sich alle paar Sekunden und er legte jedes Mal die Stirn mit Mühe in Falten, um sie wieder zu öffnen.

„Lass ruhig." Gehr legte die Hände auf den Stahlbügel am Fußende des Bettes und schob es ein paar Zentimeter zur Tür. „Ich fahre ihn hinauf. Die Schwester kann nicht von der Station, wenn sie für die Nacht allein ist. Ruf sie an, dass ich komme, okay?" Er bedeutete Renate, die Schiebetür zum Flur zu öffnen. „Wir treffen uns bei Schwarzenegger. Bis nachher."

Ihr mitleidiger Blick störte ihn. Er fuhr so kräftig an, dass Bachmann die Balance verlor und sein Oberkörper zurück ins Kissen fiel. Hoffentlich steht seine Frau nicht auf dem Gang, dachte Gehr.

Bachmanns und sein Blick trafen sich, während sie auf den Aufzug warteten.

„Wieder wach?", sagte Gehr. Er wusste nicht, warum er mit ihm reden und ihn auf die Station bringen wollte.

„Haben Sie die Narkose gemacht?" Bachmanns schien klar zu sein, aber er würde vergessen, was sie gesprochen hatten – das Midazolam wirkte noch lange nach.

Gehr nickte. Er hörte, wie ein paar Stockwerke über ihnen die Lifttür polterte. „Alles gut gegangen."

Bachmann nickte. Er kniff die Lider zusammen und zog die Mundwinkel herab. „Ich habe eine Mordsangst gehabt. Danke Ihnen. Ich fühl mich prächtig. In Zukunft werde ich mich nicht mehr vor der Narkose fürchten. Es war das erste Mal, wissen Sie." Er schluckte und verzog das Gesicht. „Warum tut mein Hals weh?"

„Der Beatmungsschlauch hat zwischen den Stimmbändern gesteckt. Das reibt immer ein bisschen." Renate musst du danken, dachte er. Sie hat dein Leben gerettet, ich hätte dich getötet, wenn sie die Spritze nicht gesehen hätte. „Heben Sie sich lieber ein bisschen Angst auf."

„Ich schulde Ihnen was", sagte Bachmann und arbeitete sich hoch, bis er sich auf seine Ellbogen stützen konnte.

Gehr schüttelte den Kopf.

Bachmann wehrte ab. „Doch, ich schulde Ihnen was. Klar, es ist Ihr Job, aber den kann man so oder so machen. Ich weiß, wovon ich rede, ich bin Polizist. Wir haben so viel zu tun. Manche Sachen werden anständig untersucht, manche nicht. Wir sind alle nur Menschen." Er nickte zur Bestätigung.

Ein Gong einer Elektronik kündigte den Aufzug an.

Gehr unterbrach Bachmanns Nicken mit einem Stoß gegen das Bett in Richtung Aufzug. „Polizist? Was machen Sie?"

„Kriminalhauptkommissar. Kapitaldelikte, Sachgebiet Raub und Erpressungen."

„Erpressung, Entführung?" Das Bett stieß gegen die hintere Wand der Kabine.

„Entführung macht ein andere Abteilung. Erpressung ja. Wenn Sie mal ein Problem haben, rufen Sie mich an. Inspektion dreiunddreißig in der Rapotostraße. Ich find Ihnen den Richtigen. Ich schulde Ihnen was."

Der Aufzug fuhr an, Gehrs Magen spürte die Trägheit seiner Masse. Er sah Bachmann an. „Was soll man tun, wenn man erpresst wird?"

Bachmann wischte sich die Augenwinkel aus und gähnte. „Uns anrufen. Nichts selbst unternehmen."

„Egal, was der Erpresser sagt?" Gehr schloss die Augen. Ein Schwindel zwang ihn, sich am Stahlbügel des Betts festzuhalten.

Bachmann zögerte nicht mit der Antwort. „Völlig egal. Allein geht immer schief."

Die Tür hinter Gehr polterte in den Schienen und öffnete sich. Er zog am Bett, Bachmann wurde in das Kissen gedrückt und die Räder rumpelten über die Metallschwelle. Bachmanns Kopf kippte von einer zur anderen Seite.

„Ich mache meine Arbeit immer, so gut ich kann. Jeder bekommt die gleiche Behandlung."

Was weiß er schon, dachte Gehr. Es ist nicht seine Frau und nicht seine Tochter. Gehr fuhr das Bett mit Schwung gegen den Holzgriff quer über der Glastür zur Station.

Bachmann rutschte in seinem Bett einige Zentimeter kopfwärts, sein rechtes Bein wurde bewegt. Er verzog das Gesicht, legte die Stirn in Falten und versuchte vergeblich, die Augen zu öffnen. „Weiß ja nicht, wie viele uns nicht anrufen", sagte er und hob die Schultern, bevor er den Kopf zur Seite fallen ließ und das Gesicht entspannte.

Niemand war im Flur. Gehr rief nach der Schwester. Dem Hall seiner Stimme folgte keine Antwort, er fuhr bis zum Schwesternstützpunkt und hielt an.

Niemand hinderte ihn daran, Bachmann das Kaolin zu spritzen. Der Mann würde sterben, während Gehr ihn zu reanimieren versuchte. Er senkte den Blick und sah, dass er die Edelstahlstange des Bettes umklammerte. Die Knöchel seiner Hände waren schneeweiß.

Die Begrüßung der Nachtschwester zerrte ihn aus seiner Erstarrung. „Abend, Herr Doktor. Nett von Ihnen, dass Sie ihn gebracht haben. Hab einen Sack voll zu tun hier. Wenn ich dann noch runter muss, die Patienten holen ... Jedenfalls, vielen Dank."

Gehr nickte. Er erklärte der Schwester mit wenigen Worten Bachmanns Geschichte und Operation. Er zeigte ihr das Narkoseprotokoll und die anderen Unterlagen und legte ihr die Papiere in die Hand.

Mit der rechten Hand half er, das Bett in eines der Patientenzimmer zu manövrieren, die linke umklammerte die Spritze in der Tasche.

Bachmann hatte das Zimmer für sich alleine. Das Fenster war gekippt. Im Vorbeigehen tippte die Schwester auf zwei Schalter, vier Neonröhren flackerten ins Leben und ließen keine Schatten zu. Ein Bett stand mit einem blauen Leinentuch verdeckt auf einer Seite, der Fensterplatz war leer.

Gehr blieb an der Wand stehen und beobachtete die Nachtschwester, wie sie Kabel verband, eine Urinflasche in einem Drahtkorb an die Bettseite hängte und die Leitung des Klingelknopfs quer über Bachmann legte.

Sie richtete sich auf, beobachtete den schlafenden Patienten ein paar Sekunden und drehte sich um, um zu gehen. Sie lächelte Gehr an. „Immer noch da? Soll ich Ihnen das andere Bett machen?" Sie griff ihn am Oberarm und schob ihn aus dem Zimmer. „Lassen wir den Mann erst mal schlafen."

Sie hielt Gehr am rechten Arm, dessen Hand die Spritze umklammert hielt. Gehr sah an sich herunter. Die Fingernägel ihrer Hand waren abgekaut, die Nagelfalze mit winzigen Wunden bedeckt.

„Wollen Sie einen Kaffee?“ Die Frau war in ihren Vierzigern, war anscheinend dem Schlankheitswahn verfallen und Dauerkundin in einem Sonnenstudio. Zu viel grüner Lidschatten und Kajalstrich umrahmte ihre braunen Augen, eine Korkenzieherlocke war nicht im Haarband gefangen, hing über die Schläfe.

Gehr versuchte ein Lächeln und nickte. Er drehte sich kurz zu Bachmann um.

Sie löschte das Licht, schloss die Zimmertür und ging vor ihm quer über den Flur, durch den Schwesternstützpunkt in die dahinter liegende Küche.

Gehr setzte sich an das Kopfende des Tischs. Von hier aus konnte er durch die Glasfront des Stützpunktes einen kleinen Teil der Tür des Patientenzimmers sehen. Es hat sich nichts geändert, dachte er.

Die Schwester hantierte mit Kaffeepulver, Wasser und einer Glaskanne. Ohne sich umzudrehen, begann sie zu sprechen. „Ist viel zu tun heute Nacht?“

„Nein.“ Er beobachtete weiter die Tür.

Sie hob die Schultern. „Hier ist es auch ruhig. Wir haben drei leere Zimmer. Es sind drei Privatpatienten für morgen einbestellt.“ Sie knipste den Schalter der Kaffeemaschine an, lehnte sich an die Arbeitsplatte , verschränkte die Arme und sah Gehr an.

Er saß auf dem Holzstuhl schräg neben dem Tisch, hielt die Spritze fest in der Tasche und bewegte sich nicht. Jeden Tag passiert es, dachte er. In Krankenhäusern auf der ganzen Welt. Lungenembolien, Allergien, Überempfindlichkeit gegen Narkosemittel. Medizin ist kalkuliertes Risiko. Dazu gehört, dass bisweilen ein Patient stirbt. So ungerecht ist die Natur. Ich nehme dem Schicksal nur einmal eine Wendung aus der Hand, dachte er. Ich habe jahrelang täglich Unglück abgewendet, immer wieder Patienten gerettet, bereits zum Sterben Verurteilte zurückgeholt. Warum soll ich nicht meinen Teil einfordern? Auch ich habe ein Recht auf Glück, auf Familie. Auch Bachmann der Polizist würde es tun, wenn es dazu käme.

„Sehr gesprächig sind Sie heute nicht, Herr Gehr." Die Schwester stand noch vor der Kaffeemaschine, aus der jetzt Dampfschwaden voll Kaffeeduft aufstiegen.

Gehr bemühte sich, seine Gedanken zu verdrängen und suchte nach einer Antwort. Bevor er sprechen konnte, sprang die Rufanlage im Stützpunkt an und erlöste ihn.

„Stellen Sie doch schon mal Tassen hin, wenn Sie mögen. Es braucht wohl einer Schlaftabletten oder so etwas." Mit einem Seufzer schob sie sich von der Arbeitsplatte und ging nachschauen.

Kaum war sie nicht mehr zu sehen, sprang Gehr auf, ging aus der Küche, durch den Schwesternstützpunkt und über den Gang zu Bachmanns Zimmer. Eine grün leuchtende Lampe über einer offenstehenden Tür am Ende des Stationsflurs zeigte ihm, dass die Nachtschwester weit genug entfernt zu tun hatte. Er trat ein, knipste nur die Lampe in der Nasszelle an und schloss geräuschlos die Tür hinter sich.

Das Licht drang kaum durch den Vorhang vor dem Waschbecken und verfärbte die Laken gelb. Bachmann lag ihm abgewandt auf der Seite.

Die Sohlen seiner Turnschuhe quälten Gehr mit ihrem Quietschen, das in seinen Ohren laut wie Donner klang. Er näherte sich Schritt für Schritt dem Bett. Sein Atem musste rasseln, das Rascheln seiner Kleidung Bachmann sicher aufwecken. Als er an das Bett trat, traf sein Fuß einen Abfallkorb aus Plastik, der mit einem Geräusch, dass Gehr als ohrenbetäubend empfand, taumelnd wieder zur Ruhe kam.

Nichts geschah. Bachmann lag auf der Seite, sein Brustkorb hob und senkte sich zehn, zwölf Mal in der Minute. Das operierte Bein war aus der Lagerungsschiene gerutscht. Neben dem Bett tropfte Kochsalzlösung aus der kopfüber aufgehängten Flasche in ein Infusionsbesteck, dass in dem Venenkatheter in Bachmanns rechtem Handrücken endete.

Gehr zog die Spritze aus der Tasche, beugte sich über den Patienten und murmelte „Es muss sein". Er zog den Zipfel der Bettdecke zur Seite, der sich über die Infusionsleitung gelegt hatte, setzte die Spritze mit der trüben Flüssigkeit an den Stutzen an der Venennadel und presste die Augenlider zusammen, während er den Stempel nach unten drückte. Die Spritze war fast leer, das Kaolin in Bachmanns Venen. Gehr öffnete die

Augen. Alles drehte sich, er sah verschwommen. Er hob die Hände, die Spritze steckte noch auf dem Konus.

Bachmanns Hand zuckte, von irgendwo kam ein Keuchen. Der Patient bewegte sich.

Gehr starrte auf sein Gesicht, das sich von Sekunde zu Sekunde dunkler färbte. „Oh Gott." Gehr presste die Handflächen auf die Schläfen. „Scheiße, verflucht, Scheiße. Ich hab ... nein, das darf nicht wahr sein."

Die Tür ging auf, Licht aus dem Flur erhellte das Zimmer. Nur mit Mühe konnte Gehr sich davon abhalten, mit einem Schrei herumzuwirbeln. Hitze und das Gefühl Tausender Käfer auf seiner Haut floss vom Kopf zu den Beinen. Sein Magen produzierte Säure in Strömen und verkrampfte sich zu einem Knoten.

Dennoch schaffte er es, sich ohne Panik aufzurichten.

Die Schwester muss mich vermisst haben, dachte er. Sie erwartet, dass ich nach meinem Patienten sehe. Ich muss ruhig bleiben, Ich darf nicht auffallen.

„Darf ich hereinkommen?" Es war nicht die Stimme der Nachtschwester.

Gehr drehte sich nach zwei tiefen Atemzügen um und erkannte im Gegenlicht aus dem Flur Bachmanns Frau.

Er drehte sich um und suchte die Spritze. Wo ist das Ding, dachte er.

Bachmann stöhnte und wälzte sich im Bett.

„Was ist mit meinem Mann?" Die Frau kam näher und näher, und ihre Stimme hob sich zu einem Kreischen. „Was ist? Was tun Sie?"

Gehr fand Bachmanns Hand zwischen den Falten der Bettdecke. Die Spritze steckte nicht mehr an der Infusionsnadel. Er tastete in den Falten, auf dem Laken, unter Bachmanns Arm, und fand nichts.

Die Frau zog an Gehrs rechtem Arm. „Was tun Sie denn? Er ist ja ganz blau, so tun Sie doch was!" Sie drängte sich an Gehr vorbei näher zum Bett. „Manfred! Manfred, was ist mit dir?"

Der Mann stöhnte und wälzte sich zur Seite.

Sie griff seinen Arm und die Schulter und schüttelte ihn. „Manfred! Sag was, Manfred. – Warum tun Sie denn nichts? So helfen Sie ihm doch!"

Gehr stand hinter ihr und konnte sich nicht bewegen.

Plötzlich richtete sie sich auf und hob die Spritze mit dem Rest Kaolin hoch. Sie drehte sich um und hob die Spritze vor Gehrs Augen. „Was ist denn? Herr Doktor. Hat das mein Mann bekommen? Was hat er denn?"

Gehr sah die Hand der Frau mit der Spritze an. Sie wird es erraten, dachte er, sie weiß es, er wird seziert werden.

Er schlug ihr die Spritze aus der Hand.

Die Frau blickte ihn mit weit offenen Lidern an.

Der zweite Schlag fiel ihm leichter und traf sie an der Schläfe. Ihr Kopf wurde nach hinten geschleudert. Bevor sie ihre Hände nach oben reißen konnte, bevor sie schreien konnte, hatte er sie noch mal geschlagen und noch einmal. Die Frau stürzte zur Seite, ihr Kopf schlug mit einem metallischen Schlag gegen das Bettgestell. Sie stöhnte nur einmal leise, als sie zu Boden fiel.

Gehr blieb stehen, sein rechter Arm blieb ausgestreckt und vor seiner Brust nach links gekreuzt. Er beobachtete Bachmann. Er atmet wieder ruhiger, dachte er. Dann sah er nach unten. Die Frau lag mit seltsam verkrümmten Armen halb unter dem Metallgestell des Krankenhausbetts ihres Mannes. Gehr kniete sich neben sie und fühlte den Puls ihrer Halsschlagader. Er legte die Daumenspitze an ihre Schläfe und drehte ihren Kopf ein paar Grade auf beide Seiten. Sie war bewusstlos. Er sah kein Blut.

Sie wird gleich aufwachen, dachte er. Sie wird sich erinnern. Ich habe sie geschlagen, ihren Mann getötet. Alles ist aus!

Sie musste vergessen. Er musste sie zum Schweigen bringen. Schweigen, dachte er und sah sie in Narkose. Narkose ist die Lösung, dachte er.

Er sprang auf. „Notfall!", brüllte er und rannte aus dem Zimmer. Auf dem Flur raste sein Blick den Türreihen entlang. Irgendwo brannte ein grünes Licht über einem Zimmer, die Schwester war beschäftigt. Er musste sie aufmerksam machen. „Notfall! Die Frau hat gekrampft!"

Er sprintete ins Stationszimmer. Hinter der Tür, unter dem signalroten Schild *Notfall* stand der Aluminiumkoffer mit der Ausrüstung. Den kurzen Weg über den Gang nutzte er, um die herantrabende Schwester noch ein paar Sekunden fernzuhalten: „Rufen Sie den Herzalarm. Die hat gekrampft, und er hat Atemprobleme. Zwei auf einmal, schöne Scheiße!" Schon war er an ihr vorbei ins Zimmer gerannt.

Frau Bachmann lag da wie zuvor. Lange konnte sie nicht mehr bewusstlos bleiben. Er hatte nur Sekunden.

Der Koffer schlitterte über das dunkle Linoleum und schlug gegen ein Rad des Bettes. Gehr brach die roten Plastiksiegel auf und ließ die Verschlüsse aufschlagen. Midazolam, Midazolam, dachte er, während er seinen Zeigefinger über die Reihe brauner, klarer, größerer und kleiner Ampullen gleiten ließ. Er fand das richtige Medikament, zerrte die Ampulle unter der Gummischlaufe heraus, brach den Hals mit den Zähnen ab, während er mit der anderen Hand eine Plastikspritze aus der Papierverpackung drückte.

Sein Kopf zuckte zur Seite, als die Frau ihren Arm bewegte, er sah sie an. Sie stöhnte.

Gurgelnd saugte der Spritzenkonus die Reste der öligen Flüssigkeit aus. Midazolam gegen Epilepsie, dachte Gehr. Midazolam lässt sie weiter schlafen, es lässt sie vergessen. Midazolam, echote es in seinem Bewusstsein. Er riss eine Venennadel aus der Verpackung, steckte die Spritze direkt auf den Konus am Ende, packte den Arm der Frau und presste ihn auf den Boden, bis die Venen prall hervorstanden. Die Stahlnadel glitt leicht durch die Haut. Sobald schwarz scheinendes Blut unter seinem Sog in Schlieren in die Spritze zurückfloss, drückte er den Stempel durch.

Die klappernden Holzpantinen der Schwester kamen näher.

Zehn Milligramm ist verflucht viel, dachte Gehr und sah abwechselnd der Frau ins Gesicht und über seine Schulter zur Tür. Das Medikament war in der Vene, er zog die Spritze ab und schob sie in die Tasche. „Krampfanfall“, murmelte er. „Krampfanfall. Wie sieht die nach einem Anfall aus?“ Er zögerte, dann griff er der Frau zwischen die geöffneten Kiefer, suchte ihre Zunge. Er glitt ab, fasste tiefer in die Mundhöhle, zog die Zunge zwischen die Zähne. Er wandte sich ab, schloss die Augen, dann schlug er mit dem Handballen unter das Kinn der Frau. Übelkeit meldete sich, als er das Geräusch der Zähne hörte, die sich in den Zungenmuskel gruben.

Sobald die Silhouette der Krankenschwester in der Tür erschien, rief Gehr ihr zu: „Schnell, der Mann! Ihm geht’s nicht gut. Wir müssen den wohl reanimieren. Die Frau hat gekrampft.“ Er riss ein Stück Klebeband von einer Rolle und befestigte die Venennadel auf der Haut der Frau.

Sich um den Krampfanfall der Frau zu kümmern, wenn der Mann wiederbelebt werden musste, war ein grober Fehler. Fehler passieren, dachte Gehr, daraus wird mir keiner eine Schlinge knüpfen. Ihm war nur wichtig, dass die Frau vergaß, was sie gesehen hatte. Zehn Milligramm Midazolam sollten genügen.

„Er atmet ganz ruhig, er hat einen guten Puls", sagte die Schwester zwischen keuchenden Atemzügen. „Ich glaube nicht, dass wir den reanimieren müssen."

Gehr sprang auf. „Was?"

Er zog die Decke von Bachmanns Brust. Die Augen des Mannes waren halb geschlossen. Er hatte noch eine leicht blaue Gesichtsfarbe, atmete aber ruhig und lag auf dem Rücken.

Bachmann lebt, dachte Gehr. Sein Kopf zuckte nach rechts und links, in einem Winkel entdeckte er endlich die Kaolinspritze. Es war nicht genug, dachte er. Bachmanns Herz war zu kräftig, er hat es überlebt.

Gehr kniff die Augenlider zusammen. „Was passiert jetzt?"

„Wie, was passiert?" Die Schwester drängte ihn zur Seite und bückte sich über Bachmanns Frau. „Die hat gekrampft?" Sie ging in die Hocke.

Gehr strich sich immer wieder mit gespreizten Fingern durch die Haare.

„Mist, die hat sich auf die Zunge gebissen. Ist bewusstlos. Wollen Sie die auf die Intensivstation bringen?" Die Schwester richtete sich auf.

„Was?" Gehr riss seinen Blick von Bachmanns Gesicht, dass jetzt rasch die blaue Farbe verlor.

„Ob Sie die auf Intensiv bringen wollen?" Die Schwester schüttelte den Kopf. „Die muss doch auf Intensiv, die ist bewusstlos, hat gekrampft, die kann man doch nicht nach Hause schicken." Sie wurde lauter, sprach schneller und wedelte mit beiden Händen, als hätte sie sich verbrannt. „Ich nehme die nicht auf in der Nacht. Die bleibt nicht hier, wenn Sie das meinen."

„Ja, ja, Intensiv. – Ich gehe telefonieren." Im Weggehen wandte er sich noch einmal zu ihr um. „Passen Sie auf die auf, die hat 'ne gute Portion Midazolam intus. Auf die Atmung achten, ja?"

„Na, dann ist es ja gut. Ich hätte die ja nicht aufgenommen. Kommt nicht in Frage."

Der Klang ihrer Stimme wurde leiser, Gehr ging langsam auf den Stützpunkt zu. Anrufen, dachte er, anrufen. Reiß dich zusammen. Jetzt keinen Fehler machen. Niemandem war etwas passiert. Die Frau würde sich nicht erinnern können.

Auf dem Flur hörte er das Schlagen der Glastür und Geräusche von rennenden Füßen. Ein Arzt und ein Pfleger sprinteten mit je einem Notfallrucksack über den Schultern den Gang hinauf. Gehr hob die Hand. Sie liefen ein paar Schritte aus und sahen abwechselnd Gehr und die offene Tür an.

Gehr deutete mit dem Daumen über die Schulter in das Patientenzimmer. „Da hat eine gekrampft. Ich besorg ein Intensivbett. Passt auf den Mann auf, der gefällt mir nicht. Lungenembolie, glaube ich." Alles muss wie immer sein, dachte er. Lungenembolie, jeder würde das erkennen. Vielleicht geht es ihm wieder schlechter. „Ich komm gleich, ich besorg nur den Intensivplatz. Passt mir auf den Mann auf."

Der Platz auf der Intensivstation war leicht zu bekommen. Der Operationsplan war kurz gewesen, alles war gut gegangen. Er könne auch drei Patienten unterbringen, sagte der Internist lachend, bevor Gehr den Hörer hinwarf und über den Flur zurück zu Bachmanns Zimmer lief.

„Wie geht es ihm?", rief er noch vom Gang aus.

Niemand antwortete. Der Assistenzarzt kniete neben der Frau und hörte ihren Brustkorb ab.

„Der Mann, der Mann", rief Gehr und schob die Schwester beiseite, um Bachmann besser sehen zu können.

„Dem geht es gut, soweit ich sehe", sagte der Arzt, ohne aufzuschauen. „Ist das eine Patientin? Eine Besucherin? Weiß man was über die? Haben Sie schon nach Medikamenten, einem Epilepsieausweis gesucht? Ist sie Epileptikerin?"

„Nein, nein", sagte Gehr, während er versuchte, sein Stethoskop aus der Kitteltasche zu zerren. „Er war blau wie 'ne Pflaume. Ich hab gedacht, der stirbt jetzt." Er schaffte es endlich, die Oliven des Hörrohrs in seine Gehörgänge zu stecken und schob den metallenen Trichter des Instruments auf Bachmanns Brustkorb umher. „Leise", zischte er und hob die Hand.

Normales Atemgeräusch, dachte er, dann verharrte er mit dem Gerät über einer Stelle der rechten Lunge. Verschärftes Atemgeräusch, blasige Nebengeräusche – hier muss der Thrombus sein, dachte er, aber der Kerl ist zu kräftig, sein Herz hält es aus, das bringt ihn nicht um.

Seine Linke mit dem Stethoskoptrichter rutschte zur Seite,

Gehr beugte sich etwas vor und sah Bachmann an. Schlafend lag der Mann vor ihm. Hilflos. Wären sie allein gewesen, Gehr hätte ihn erwürgen können, erschlagen, die Notfallkoffer waren voll mit Medikamenten, die tödlich überdosiert werden konnten …

Es war unmöglich.

„Was ist nun?“ Der junge Arzt war aufgestanden und stand neben Gehr. „Ich will die da auf die Intensiv bringen“, er zeigte auf die Frau am Boden, „und Sie kümmern sich nur um den Mann? Der schläft, aber ist doch sonst ganz frisch, finde ich.“

Gehr richtete sich ruckartig auf und sah seinen Kollegen an.

Der Assistent trat einen Schritt zurück und hob die Hände. „Ja, ja, von mir aus auch den Mann, aber das will ich schriftlich von Ihnen, Herr Gehr. Das dokumentier ich. Ich glaube, die Frau sollte auf die Wache.“

Gehr winkte ab, stopfte die Fäuste in die Kitteltaschen und senkte den Kopf. „Unsinn“, sagte er, während er sich umdrehte, um zu gehen. „Natürlich die Frau. Bringt die Frau auf Intensiv.“

Charon würde ihn anrufen. Charon musste sich vergewissern, ob getan worden war, was er verlangt hatte. Charon würde im Aufenthaltsraum anrufen.

Gehr stieß die Tür zum Treppenhaus auf. Das Quietschen seiner Turnschuhe auf dem Steinplattenboden hallte. Er ging die Treppenstufen hinab, nahm zwei Stufen auf einmal.

Sollte er Charon die Wahrheit sagen? Gehr konnte es erklären, er hatte es getan, er hatte Kaolin gespritzt. Bachmann war zu stark gewesen. Woher soll ich verdammt noch mal wissen, wie man jemanden umbringt, dachte Gehr. Scheiße, das kann er nicht erwarten. Und es macht überhaupt keinen Sinn, Sarah zu töten, damit verliert Charon doch sein Druckmittel.

Gehr sprang die letzten drei Stufen der Treppe hinunter. Charons ganzer Plan machte keinen Sinn, der Mann war wahnsinnig, es war vergeblich, über sein Ziel nachzudenken.

Gehr stand vor der Metalltür im dritten Stock. Er legte die Rechte auf die Klinke und ließ die Stirn gegen die Oberfläche der Tür sinken. Er hob den Kopf und ließ ihn wieder gegen das Metall fallen. Wieder und wieder stieß er die Stirn dagegen. Mit der Rechten klopfte er ohne Kraft gegen die Tür, dann verstärkte er seine Schläge, schließlich prügelte voller Wut darauf ein.

Warum? Was hatte er Charon angetan? Er kannte ihn nicht. Kannte ihn Bachmann? Bachmann war Polizist, Charon ein Verbrecher. Bachmann konnte Charon ins Gefängnis gebracht haben, und nun wollte Charon sich rächen. Dann war Gehr nur ein Mittel seiner Rache. Aber Bachmanns Operation war vorbei, Gehr konnte ihm nichts mehr tun. War er jetzt ohne Wert für Charon? Dann war es jetzt vorbei, Charons Plan war zerstört, er würde fliehen, Sarah zurücklassen. Die Polizei würde ihn finden und zur Verantwortung ziehen. Er würde sein Leben lang weggesperrt werden für den Mord an Anja.

Anjas Bild blieb in Gehrs Bewusstsein hängen. Langsam begriff er, was es bedeutete. Sie würde ihn nie wieder berühren. Ihre Stimme war verschwunden.

Die Kälte umzingelte ihn und kam näher.

Er zog die Feuerschutztür auf und ging nach rechts, durch eine Glastür in den Raum vor dem Aufenthaltszimmer.

Wenn Charon einen Komplizen im Krankenhaus hatte, wusste er schon, was geschehen war. Aber wie hatte Charon jemanden gewinnen können? Niemand außer Charon hätte doch ein Interesse an Charons Rache an Bachmann.

Das Telefon klingelte. Gehrs Magen krampfte sich zusammen, er stürzte in den Raum, stieß schmerzhaft mit der Hüfte an den Sessel und erreichte beim zweiten Klingeln den Hörer.

„Hallo? Gehr hier! Hallo!“ Er rief in die Muschel, als müsste er die Entfernung nur mit seiner Stimme überbrücken. Niemand antwortete. „Charon?“, sagte Gehr leise. Seine Hand krampfte sich um den Hörer.

„Reinhard, du musst noch das Opiatbuch unterschreiben.“ Es war Renate. Sie zögerte bei jedem Wort. „Kommst du bitte noch mal rüber?“

Gehr kämpfte um eine Antwort. Er dachte an Charon und Sarah. Er fürchtete, dass er nicht mehr unterscheiden konnte, was er dachte und was er sagte. Er glaubte, er hatte Charons Namen gesagt. Konnte Renate etwas daraus ableiten? Er schüttelte den Kopf und kniff die Augenlider zu. Er durfte jetzt nicht die Fassung verlieren, die Leitung musste frei bleiben, Charon konnte jederzeit anrufen. „Ja. Ich komme. Nachher, Renate.

Ich muss ein paar Anrufe erledigen. Lass mir noch ein paar Minuten, ja?"

„Kann ich dir helfen?"

Gehr hätte sie gerne angebrüllt und den Hörer hingeknallt. Ihr Mitleid kotzte ihn an. Er beherrschte sich, Renate durfte keinen Verdacht schöpfen. Er schuldete ihr eine Erklärung für sein Benehmen, aber er fand keine, die unverfänglich gewesen wäre. „Nein", murmelte er und wartete, bis sie auflegte.

Er stand vor dem Holztisch und betrachtete das Telefon. Läute, dachte er, läute. Er wagte sich nicht aus dem Raum, blieb nirgends länger als ein paar Sekunden sitzen und hasste seinen Magen, der bei jedem Geräusch, das ihn aufschreckte, mehr Säure produzierte.

Endlich klingelte es. Noch bevor der Ton seinen Höhepunkt erreicht hatte, riss Gehr den Hörer an sich und rief seinen Namen in die Muschel.

Er hörte nur Atmen in der Leitung. „Charon?" Gehr wartete. Es kam keine Antwort. Nach ein paar Sekunden konnte er sich nicht mehr beherrschen. „Was ist? Sagen Sie etwas! Was wollen Sie jetzt noch? Was ..." Er wurde vom Klicken in der Leitung unterbrochen. Charon hatte aufgelegt.

Gehr warf den Hörer auf die Gabel und sprang auf. „Das ist nicht fair! Verdammt, das ist nicht fair. Du Schwein! Du musst mit mir sprechen." Er trat mit dem Fuß gegen den Tisch, der Hörer fiel vom Apparat. Er trat wieder und wieder und schrie.

Endlich fiel er auf den Sessel hinter sich und legte das Gesicht in beide Hände. Er fühlte Tränen auf seinen Wangen, aber war sich nicht bewusst, dass er geweint hatte. Was will Charon, dachte Gehr. Warum hat er nichts gesagt?

Er kannte die Antwort. Charon wusste, dass Bachmann lebte. Was würde er tun? Dass Charon aufgeben würde, kam Gehr jetzt unwahrscheinlich vor. Charon war entschlossen, Bachmann töten zu lassen. So leicht würde er nicht aufgeben.

„Aber ich habe es versucht", sagte Gehr und hob die ineinander verkrampften Fäuste. Woher wusste es Charon? Gab es doch einen Komplizen im Krankenhaus? Wen?

Gehr hob das Telefon ab und wählte seine Nummer. Niemand hob ab, nach einiger Zeit ertönte das Besetztzeichen. Er legte auf und wählte die Nummer von Anjas Mobiltelefon. Er erwartete, dass der Anrufbeantworter wie zuvor ansprang, aber diesmal klingelte es fünfmal, zehnmal. Niemand hob ab.

Charon hat vor kurzem die Einstellung geändert, dachte Gehr. Charon muss das Telefon bei sich haben. Er muss es hören, er kann die Telefonnummer sehen. Er weiß, wer anruft.

Nach ungezählten Klingeltönen teilte eine Frauen-Konservenstimme Gehr mit, dass im Moment niemand abheben konnte. Er legte auf und wählte erneut.

Charon muss mich anhören, er muss mit mir verhandeln, dachte er. Wie wahnsinnig er auch ist, Charon verfolgt ein Ziel, und ich bin bereit ihm zu helfen, wenn er Sarah dafür verschont.

Das Klingeln ertönte, nach zwei Tönen schaltete sich der Anrufbeantworter an. Ein Atmen war zu hören. Gehr beugte sich vor, konzentrierte sich. Er musste alles aufnehmen und erinnern, was Charon sagte.

„Ich – rufe Sie an."

Ein Rauschen, dann ein Pfeifen, nach der er seine Nachricht hinterlassen sollte.

Gehr legte auf.

Hatte Charon das Telefon in der Hand gehalten, während Gehr anrief? Charon musste zwischen den beiden Anrufen den Anrufbeantworter aktiviert haben, auf den er seine Nachricht an Gehr gesprochen hatte.

„Ich – rufe Sie an", hatte Charon gesagt. In diesem ‚Ich' steckt ein Gebirge der Selbstüberschätzung, dachte Gehr. ‚Ich' – das war Charon das Wichtigste, alles und alle mussten sich ihm unterordnen. Dieser Mensch war zu einem Mord fähig, weil er nur sich selbst für bedeutend hielt.

Aber auch Gehr selbst hatte zweimal einen Mord begehen wollen. Er rieb sich die Augen. Nur Zufälle hatten es verhindert, er war dazu fähig.

Er stand auf und verbot sich die Gedanken. Er musste Sarah retten, nur daran durfte er denken. Er musste sich beruhigen und warten. Charon hatte angekündigt, Gehr anzurufen. Das war ein gutes Zeichen.

Gehr nahm die Fernbedienung des Fernsehers und ließ sie in seiner Rechten kreisen. Charon wollte, dass Gehr noch etwas für ihn tat – deshalb wollte er ihn anrufen, es ergab sonst keinen Sinn. Charon wollte bestimmen, wann sie miteinander sprachen.

Sein Ego sollte bekommen, was es verlangte. Jetzt war nicht die Zeit, Charon etwas beweisen zu wollen. Gehr warf die Fernbedienung ein kleines Stück nach oben und fing sie auf. Er würde hier warten, bis Charon anrief, sich anhören, was er wollte und es tun. Egal, was es sein würde. Die Fernbedienung flog einen Salto. Es war ihm gleichgültig, ob ihn jemand beobachtete. Sollten sie ihn doch einsperren, ihm war nur wichtig, dass Sarah lebte. Er würde sich nicht wieder abhalten lassen. Nicht von Renate und von niemandem sonst. Das würde er Charon sagen, sobald er anrief. Charon musste verstehen, warum Bachmann noch lebte. War es nur ein Test gewesen? Die Fernbedienung flog höher. Vielleicht wollte Charon ihm die Skrupel nehmen?

Gehr schlug das Plastikkästchen auf den Tisch. Vielleicht hatte Charon es so vorausgesehen?

Er stand auf, ging um den Tisch herum und hielt sich dabei das kühle Plastik des Geräts an die Stirn. Die Knöpfe rieben grob über seine Haut.

Das Telefon läutete. Gehr ließ die Fernbedienung auf den Boden fallen, stürzte zum Tisch und riss den Hörer an sich. „Gehr!“

„Reinhard, wir bestellen Pizza. Willst du auch eine?“ Midner atmete, als ob er gerannt wäre.

Otto soll sich seine Pizza hineinschieben, wo es weh tut, dachte Gehr. Ich brauche das Telefon, ich hätte schon angerufen, wenn ich etwas will.

Es kostete ihn Beherrschung, ruhig zu antworten. „Keine Pizza. Danke.“

Er legte auf und behielt die Hand auf dem Hörer. Charon konnte jeden Moment anrufen. Oder wollte er sein Opfer warten lassen?

Gehr hörte den Klingelton und spürte das Vibrieren unter seiner Hand. Einen Augenblick später presste er den Hörer an sein Ohr. Sein Atem flog, Schweiß bildete sich unter den Armen. „Ich bin hier“, sagte er dennoch ruhig.

Wieder hörte er nur Atmen im Hörer. Er wollte den Mann anschreien: Sprich! Um Himmels Willen sag etwas!

Er bezwang den Impuls.

Nach endlos scheinenden Sekunden kam nur ein Wort von Charon. „Gut.“

Gehr wartete auf mehr. Was wusste Charon? Konnte Gehr ihn anlügen? Er wagte es nicht. Musste er Charon sagen, dass es nicht funktioniert hatte? Wie würde der Mann reagieren?

Gehr holte Luft und sagte langsam: „Wie geht es Sarah?"
„Gut."
Die Worte pressten aus Gehr hinaus, er konnte sie nicht aufhalten. „Bachmann ist nicht ..."
Charon hatte aufgelegt.
„ ... tot."
Gehr fragte sich, ob das überhaupt die Stimme des Erpressers gewesen war. Er war außer Atem, obwohl er nur auf einem Sessel saß. Konnte es eine Tonbandaufnahme gewesen sein? Warum hatte Charon sofort aufgelegt?
Wieder klingelte das Telefon, Gehr beeilte sich abzuheben.
„Reinhard, kommst du mal nach vorne in die Steuerstelle im OP?", sagte Renate gelangweilt. „Da will dich jemand am Telefon sprechen."
„Wer?", rief Gehr und sprang auf.
„Ich hab den Namen nicht genau verstanden. Er ist noch am anderen Apparat. Sagte, er würde warten. Unterschreib auch gleich das Opiatbuch, wenn du schon da bist." Sie legte auf.
Gehr ließ den Hörer fallen, rannte auf den Gang und hinunter zur Tür der Operationsabteilung. Er stieß die weißen Turnschuhe von sich, noch während er durch die Glastür ging, zog eine Kopfhaube aus dem Karton und hastete auf Socken mit der Haube in der Hand den Gang entlang zur Steuerstelle.
Renate stand vor einem deckenhohen weißen Schrank und sortierte Medikamente. Gehr stand schwer atmend und mit rasendem Herzen in der Tür und streifte die Kopfhaube lose über sein Haar. Die Bänder hingen herab und rahmten sein Gesicht ein, während seine Augen nach demjenigen der sechs Telefone in der Steuerstelle suchte, bei dem der Hörer abgehoben war.
Links neben Renate, halb verdeckt von der Schranktür, stand ein Schreibtisch mit zwei Telefonen. Ein Hörer lag neben dem Apparat. Gehr lief um den Schreibtisch mit dem Drucker und stieß sich den Oberschenkel an einer Ecke der Tischplatte, während er nach dem Telefonhörer griff.
„Hallo?" Gehr keuchte und schwitzte.
Es musste Charon sein. Kein Ton in der Leitung.
„Hallo!" Gehr wartete einige Sekunden. Keine Antwort.
Wollte Charon mit ihm spielen? Er würde sich darauf einlassen, er musste sich auf alles einlassen. Es blieb ihm keine Wahl.

„Hallo!“ Er spürte mehr, als er sah, dass Renate ihn ansah. Er konnte keine Rücksicht nehmen. „Warum sagen Sie nichts?“ Er unterdrückte den Impuls, Charons Namen auszusprechen, er fürchtete Renates Fragen.

Gehr ließ den Hörer langsam sinken und sah ihn an, als ob es etwas zu sehen gab.

„Alles in Ordnung?“, fragte Renate.

„Wer war da dran?“, herrschte Gehr sie an.

Sie hob die Schultern und wandte sich wieder ihrer Arbeit mit den Medikamenten zu.

„Wer?“ Gehr machte einen Schritt in ihre Richtung. Er hielt immer noch den Hörer in der Hand. Er griff nach Renates Schulter und schüttelte sie. „War das ein Mann? Eine Frau?“ Er konnte seine Wut nicht verbergen.

Renate zog ihre Schulter weg. „Was soll das? Ein Mann. Was hast du denn?“

Ein Mann. Es konnte nur Charon gewesen sein. „Wie klang seine Stimme?“ Er überlegte, wie er die Stimme beschreiben konnte. „Hat er schnell gesprochen? Hat er am Satzende die Worte so eigenartig lang gezogen?“ Er griff Renate am Oberarm. „Sag!“ Er schüttelte sie.

Renate packte Gehrs Handgelenk und zog seine Hand von ihrem Arm. „Spinnst du? Was soll das? Lass mich los! Es war ein Mann. Vielleicht hat er schnell gesprochen, ich weiß es nicht. Er wird schon wieder anrufen.“ Sie warf eine Tablettenschachtel in den Schrank, funkelte Gehr an und ging ohne ein weiteres Wort hinaus.

Gehr sah Renate hinterher und legte den Hörer auf.

Es war Charon, dachte er. Warum hat er aufgelegt? Hat er Angst davor, dass sein Anruf zurück verfolgt wird? Dann muss er annehmen, dass ich die Polizei verständigt habe. Das hat Charon verboten und mit Sahras Tod gedroht.

Gehr hätte nicht gewagt, Charons Anweisungen zu missachten. Er fragte sich, ob Charon einen Komplizen im Krankenhaus hatte. Konnte es Renate sein? Sie hatte Bachmanns Tod verhindert, Hatte sie gewusst, dass Gehr ihn umbringen wollte? War das Charons Absicht? War das nur ein Test? Hat sie sich gerade eben am Telefon mit Charon abgesprochen?

Gehr ließ sich auf einen Bürostuhl fallen, stützte die Ellbogen auf die Knie und legte die Stirn in beide Hände. Warum soll

Renate so etwas tun, dachte er. Ich muss aufhören, ich werde wahnsinnig, wenn ich so weitermache.

Das Telefon läutete. Noch während des ersten Tons hatte Gehr den Hörer in der Hand. „Hallo? Gehr hier“, flüsterte er. Seine Stimme gehorchte ihm nicht. Er räusperte sich. „Hören Sie mich? Wer ist dran?“

„Nun?“ Es war Charons Stimme.

„Wissen Sie, was passiert ist?“ Gehr fürchtete sich vor dem Moment, in dem er sagen musste, dass Bachmann lebte. Wusste es Charon schon?

Es kam keine Antwort von der anderen Seite.

Gehrs Kehle brannte. Blut rauschte in seinen Ohren, er spürte die Arterien im Hals pulsieren. Er sah sich um. Niemand war in der Steuerstelle.

„Bachmann. Ich habe die Spritze schon angesetzt, ein paar Milliliter gespritzt.“ Er dämpfte seine Stimme und hetzte beim Sprechen. Er blickte um sich, während ersprach. „Es war nicht genug, die Schwester hat etwas bemerkt, ich konnte nicht weiter. Sie hat die Spritze genommen, sie war trüb, auffällig. Verstehen Sie?“

In der Leitung war nur ein Atmen zu hören.

„Dann war die Operation zu Ende“, sprudelte es aus Gehr hinaus. „Es ging nicht mehr. Ich bin mit auf die Station, ich habe ihm die Spritze gegeben, er ist blau geworden, aber es hat ihn nicht umgebracht. Dann kam die Frau, sie es hat es gesehen, es ging nicht mehr, sie … hören Sie?“

Charon atmete tief ein und schwieg. Dann plötzlich: „Bachmann lebt. Ihre Tochter stirbt.“ Das letzte Wort zog er in die Länge.

Gehr benötigte einige Sekunden, um zu begreifen. In dem Moment, als er zu brüllen begann, legte Charon auf. „Oh Gott, nein. Charon! Nein!“

Es war zu spät. In der Leitung war nur noch Rauschen zu hören. Gehr erstarrte auf dem Drehstuhl und presste den Hörer an die linke Seite seines Gesichts. Einige Sekunden lang war er unfähig zu denken und zu handeln. Dann war es ihm klar: Er musste sofort die Polizei anrufen. Vielleicht war Sarah noch zu retten. Vielleicht war Charon bei ihm zu Hause. Möglicherweise konnte der Mann noch an dem Mord gehindert werden.

Gehr stellte seine Überlegungen an wie ein Unbeteiligter. Er ordnete seine Gedanken und Bewegungen. Er war ohne Panik. Er bemerkte es und staunte darüber. Es ist zu viel, dachte er. Das kann man nicht fühlen, ohne verrückt zu werden. Ich muss das verdrängen, um weiter funktionieren zu können.

Er legte auf und ließ die Linke auf dem Hörer ruhen. Er streckte den rechten Zeigefinger aus und beobachtete ihn, wie er die Null wählte. Der Lautsprecher schaltete sich ein, das Freizeichen ertönte, er hatte ein Amt. Eins eins zwei. Der Notruf. War das Polizei? Die Feuerwehr? Sie würden festlegen, was zu tun war.

Fast ohne Verzögerung ertönte der Rufton im Hörer. Gehr stellte sich vor, wie irgendwo in einer Notrufzentrale in München ein Birnchen in einem Schaltpult aufleuchtete. Ein Disponent mit Kopfhörer und schmalem Mikrophon neben dem Mund würde gleich die blinkende Taste drücken und Gehr fragen, was er zu melden habe.

Noch während des ersten Ruftones leuchtete neben der Tastatur des Apparates ein rotes Licht auf. Im Display erschien die Nachricht *Wartender Anruf*. Ohne nachzudenken drückte Gehr die Taste *Übernehmen*. Im selben Augenblick wollte er wieder auflegen – er musste die Polizei anrufen.

Aber er tat es nicht.

„Doktor Gehr. Ich war etwas – aufgebracht nach Ihrem Versagen. Nun, ich denke, wir geben uns eine Chance und probieren es noch einmal, nicht?“ Charons Stimme drückte Freundschaft und Unterwürfigkeit aus. Sein Atem blies ins Mikrophon.

„Sarah …“ Gehrs Mundwinkel zogen sich hinab, seinen Nacken bedeckte eine Gänsehaut.

„Ihr geht es gut. Sehen Sie, was Sie mir da erzählt haben, ist ärgerlich. Aber es ist ein korrigierbarer Fehler. Bachmann ist unwichtig, Sie sollen lernen, wie man tötet. Wenn es stimmt, was Sie mir erzählen, waren Sie schon sehr weit.“ Er lachte einmal, dann atmete er schneller und sagte: „Es stimmt doch, was Sie mir gesagt haben?“

Bachmann war nicht das Ziel, dachte Gehr. Ich sollte einen Menschen töten, nur weil ich das Töten lernen soll. Charon ist kein Unmensch. Er ist überhaupt kein Mensch. Ein Tier. Ein Raubtier. „Ich …“

„Sie wissen was passiert, wenn Sie mich anlügen?“ Von einer Sekunde zur nächsten war Charon nicht mehr wiederzuerkennen. Hass beherrschte jede Silbe. „Sie stirbt. Sarah stirbt wie Ihre Frau. Verreckt wie ein Stück Vieh. Und ich werde es genießen.“

„Es war genau, wie ich es Ihnen gesagt habe.“ Gehrs Stimme zitterte. Der Hörer in seiner Linken bewegte sich, ohne dass er es wollte. Er fror und schwitzte gleichzeitig.

„Verenden wird sie wie eine Ratte! Ich werde sie zerquetschen, zerbrechen, zerreißen! Ich bin der Hass!“ Charon unterbrach sich. Dann lachte er. „Das mögen Sie nicht, richtig? Soll ich es tun?“

Gehr schwieg.

„Antworten Sie!“ Seine Stimme überschlug sich.

„Nein! Nein! Tun Sie es nicht, ich bitte Sie, ich flehe Sie an, lassen Sie sie leben.“

„Wie Sie wünschen.“ Charon lachte. „Ich glaube Ihnen.“ Er sprach wie ein anderer Mensch. Er troff vor Freundlichkeit. „Hören Sie zu, es ist jetzt genau sechs Minuten vor elf. Bis um Mitternacht haben Sie einen Menschen getötet. Irgendeinen.“ Er gluckste. „Wenn ich Ihnen raten darf, tun Sie es unauffällig. Während einer Narkose, zum Beispiel.“ Von einem Moment zum anderen klang seine Stimme wie die Antithese jeder Freundlichkeit. „Bis Mitternacht. Ich rufe Sie wieder an. Wenn Sie wieder versagen, stirbt Ihre Tochter. Wenn Sie die Polizei anrufen, stirbt Ihre Tochter. Wenn Sie mit jemandem über unsere Gespräche sprechen, stirbt Ihre Tochter. Wenn Sie die Klinik verlassen, stirbt Ihre Tochter. War das klar genug?“

Gehr blieb sitzen. Sein Körper gehorchte nicht. Er zitterte.

Irgendeinen Menschen sollte ich also töten, dachte er. Nicht Bachmann war das Ziel, ich bin es. Reinhard Gehr soll getroffen werden. Charon will, dass ich töte, dass ich selbst werde wie Charon. Ein Unmensch, ein Scheusal, ein Monster. Mörder. Mörder. Mörder.

Er rutschte vom Stuhl und sank sich in sich zusammen, den Hörer noch an sein Ohr gepresst, bis er auf dem Boden kauerte und weinte.

Donnerstag, 9. Oktober 2003, 22:55 Uhr,
Adalbert-Stifter-Straße, Karlsfeld bei München

Luthof hatte das Gespräch beendet, aber er starrte den kleinen Bildschirm des Mobiltelefons immer noch an. Gehr war in seiner Hand. Er konnte mit ihm spielen, wie es ihm gefiel.

Er rieb mit dem Daumen über die Seite des Telefons. Der ach so gute Herr Doktor hatte einen Patienten umbringen wollen. So einfach war es gewesen, ihn dazu zu bringen. Wo war der Ethos? Wo die Moral dieses Gutmenschen?

‚Damit können Sie ihn umbringen, Sie Wahnsinniger', hatte Gehr ihn vor den anderen Sanitätern angeschrien, nachdem Luthof einem Patienten ein Blutdruckmittel gespritzt hatte. In der Kabine eins der Nothilfe. Das Stethoskop hat Gehr ihm vom Hals gerissen, noch ehe Luthof reagieren konnte.

Er ballte die Faust um das Mobiltelefon. Die Kollegen hatten alles dem Chef erzählt und der hatte Luthof zu sich zitiert. Er maße sich immer wieder ärztliche Kompetenzen an, hatte der Chef gesagt.

Es gab einen harten Konkurrenzkampf der Sanitätsdienste. Die Unternehmen waren abhängig von der Gunst der Krankenhäuser. Der Chef hat Luthof fristlos gekündigt.

Gehr weiß vielleicht nicht, was er getan hat, dachte Luthof. Aber er muss es wissen. Er wird seine Lektion lernen. Er wird sie sich unauslöschlich einprägen.

Der Chef hatte Luthof bei den anderen Sanitätsdiensten angeschwärzt. Überall hatte er sich Absagen auf seine Bewerbungen abholt. Zwei Monate hatte es gedauert, dann waren die ersten Kredite geplatzt.

Luthof sprang auf, riss ein langes Küchenmesser aus dem Holzblock neben der Mikrowelle und rammte es mit aller Gewalt in die Kühlschranktür. „Du Schwein!", schrie er. „Gehr, du Drecksau wirst bezahlen!"

Er stand in der Mitte der Küche, keuchte und starrte den Holzgriff des Messers in der Kühlschranktür an. „Gehr ist der Mörder, nicht ich."

Gehr hat mich erniedrigt, hat mir meinen Beruf, mein Haus genommen, dachte er. Aber ich werde ihn nicht damit davonkommen lassen. Er wird spüren, wie es ist, verachtet zu werden.

Donnerstag, 9. Oktober 2003, 22:55 Uhr,
Steuerstelle der Operationsabteilung

Von irgendwoher hörte Gehr Schritte. Er tastete nach Halt an der Tischkante. Er zog sich empor, verlor fast das Gleichgewicht und stützte sich mit beiden Händen auf die Tischplatte. Er bemühte sich, das Schluchzen zu unterdrücken.

Endlich warf er den Hörer auf die Gabel, zog die Haube vom Kopf und wischte sich damit über das Gesicht.

Er sah auf die Uhr. Eine Stunde und fünf Minuten blieben ihm. Es war eine Entscheidung zu treffen. Sollte er tun, was ihm befohlen worden war?

Sarahs Leben hing davon ab. Nichts sprach dafür, dass Charon zögern würde. Er hatte Anja getötet, nur um seine Entschlossenheit zu beweisen. Dazu war ein Grad der Geisteskrankheit notwendig, der ihn zu allem befähigte. Auch die Polizei würde wohl kaum verhindern können, dass er Sarah umbrachte.

Gehr richtete sich auf. Es war entschieden. Er musste es tun. Er durfte jetzt keine Rücksicht mehr auf sich nehmen. Er musste aufhören, sich selbst zu bemitleiden. Sein Versagen hatte Sarah in Gefahr gebracht. Er würde es nicht wieder so weit kommen lassen. Er ballte die Fäuste.

Er sollte einen Menschen töten. Es war keine Operation angemeldet. Während einer Narkose konnte er jemanden umbringen, ohne entdeckt zu werden. ‚Einen Menschen', hatte Charon gesagt. Gehr sollte das Opfer aussuchen. Er presste die Handflächen auf die Schläfen. Ein Patient, er brauchte einen Patienten, der operiert werden würde.

Plötzlich zitterten seine Beine und sein Gleichgewichtssinn versagte. Er wusste, dass er seine Moral nicht ablegen konnte. Er wusste, dass sein Unterbewusstsein ihn Fehler begehen lassen wollte. Fehler, die ihn von seiner Tat abhielten. Er musste vorsichtig sein, durfte sich nicht von sich selbst überlisten lassen. Jetzt musste die Ratio das Steuer übernehmen.

Er wollte es tun.

Gehr wischte sich den Schweiß von der Stirn und ließ die zerknüllte Kopfhaube fallen. Das Zittern nahm ab. Er ging hinaus und den Gang hinunter in Richtung Ausgang. Die Augen brannten. Wer würde sterben müssen? Er musste einen todkranken Menschen finden, für den es eine Erlösung war. Kein Mord, sondern eine Erlösung. Es gab Kollegen in der Inneren Medizin, die so etwas jeden Tag tun mussten. Er durfte sich nicht gehen lassen, er musste sich selbst überzeugen, dann konnte er es tun.

Aber warum sollte Midner einen Sterbenden operieren?

Gehr konnte auf eine Station gehen und einem Menschen das Sterben erleichtern. Auf der Intensivstation war es leicht. Aber die Patienten wurden überwacht, die Schwestern würden es bemerken und reagieren.

Er schüttelte den Kopf. Die Intensivstation kam nicht in Frage. Er ging aus der Steuerstelle und den Gang hinunter in Richtung des Aufenthaltsraumes. Aus dem kleinen Vorratsraum zwischen den Operationssälen sah ihn die Putzfrau an und zog die Augenbrauen zusammen. Er öffnete die Glastür und blieb stehen, um die Schuhe zu wechseln. Er bemerkte, dass er nur Socken trug und sah sich nach seinen Tennisschuhen um. Er fand sie, nahm einen in jede Hand und ging weiter.

Vor der Tür des Aufenthaltsraumes blieb er stehen. Er hörte den Fernseher, jemand bewegte sich in dem Zimmer. Renate musste da sein. Er wollte ihr nicht begegnen und riskieren, dass sie eine Erklärung forderte.

In der Nothilfe sind immer Patienten, dachte er.

Aber es gab keine Sterbenden.

Vielleicht konnte er Midner treffen und ihn dazu bringen, in der Nacht eine verschobene Spülung eines Peritonitis-Kranken zu machen oder eine Pleuradrainage eines Intensivpatienten zu wechseln. Es musste schnell gehen.

Gehr sah auf die Uhr. Eine Minute vor elf. Unmöglich, in so kurzer Zeit eine Operation zu organisieren.

Wie würde er den Patienten töten? Es durfte kein Kaolin sein, Renate würde misstrauisch werden, wenn schon wieder ein trübes Medikament auftauchte.

Gehr öffnete die Metalltür zum Treppenhaus. Er legte die Schuhe auf den Boden vor sich und zwängte seine Füße hinein, ohne die Schuhbänder zu öffnen.

Midner hatte vielleicht eine Kopfplatzwunde zu versorgen. Gehr konnte ihm helfen, eine Infusion anlegen, eine Lokalanästhesie machen. Es musste eine Möglichkeit geben. Gehr rieb sich die Augen. Junge gesunde Menschen haben Kopfplatzwunden, dachte er, es ist keine Lösung.

Die Tür schepperte, als sie hinter Gehr zufiel. Er blieb stehen und sah den Flur der Nothilfe hinunter. Entlang der Wand waren unter den Fenstern Stuhlreihen auf dem Boden verschraubt. Alle paar Meter stand eine Alibipflanze unter einer UV-Lampe. Eine orientalische Großfamilie stand und saß um einen der niedrigen Tische mit den Magazinen der letzten Monate darauf.

Gehr sah in die andere Richtung. Ein junger Mann saß auf einem Stuhl und hatte das rechte Bein auf den benachbarten Sitzplatz gelegt. Er scheiterte daran, ein blaues Plastik-Kühlkissen um das Sprunggelenk zu wickeln.

Das sind keine Kandidaten, dachte Gehr. Er ging nach links die Türreihe der Erstbehandlungs-Kabinen entlang. Jede Tür war mit einer großen, weißen Zahl von eins bis zehn versehen. Wie viele Menschen hatte er schon hinter diesen Türen beruhigt und behandelt, aber auch aufgegeben?

Er sah sich um. Wo war Midner? Eine massive Lungenembolie, ein riesiger Herzinfarkt eines Fünfundachtzigjährigen, das waren Menschen, denen man nur Leid ersparen konnte. Er handelte nicht gegen die Moral, wenn er einem solchen Patienten die Behandlung vorenthielt.

Gehr ging an der Großfamilie vorbei. Sie unterbrach ihr Geschnatter. Gehrs Schuhe quietschten. Als er vorüber war, redeten sie weiter. Gehr bog nach links in die Tür der Kabine zehn ab.

Niemand war im Raum. In der Mitte stand eine Liege auf Rädern, abgedeckt mit Papier von einer Rolle am Kopfende. Links bis unter die Decke Schränke und Regale mit Material zur Notfallversorgung. Rechts an der Wand standen ein EKG-Gerät und ein Defibrillator auf einem Edelstahlwagen. Gegenüber der Tür, unter einem Milchglasfenster, stand ein Schreibtisch aus weiß laminiertem Holz. Sortierkästen mit Formularen stapelten sich neben einem Computer, auf dessen Monitor ein Bildschirmschoner arbeitete.

Die Kabinen waren auf der Fensterseite mit einem Gang verbunden, der nur durch Vorhänge unterbrochen war, die gewöhnlich aufgezogen blieben. Gehr ging nach links die Reihe der Abteile entlang. Zehn Kabinen sind zehn Chancen, dachte er. Vielleicht lag ein Patient im Sterben auf dem Polster einer der

Edelstahlliegen. Die Schwester der Nothilfe konnten vergessen haben, Gehr anzurufen, wie sie es sonst immer tat.

Er ging an Kabine acht vorbei. Er fand keinen Patienten. Irgendwo klingelte ein Telefon. In Kabine sieben saß ein Mann mit blutigem Hemd auf dem Untersuchungsstuhl der Hals-Nasen-Ohren-Ärzte. Gehr blieb stehen und sah ihn an. Er war vielleicht vierzig Jahre, schlank und kräftig. Er drückte sich ein Bündel Mullbinden auf die Nasenlöcher. Nasenbluten war eine Todesursache, die Verdacht erregen musste. Gehr atmete schwer. Der Vorhang zu Kabine sechs war geschlossen worden. Er schlug den Stoff zurück und stand im Raum, noch bevor er wahrnahm, wer und was darin war.

Auf dem Tisch für Computer und Telefon in der Ecke saß die neu eingestellte Schwester der Nothilfe, ein Mädchen von zwanzig Jahren. Zwischen ihren Beinen stand Midner und hatte mit seiner Rechten ihren blauen Baumwollkasack nach oben geschoben. Er knetete ihre Brust und hatte den Kopf über die Seite ihres Halses gebeugt, den er küsste. Keiner gab einen Laut von sich. Die Schwester hatte die Augenbrauen nach oben gezogen und starrte Gehr stumm an.

Gehr berührte der Anblick nicht. Er ging durch den Vorhang auf der anderen Seite des Raumes hinaus und wusste, dass Midner ihm gleich folgen würde.

Das Zittern seiner Beine hatte nachgelassen. Das ist gut, dachte er, ich muss ruhig wirken. Er konnte alles von Midner verlangen. Otto war verheiratet, hatte drei kleine Mädchen. Midners Frau füllte ihre Mutterrolle mit Inbrunst aus. Sie war das Gegenteil der Nothilfe-Schwester. Ich werde Midner um eine Operation bitten, dachte Gehr. Aber wie konnte er das begründen? Konnte er Ablenkung wegen des Todes seiner Großmutter brauchen? Das klang wie aus einem Boulevardstück gestohlen. Oder konnte er Streit mit Renate gehabt haben und sie jetzt zur Strafe die Nacht über beschäftigen wollen? Auch das schied wegen Lächerlichkeit aus.

Plötzlich wusste er, was er tun musste.

Gehr setzte sich vor den Computer in Kabine fünf und klickte auf das Symbol des Internetbrowsers. Er navigierte sich durch die Menüs der Intranetseiten und gelangte zum Diagnose-Verschlüsselungs-Programm.

In Kabine sechs zischten das Mädchen und Midner Worte, die Gehr nicht verstand. Otto würde jeden Moment kommen.

Gehr gab sein Passwort ein und stellte eine Suchanfrage zusammen. Kleinzellige Lungentumoren. Das Programm brauchte einige Sekunden, bis das Ergebnis angezeigt wurde. Ein Kleinzeller war ein Todesurteil. Niemand gab diesen Patienten mehr als sechs Monate Überlebenszeit. Das Bildschirmfenster wurde aufgebaut. Es gab zwei Patienten mit dieser Diagnose, die zur Zeit im St.-Marien-Krankenhaus lagen. Er las sich leise vor: „Oldenbauer, Luise und Tornball, Oskar". Er fuhr die Zeilen der Einträge mit dem Mauszeiger nach. Oldenbauers Diagnose war schon vor vier Monaten codiert worden. Tornballs Krankheit war erst vor einer Woche in das Programm eingegeben worden. Sie musste schon in den letzten Phasen sein. Wenn ich jetzt unsagbares Glück habe ..., dachte er. Er öffnete ein zweites Fenster, der Operationsplan für die nächsten Tage erschien.

Otto Midner kam in die Kabine und setzte sich ohne ein Wort Gehr gegenüber an den Tisch.

Gehr ging die Liste der geplanten Operationen für morgen durch. Treffer! Er warf sich in den Drehstuhl zurück und unterdrückte ein Lächeln. Für Oskar Tornball war morgen die Anlage einer Ernährungssonde vorgesehen. Es würde eine kurze Narkose notwendig sein. Man hätte es auch in Lokalanästhesie machen können, aber auf dem Plan stand eine Allgemeinanästhesie. Tornball würde nicht mehr leiden müssen.

Gehr verschränkte die Arme vor der Brust und sah Midner an. Dessen Gesicht war noch röter als sonst, und er blieb gegen seine Gewohnheit stumm.

„Otto, du bist ein Ferkel."

Midner rang sich ein Lächeln ab und hob die Schultern. „Weißt du, das muss doch meine Frau nicht erfahren. Ich meine ..." Er beugte sich nach rechts und sah offenbar nach, ob die Schwester noch in der Nachbarkabine war. „Das ist nichts, das ist nur – Triebabfuhr. Hör mal, das kennst du doch auch. Das bedeutet nichts." Er sah an Gehr vorbei in die andere Kabine.

Gehr zuckte mit den Achseln. „Otto, mir ist egal, was du so in der Nacht machst. Aber wenn dir langweilig ist, dann machen wir doch die Ernährungssonde von dem Tornball noch heute Abend, okay?"

Midner hob die Augenbrauen. „Was? Warum denn heute Nacht? Das hat doch Zeit bis morgen." Er winkte ab. „Hör mal, das muss unter uns bleiben, ja? Wenn meine Frau das erfährt, dann ... Die hat mir angedroht, sie wirft mich raus. Eine Scheidung kann ich mir nicht leisten. Reinhard, bitte, du musst mir versprechen ..."

Gehr unterbrach ihn mit einer Geste. „Dann machen wir die Ernährungssonde jetzt, einverstanden?"

„Versprich mir, dass du nichts erzählst, Reinhard." Midner griff sich in das rotblonde Haar. „Was hast du denn mit dem Tornball?" Er bewegte die Hände, als ob er den Patienten vom Tisch wischen wollte. „Das machen wir morgen."

Gehr beugte sich vor und stützte das Kinn in eine Hand. „Ich sage nichts, wenn wir heute Abend noch diese Ernährungssonde anlegen, abgemacht?"

Midner begriff. „Ach so, von mir aus. Dann machen wir die eben. Aber was soll das? Kennst du den?"

Gehr nickte. „Ich kenne die Familie. Die haben mich vorhin angerufen. Die machen sich in die Hosen wegen morgen. Wollen, dass er es hinter sich hat." Gehr erfand mehr Details. „Und er hat seit Tagen nichts mehr essen können. Die glauben, er verhungert, wenn er diese Sonde nicht bald bekommt."

Midner sah noch einmal in die andere Kabine. „Hat sowieso kaum Chancen, länger als ein paar Monate macht es der nicht mehr." Er drückte sich vom Stuhl hoch. „Aber kein Wort wegen eben, abgemacht?" Er streckte die Rechte aus, und sie schüttelten die Hände.

„Ich rufe Renate an, wir sind in zehn Minuten so weit", sagte Gehr und lehnte sich wieder zurück. „Rufst du deine OP-Schwestern an? Ich will um Mitternacht ins Bett." Er zitterte nicht mehr, er konnte stetig sprechen, aber in Wirklichkeit fühlte er sich nach Brüllen und danach, etwas zu zerstören.

Midner blickte auf die Wanduhr. „Zehn nach elf. Um Mitternacht im Bett? Das schaffst du nie. Ich bin Chirurg, kein Akkord-Metzger." Er sah noch einmal am halb geöffneten Vorhang vorbei den Gang hinunter und wandte sich dann zum Telefon um. Noch während er die Nummer eintippte, pfiff sein Funker. Midner zog das Kästchen aus der Tasche, musterte den Bildschirm und legte es neben das Telefon. „Die Station funkt mich an", sagte er zu Gehr. „Haben vielleicht eine Infusion anzuhängen, Nadel zu wechseln, oder irgendso einen Scheiß." Dann konzentrierte er sich wieder auf den Anruf. „Nein, nicht Sie. Nein, kein Scheiß ... Hier ist Midner ... Wir haben noch eine Operation ... Eine Ernährungssonde ... Nur eine Viertelstunde ... Doch, es muss heute sein ... In einer Viertelstunde? Gut, ich bringe den Patienten gleich mit." Er knallte den Hörer hin. „Zicke, lesbische." Er nahm den Funker in die Hand und wählte.

Gehr stand auf. „Hat sich von dir nicht flachlegen lassen, oder warum nennst du sie lesbisch?" Er ging in die andere Kabine. Niemand war im Raum. Er schob den Vorhang zu Kabine sieben zur Seite. Die Schwester gab dem Nasenbluter eine Nierenschale und sagte ihm, er solle den Kopf darüber beugen. Der Hals-Nasen-Ohren-Arzt würde gleich da sein.

Gehr stand still, der Vorhang legte sich an eine Seite seines Körpers. „Otto macht das öfter."

Die Schwester sah ihn nicht an und ließ einen Stapel blutiger Kompressen aus ihren behandschuhten Händen in den Mülleimer fallen.

„Ich dachte, Sie sollten das wissen", sagte er, drehte sich um und ging auf den Ausgang des Nachbarabteils zu.

„Reinhard!" Midner rief viel zu laut aus dem nächsten Raum.

Gehr blieb stehen, er hatte die Tür zum Nothilfeflur halb geöffnet.

„Reinhard!", brüllte Midner, kam in den Raum und wurde leiser, als er Gehr sah. „Der Tornball unterschreibt die Einwilligung nicht. Keine Operation."

Gehr wurde schwindelig. Vierzig Minuten bis Mitternacht. Der Patient musste operiert werden. „Ist er überhaupt einwilligungsfähig? Die Familie will es unbedingt. Otto, wir machen das ohne Einwilligung." Er warf die Tür wieder zu und ging zu Midner zurück. „Ein Notfall, mach es zum Notfall."

Midner tippte sich an die Stirn. „Eine Ernährungssonde soll ein Notfall sein? Hör auf zu spinnen, Reinhard. Der Mann ist klar wie Quellwasser. Den bekommen wir nicht in den Operationssaal. Und wenn, kommt der Staatsanwalt gleich hinterher."

„Wir müssen." Gehr ging einen weiteren Schritt auf Midner zu.

„Es gibt nichts Geplanteres als eine Ernährungssonde bei einem Krebspatienten. Die Einwilligung muss vierundzwanzig

Stunden vor dem Eingriff unterschrieben sein. Wir machen es heute Abend nicht und morgen auch nicht. Der Mann will es nicht. Hörst du Reinhard? Er – will – es – nicht." Midner schlug bei jedem Wort mit der rechten Handkante kleine Hiebe in die linke Handfläche.

„Jetzt markier doch nicht den Gesetzestreuen. Seit wann so formal?" Gehr sah auf die Armbanduhr. „Wir machen die Operation, ich hab's den Verwandten versprochen."

„Eine Operation ohne Einwilligung? Reinhard, das ist Körperverletzung." Midner schüttelte den Kopf. „Ich riskiere doch nicht meine Approbation für so ein paar ausgerastete Spinner, die glauben, ihr Oheim muss einen Schlauch in den Magen gerammt bekommen." Midner schnaufte mehr denn je beim Sprechen. „Morgen früh haben die sich das anders überlegt und kreuzen mit einem Bus voller Anwälte bei meinem Chef auf. Gerade solche Typen machen so was. Verlass dich auf mich, ich kenne die Sorte. Vergiss es, Reinhard."

„Dann vergiss unsere Abmachung", spuckte Gehr dem Chirurgen ins Gesicht.

„Dann vergesse ich die eben, verdammt." Midner drehte sich auf der Stelle um. „Wenn du meiner Frau etwas sagst, waren wir die längste Zeit Freunde", sagte er, ging in die nächste Kabine und riss dabei den Vorhang auf, der bereits zur Seite geschoben war. „Spieß den Tornball doch selbst auf, wenn du unbedingt musst." Die Entfernung dämpfte Midners Stimme, das Geräusch seiner Schritte war kaum noch zu hören.

Gehr sah auf die Uhr. Acht Minuten vor halb zwölf. Jetzt spürte er die Panik kommen. Wie konnte er noch rechtzeitig einen Patienten finden? Er wirbelte herum, riss die Tür auf und ging hinaus. Die Tür schlug gegen die Wand und zitterte, während sie zurückprallte. Gehr sah nach links. Die Großfamilie beachtete ihn nicht. Der junge Mann saß noch da und kümmerte sich um sein Sprunggelenk. Gehr lief den Flur hinunter. Links war der Ausgang zum Parkplatz der Rettungswagen vor der Glas-Schiebetür. Er rannte hinaus.

Wind fuhr ihm in den Hemdkragen, höchstens fünf Grad. Der Schweiß an seinem Körper kühlte sofort ab unter der Baumwollkleidung. Der Westwind trieb Nieselregen unter das Vordach. Kein Notarztwagen parkte. Eine Schwester in hellgrünem Kittel stand an die Glaswand gelehnt und inhalierte gierig den Rauch einer Zigarette. Gehr ließ seinen Blick über den Platz rasen. Keine Hoffnung auf einen Patienten.

Er ging zurück, die überheizte Luft des Ganges traf ihn. Gehr hetzte weiter, den Gang hinunter. Es musste einen Menschen geben, der eine Operation brauchte. Es waren immer Menschen hier. Immer warteten zu viele hier, nur heute, ausgerechnet heute war jeder gesund. „Verdammte Scheiße!"

Gehr war am Ende des Nothilfeflurs angekommen und blieb stehen. Er sah auf die Uhr. Sechs Minuten vor halb zwölf. Es blieb keine Zeit mehr für eine Narkose mit einem Zwischenfall.

Es muss auf einer Station geschehen, dachte er. Eine Station, auf der Menschen im Sterben liegen.

Er musste auf die chirurgische Station, dort lag die Patientin Oldenbauer. Sie hatte einen Lungentumor im Endstadium. Er würde ihr ein Medikament geben, das den Sauerstoffverbrauch ihres Körpers erhöhte. Es würde das Sterben beschleunigen – und etwas erleichtern. Die Frau wäre dankbar, sie musste nicht mehr warten, bis sie unter Qualen erstickte. Und sie rettete seiner Sarah das Leben.

Er rannte den Flur entlang, zurück in Richtung Aufzug. Der junge Mann beachtete ihn nicht. Gehr kam an der Tür zum Treppenhaus vorbei und entschied sich für den Lift. Er musste ruhig auf die Station kommen. Er musste wie ein gelangweilter Arzt im Nachtdienst wirken. Auf der Suche nach Problemen, die er lösen wollte, bevor er zu Bett ging, damit er später nicht geweckt wurde.

Die Großfamilie unterbrach ihre Gespräche wieder, als er vorüberging. Im Mittelpunkt der Menschentraube saß eine junge Frau mit einem bandagierten Handgelenk. Gehr lief weiter. Die Sohlen seiner Turnschuhe quietschten und er hasste das Geräusch.

Vor dem Aufzug versuchte er, zu Atem zu kommen. Er drückte den Knopf, die rote Leuchtziffern-Anzeige zeigte ihm, dass der Lift im fünften Stock war und sich nicht bewegte. Irgendetwas stinkt hier, dachte er. Er nahm sich vor zu warten, bis er genug Luft hatte, um die Treppe zu nehmen, wenn der Fahrstuhl dann immer noch nicht gekommen war.

Er sah den Gang in Richtung Hauptpforte hinunter. Ganz am Ende des Flurs ging ein Mann, er führte ein Kind an der

Hand. Gehr kniff die Augen zusammen. Die Lampen waren zu schwach, die beiden waren nur als Umrisse zu erkennen. Das Kind trug eine lange Jacke und eine Pudelmütze, unter der Haare hervorquollen.

Sein Magen verkrampfte sich. Das Kind glich Sarah. „Sarah." Er krächzte das Wort mehr als er es rief. Die Jacke, die Mütze, die Haare, alles stimmte. „Sarah!", schrie er und rannte los.

Die beiden reagierten nicht und bogen nach rechts in einen Flur. Es ist der Weg zum Patientengarten, dachte Gehr. Kann Charon es wagen, zu mir in die Klinik zu kommen?

Er rannte, so schnell er konnte, stolperte, ein Schmerz fuhr in den linken Fuß. Er achtete nicht darauf und hetzte weiter, bis er endlich die Abzweigung erreichte, die der Mann und das Kind genommen hatten.

Niemand war hier. Gehr blieb stehen, keuchend vor Atemnot.

Hier gab es ein Treppenhaus. Entweder der Weg in den Garten oder das Treppenhaus, sonst gab es keine Möglichkeit. Zwei Riesenschritte brachten Gehr zu der Metalltür der Stiege. Er riss die Tür auf, blieb stehen, hielt die Luft an und konzentrierte sich auf sein Gehör, bis sein Körper ihn zwang, nach Luft zu schnappen. Kein Ton war zu hören.

Er fragte sich, was er tun würde, wenn es Charon war. War der Wahnsinnige bewaffnet? Und würde er Sarah etwas tun? Sie war sein einziges Druckmittel.

Gehr würde es nicht zulassen.

Der Garten ist der beste Ausweg für Charon, dachte er und spurtete los. Schmerzen schossen in sein Sprunggelenk wie Messerstiche. Es musste verstaucht sein. Er rannte dennoch. Aus dem Garten gab es ungezählte Auswege. Charon konnte wieder in die Klinik gehen, in den Betrieb der Straßen verschwinden. Alles war möglich, niemand würde ihn sehen.

Gehr erreichte den Ausgang und stand japsend im Wind. Der Nieselregen traf ihn ins Gesicht. Es war dunkel, niemand war zu sehen. Er ging zwei Schritte auf den Rasen. Büsche, Bäume, Hecken, alles waren nur Schatten. Sie konnten überall sein. „Sarah!", brüllte er. Gegen den Wind war seine Stimme ein Flüstern.

Er rannte weiter. In der Mitte der Grasfläche blieb er stehen und drehte sich im Kreis. Sie konnten hinter der Hecke stehen, die nächste Tür ins Gebäude genommen haben oder einfach weitergerannt sein.

Sein Atem stand Sekundenbruchteile als Dampfwolke vor dem Mund und wurde vom nächsten Windstoß vertrieben. Er sprang ein paar Meter auf die Hecke zu und blieb in einer Wasserlache stehen. Das matschige Wasser drang in seine Schuhe. „Sarah!" Niemand antwortete.

Er drehte sich um, lief einige Meter zurück, sein Blick raste von Baum zur Parkbank, über dunkle und beleuchtete Eingänge, zurück zu der Stelle, wo er eben noch gestanden hatte. Er rannte, blieb stehen, sah Schatten, hörte Geräusche. Hinter Bäumen, Hecken, Bänken – überall war seine Tochter, versteckte sich Charon. Er rannte von Busch zu Busch, prüfte die anderen Eingänge, sah in die kahlen Kronen der Bäume.

Er fand nichts. Plötzlich stand er wieder in der Mitte des Rasens vor der Tür, aus der er gekommen war. Gehr drehte sich im Kreis, hustete, brüllte den Namen seiner Tochter zweimal, dreimal. Seine Stimme versagte, und er fiel langsam in sich zusammen. Er kauerte im Wind, versteckte den Kopf zwischen den Knien und krallte seine Finger in das Gras. Büschelweise riss er es aus. „Sarah", flüsterte er.

Zitternd vor Kälte, Wut und Trauer hockte er im Dunkeln. An zwei Seiten umgab ihn der U-förmige Bau des Krankenhauses. Erleuchtete Fenster versprachen Wärme, Geborgenheit und Heilung. Nur er war allein.

Er wusste nicht, wie lange er so verharrt hatte. Es konnten nur Minuten sein, aber er empfand keine Zeit. Das Zittern bemächtigte sich aller seiner Glieder, sein Atem kam in Stößen. Es kostete ihn Überwindung, aufzustehen. Nur der Gedanke an Sarah hinderte ihn daran, zu bleiben und auf den Tod durch Erfrieren zu hoffen.

Das Wasser in seinen Schuhen patschte beim Gehen. Er spürte nicht mehr, dass seine Füße kalt waren. Wasser lief aus den Haaren über die Stirn in die Augen und in den Mund. Es schmeckte salzig. Er näherte sich dem Eingang und streckte die zitternde Hand nach der Türklinke aus. Die Bewegung schmerzte in den Fingern.

Die Tür fiel hinter ihm ins Schloss. Radiatoren bis unter die Decke zu beiden Seiten der Tür heizten ungeregelt. Gehr blieb stehen, lehnte sich mit dem Rücken an einen der Heizkörper und presste die Hände auf die Stahlrippen. Er konnte das Zittern nicht aufhalten.

Er fragte sich, ob es Charon gewesen war, den er gesehen hatte. Was tat ein Mann mit einem kleinen Mädchen um diese Zeit in einem Krankenhaus? Warum sollte Charon durch die Klinik gehen und seine Entdeckung riskieren? Gehr starrte den Schlamm auf seinen Schuhen an und schüttelte den Kopf. All das machte keinen Sinn.

Donnerstag, 9. Oktober, 23:25 Uhr,
St.-Marien-Krankenhaus

„Sarah!"

Luthof blieb stehen und sah sich um. Woher war der Schrei gekommen? Wer schrie diesen Namen? Gehr?

Wenige Meter vor Luthof sprang ein Mann in dunkelgrüner OP-Kleidung aus dem seitlichen Gang, bog ab und rannte von ihm weg.

Luthof prallte zurück, als ob er vor eine Glasscheibe gelaufen wäre. Es war Gehr. Luthof erkannte die Statur, die Haare, und es war Gehrs Stimme gewesen.

Weiter vorne im Gang bog gerade ein Mann mit einem Kind an der Hand in den Flur nach rechts ab. Dort ging es zum Patientengarten, erinnerte sich Luthof.

Er ging weiter. Gehr würde ihn nicht bemerken. Er glaubte offensichtlich, seine Tochter gesehen zu haben. Dann musste er den Mann, der das Kind führte, für Charon halten. Luthof beschleunigte seine Schritte.

Er konnte ein Lachen nicht unterdrücken. Würde Gehr den Mann angreifen? Luthof stellte sich vor, Gehr dabei zu beobachten, wie er einen Mann erwürgte, nur weil der ein Kind durch ein Krankenhaus geführt hatte. Vielleicht würde Luthof den Mann sogar retten? Man würde ihn feiern, interviewen, er würde in der Zeitung erwähnt werden, und dann bekäme er auch wieder einen Job ...

Er steigerte sein Tempo, dann fiel er in Laufschritt, gleich darauf rannte er hinter Gehr her. Als er in den Gang zum Patientengarten einbog, begann die Tür nach draußen bereits wieder zuzufallen..

„Sarah!", schrie Gehr irgendwo da draußen im Regen.

Luthof erwischte die Tür gerade noch, bevor sie sich schloss. Ein Schwall kalter Luft traf ihn. Der Heizkörper in seinem Rücken strahlte Wärme aus.

Jetzt war nichts mehr zu hören. Das Lächeln auf Luthofs Gesicht verschwand. Gehr würde im letzten Moment erkennen, dass das Mädchen nicht seine Tochter war. Natürlich würde er den Mann nicht erwürgen, natürlich gäbe es keinen Retter Karl Luthof. Keine Schlagzeilen und keine neue Stelle. Er würde schon selbst für Ausgleich sorgen müssen. Auf eine andere Weise.

Luthof hielt die Tür ein paar Zentimeter geöffnet. Ab und zu trieb der Wind Gehrs Stimme zu ihm. Er rief seine Tochter. Immer wieder schrie er, sein Rufen kam bald von der einen, bald von der anderen Seite des Gartens. Luthof lächelte. Gehrs Rufe blieben natürlich unbeantwortet. Die Stimme wurde leise, verstummte schließlich ganz.

War Gehr durch einen anderen Eingang ins Gebäude zurückgekehrt? Luthofs Gefühl der Kontrolle, der Überlegenheit schwand. Was hatte Gehr vor? Ihm blieben weniger als dreißig Minuten. Was sollte Luthof tun, wenn Gehr bis Mitternacht keinen Patienten getötet hatte? Zu behaupten, Sarah sei tot, würde Gehr den Grund nehmen, Charon zu gehorchen. Der Arzt würde die Polizei anrufen oder nach Hause fahren. Jedenfalls konnte Luthof dann seinen Plan nicht zu Ende bringen. Noch ein Ultimatum stellen, hieße Schwäche zeigen, Gehr käme womöglich auf den Gedanken, nicht mehr gehorchen zu wollen. Wie sollte Luthof den Plan beenden, wenn Gehr ausfiel?

Luthof presste die Lider aufeinander, sein Körper verkrampfte sich, ohne dass er es bemerkte. Es durfte nicht passieren! Gehr musste gehorchen!

Schritte platschten von draußen heran, schon sehr nah. Luthof sah niemanden, aber die Person würde in den nächsten Sekunden die Tür erreichen. Es konnte Gehr sein.

Luthof ließ die Tür zufallen und rannte. Im selben Augenblick bereute er den Fehler. Gehr würde das Klappen der Tür hören, Verdacht schöpfen, ihn im Gang suchen.

Er zwang sich, nicht zu rennen. Er durfte keinen Lärm machen. Selbst seine Schritte waren zu laut. Wann würde Gehr die Tür erreichen? Konnte er Luthofs Silhouette durch das Glas sehen?

Der Krampf hatte in seinen Gliedern nachgelassen und war in seine Eingeweide gewandert. Luthofs Magen schmerzte stark, er wünschte, sich übergeben zu können.

Er wagte nicht, sich umzublicken. Rechts neben ihm tauchte die Tür zum Treppenhaus auf. Luthof stieß sie auf und sprang drei Stufen hinunter. Dann hielt er abrupt an. Die Tür durfte nicht zufallen! Gehr würde es hören, hineinschauen, ihn sehen. Das durfte nicht passieren. Er sprang die Treppe wieder hinauf, erreichte die Tür gerade noch, bevor sie zufiel, und packte die Klinke. Jetzt konnte er Gehr schnaufen und zittern hören. Gleich würde der Arzt an der Tür vorbeigehen.

Wenn Gehr bemerkte, dass die Klinke von innen bedient wurde, würde er Verdacht schöpfen. Wenn Luthof die Klinke aber losließ, würde das ein Geräusch erzeugen, das Gehr nicht ignorieren konnte. Seine Aufmerksamkeit wäre auf das Treppenhaus gelenkt, er würde Luthof entdecken. Das Geräusch wäre auffälliger als die Bewegung, schoss es Luthof durch den Kopf. Er ließ sich viel Zeit, die Tür ins Schloss gleiten zu lassen, während er die Klinke umklammert hielt und sie im Zeitlupentempo nach oben bewegte.

Jeden Moment konnte Gehr die Tür aufreißen. Luthof stellte sich den Moment vor, in dem er Gehr in die Augen sah. Nicht so! Es war zu früh! Alles war geplant, es durfte nur so ablaufen, wie er es festgelegt hatte!

Nichts geschah. Nach einer Zeit, die ihm wie eine Ewigkeit erschien, wagte er es, die Tür loszulassen und ging rückwärts auf Zehenspitzen die Treppe hinunter. Auf dem Grund des Treppenhauses, im zweiten Kellergeschoss, blieb er stehen und horchte. Wenn Gehr ins Treppenhaus kam, würde Luthof es rechtzeitig hören und verschwinden können.

Der Zufall hatte ihm in die Hände gespielt. Luthof wusste jetzt, dass Gehr ihn und Sarah im Krankenhaus oder in der Nähe vermutete. Er würde es ihm beim nächsten Anruf bestätigen. Er besaß jetzt einen weiteren Stein für das Gebäude der Macht, das er errichtete.

Er verharrte minutenlang an der Treppe im Kellergeschoss, bereit, durch die Stahltür in die Eingeweide der Klinik zu verschwinden, sobald sich im Erdgeschoss über ihm die Tür öffnete. Je länger es dauerte, desto ruhiger wurde er. Gehr war in Luthofs Hand. Er würde tun, er musste tun, was ihm befohlen wurde. Eine Nacht lang war Luthof Herrscher. Und in dieser einen Nacht würde Gehr sich selbst sein Leben zerstören.

Von oben im Flur war nichts zu hören. Stand Gehr noch immer dort, oder war er wieder in den Garten gegangen?

Luthof hatte sein Machtgefühl wiedergefunden. Er richtete den Kopf auf, zog die Schultern nach hinten und stieg die Stufen empor. Er trat fest auf. Gehr wusste nichts, gar nichts. Luthof brauchte sich nicht zu verstecken. Er öffnete die Tür im

Erdgeschoss mit einem Ruck, gefasst darauf, Gehr ins Gesicht zu blicken.

Aber der Gang war leer.

Ein Lächeln breitete sich auf Luthofs Gesicht aus, das sich zu einem Lachen steigerte, während er mit erhobenem Kopf den Flur entlangging.

Donnerstag, 9. Oktober, 23:38 Uhr,
St.-Marien-Krankenhaus

Gehr vergrub frierend die Hände in den Achselhöhlen und ging den Weg zurück. Er sah auf die Uhr: elf Uhr achtunddreißig.

Seine Angst wurde stärker. Er musste einen Patienten finden. „Und ihn töten", sagte er leise.

Er hörte sich selbst und war verstört darüber, wie leicht es ihm fiel, diese Monstrosität zu denken. Den Gedanken, zu dem er vor wenigen Stunden nicht fähig gewesen wäre. Den er für unmöglich gehalten hätte.

Er kam dem Aufzug näher und beschleunigte seine Schritte. An der Ecke zum Flur der Nothilfe blieb er stehen, zog sich die Schuhe und Socken aus und ließ die schlammigen Socken liegen, bevor er die nassen Füße mit Mühe wieder in die Schuhe zwängte. Es ist spät, ich muss mich beeilen, dachte er und ging in Richtung des Aufzugs.

Da war wieder dieser Gestank.

Ein Schnarchen ließ ihn herumfahren. An der Wand gegenüber dem Aufzug saß ein Stadtstreicher auf einer Bank. Er hatte die Beine von sich gestreckt und schlief.

Gehr ging näher heran.

Die grauen Haare des Mannes standen wie eine Filzmatte in alle Richtungen unter einer gestreiften Wollmütze hervor. Seine Wolljacke schien ehemals rot gewesen zu sein. Das Tweedjackett musste erst vor kurzem geklaut worden sein, während der Lodenmantel kurz vor dem Zerfall durch Altersschwäche stand.

Kaum einen Meter vor dem Mann blieb Gehr stehen. Er musste seinen Kehlkopf zwingen, die vor Gestank ölig scheinende Luft einzuatmen. Gehr kannte den Geruch. Das waren nicht die Ausdünstungen eines Menschen, der nie ein Bad benutzen durfte, das war Verwesung. Er überwand seinen Ekel und trat noch etwas näher.

Der Mann roch nicht nach Alkohol. Ungewöhnlich für so einen, dachte Gehr. Das Gesicht war rot, auf dem Nasenrücken hatte er eine offene Stelle. Gehr beugte sich vor und betrachtete den Fleck. Der Geruch wurde fast unerträglich, aber er kam nicht von der Nase. Eine Schar roter Äderchen schlängelte sich dort über millimeterkleine, runde Erhebungen um eine Wunde in der Mitte. Die Knötchen wanden sich wie Perlen auf einer ovalen Kette um den Rand des Tumors. Ein Basaliom, dachte Gehr, Hautkrebs. Sein Blick wanderte tiefer. Zeige- und Mittelfinger der rechten Hand des Mannes waren unter den eingeprägten Schmutzrändern nikotinverfärbt. Die Fingernägel waren vom Pilz aufgetrieben, schwarz und seit Monaten nicht geschnitten worden.

Wo kam dieser Geruch her?

Die Hosen waren aus Wolle und ehemals teuer gewesen. Sie glänzten vor Schmutz. Der rechte Schuh war fest gebunden. Die Schuhbänder des linken Schuhs waren gleichmäßig aufgeweitet und an den äußersten Enden über dem zweiten Paar Ösen verknotet.

„Da haben wir es", murmelte Gehr. Der Mann hatte einen Gefäßverschluss. Der Fuß faulte ihm bei lebendigem Leib ab und stank wie eine verwesende Leiche.

„He", sagte Gehr und wartete.

Der Atem des Mannes rasselte weiter. Er schnarchte nicht, sondern war bewusstlos und atmete durch einen See aus Schleim in seinem Rachen.

„Aufwachen", sagte Gehr und stieß mit seiner Fußspitze die Schuhsohle des rechten Fußes an.

Der Körper des Obdachlosen wurde durch den Stoß bewegt. Das Schnarchen setzte einige Sekunden aus und begann von Neuem.

Nikotin und Zuckerkrankheit, dachte Gehr, sind die häufigsten Ursachen für einen Gefäßverschluss. Vielleicht war der Mann im Zucker-Koma. Mit so wenig Kraft wie möglich tippte Gehr mit dem Fuß den linken Schuh des Mannes an.

Ein Stöhnen unterbrach das Schnarchen. Der Mann verzog das Gesicht. Er streckte beide Arme aus und griff in die Luft, aber er erwachte nicht.

Ungezielte Abwehrreaktion, schoss es Gehr durch den Kopf. Er rechnete die Punkte der Glasgow-Koma-Skala zusammen, wurde aber von einem Drang, auf die Uhr zu sehen, unterbrochen. Zehn Minuten nach halb zwölf. Mit diesem Mann wird es einfach werden, dachte er, der stirbt auch ohne Nachhilfe.

Er sah sich nach einem Telefon um. Midner musste diesem Mann den Fuß abschneiden, wenn Tornball nicht operiert werden wollte. Der Penner war in seinem Koma nicht einwilligungsfähig, der Fuß so infiziert wie eine Kläranlage. Es gab keinen besseren Kandidaten. Der Kerl hatte sich wohl auf der Suche nach der Nothilfe im Krankenhaus verlaufen und war auf der Bank weggedämmert, als er sich ausruhen wollte. Hätte er ihn nicht gefunden, wäre der Mann bis morgen früh sowieso gestorben. Es war nicht einmal Mord, es war eine Nicht-Rettung. Selbst wenn er jetzt alles versuchte, standen die Chancen für dieses Patienten bei Null. Gefäßkrank, zuckerkrank, komatös und chronischer Raucher: Gehr hätte keinen Cent auf das Leben dieses Penners gewettet.

Sein Funker piepste in einer Tonlage, die in den Ohren schmerzte. Er riss das Kästchen aus der Hosentasche und erkannte die Nummer der Telefonzentrale. Zwischen den Aufzügen war ein Telefon an die Wand geschraubt. Er ging zu dem Apparat und betrachtete den Mann im Koma, während er die Nummer eintippte. „Der läuft mir nicht davon", sagte er laut. Er rechnete weiter und murmelte: „Sechs Punkte auf der Glasgow-Koma-Skala. Schlechte Karten."

Die Zentrale meldete sich. „Herr Doktor Gehr?", sagte die Stimme einer älteren Frau. „Wir haben eine Meldung eines Notarztes. Er ist auf dem Weg zu Ihnen mit einem Verkehrsunfall. Achtzig Jahre. Frakturen, Schädel-Hirn- und Thoraxtrauma."

„Achtzig? Wir sind belegt, wir können keinen aufnehmen." Gehr sah auf die Uhr. Er würde jetzt auf keinen Fall einen Patienten aufnehmen.

Die Frau blieb gelassen. „Die sind schon unterwegs, hat die Leitstelle gesagt. Außerdem brauchen Sie mir das nicht zu sagen, ich habe damit nichts zu tun, bin nur der Überbringer der Botschaft. Ruhigen Dienst noch und auf Wiederhören."

Gehr legte auf, ohne zu antworten. Jetzt durfte kein Patient kommen. Er brauchte Midners Aufmerksamkeit für diesen Kerl hier. Es war fast unmöglich, ihn bis Mitternacht zu töten. Er würde es Charon erklären, der musste das verstehen. Aber jetzt durfte kein Notfall dazwischenfunken.

Er starrte den Obdachlosen an. Der Gestank, schon von vornherein fast unerträglich, schien schlimmer zu werden, je länger Gehr hier stand.

Er tippte die Rufnummer der Rettungsleitstelle ein. Der Disponent meldete sich sofort, aber Gehr unterbrach seine Litanei. „Doktor Gehr hier, St.-Marien in Laim. Sie haben uns ein Polytrauma angekündigt. Wir sind voll, können nichts mehr annehmen, leiten Sie den um, wir …“

Der Mann am anderen Ende unterbrach ihn. „Hab ich keinen Einfluss drauf“, sagte er in oberbayerischem Dialekt. Gehr hörte, wie der andere auf einer Tastatur tippte. „Ist eine Zwangsbelegung. Der Notarzt braucht das nächste Krankenhaus. Tut mir leid.“

„Verdammt, sind hier denn alle völlig bescheuert! Sie sind jetzt der Zweite, der mir erklärt, er ist nicht zuständig. Erreichen Sie den Notarzt! Funk! Stellen Sie sich nicht so an!“ Gehrs Speichel sprühte auf die Hörermuschel. „Wir sind voll, verflucht. Soll ich den Patienten mit nach Hause nehmen, oder wie stellen Sie sich das vor? So eine Scheiße!“

„Herr Doktor Gehr, unsere internen Regeln sehen vor, in Fällen von Beschimpfungen ohne Kommentar aufzulegen.“ Der Disponent sprach jetzt Hochdeutsch. Unter den Worten konnte man das Zittern seiner Wut ahnen. „Ich breche die Regeln …“

„Sagen Sie diesem Notarzt ab!“, herrschte Gehr den Mann an.

„Ich breche die Regeln, indem ich mir doch noch einen Kommentar erlaube.“ Eine Pause. „Leck mich am Arsch.“

„Sie können ihn doch per Funk erreichen“, bettelte Gehr. „Sie können doch. Es ist wirklich unmöglich hier. Lenken Sie ihn um. Bitte.“

Der Disponent legte auf.

„Verdammtes Arschloch!“, schrie Gehr, knallte den Hörer auf die Gabel und wählte die Nummer der Leitstelle noch einmal. Er wartete. Niemand hob ab. „Das darf nicht wahr sein. So ein Mist!“

Er ließ den Hörer fallen und lief los. Er wusste, dass er es jetzt nicht mehr aufhalten konnte. Konnte er den Patienten, den der Notarzt bringen würde, töten? Es würde schneller gehen, als den Penner in den Operationssaal zu bringen. Bei dem würden die Schwestern sich zieren, ihn auszuziehen. Oder sie würden ihn zunächst baden wollen. In jedem Fall würde es zu lange dauern. Ein Patient mit Polytrauma konnte aber schon in der Nothilfe sterben. Vielleicht ist es das Beste, überlegte Gehr, vielleicht ist es ein Geschenk der Vorsehung. Der Rettungswagen würde nur ein paar Minuten brauchen. Ein achtzigjähriger Patient mit Polytrauma – schlechtere Chancen konnte man sich kaum denken. Gehr würde sich Zeit lassen und erst spät der Nothilfe-Schwester auftragen, Midner und Renate anzurufen. Vielleicht wäre der Patient schon gestorben, bevor sie dazukamen.

Gehr ging langsamer. So würde es funktionieren. Er sah auf seine Armbanduhr. Noch zwölf Minuten bis Mitternacht.

Er musste Sarah retten.

Gehr ging an der immer noch schwatzenden Familie vorbei, entlang der Reihe der Kabinentüren der Nothilfe. Der Mann mit dem verletzten Sprunggelenk war verschwunden. Der Sensor der Schiebetür zur Anfahrtsrampe erfasste Gehr, die Tür glitt auf. Der Luftzug ließ ihn frösteln und die Schultern hochziehen.

Kabine eins war für Patienten wie den angekündigten ausgestattet. Sie war leer. Gehr ließ die Tür hinter sich zufallen, setzte sich auf die Liege und starrte das Telefon an. Wie lange konnte er hinauszögern, die Schwester anzurufen, ohne dass es auffiel? Er wollte die Meldung der Einsatzzentrale herunterspielen, dann würden Otto und Renate sich Zeit lassen. Solche Missverständnisse kamen vor, das würde keinen Verdacht erregen.

Falls Charon tatsächlich im Krankenhaus war, dachte Gehr, was hat er gewollt? Bereitet er Sarahs Übergabe vor? Vielleicht will er sehen, wie das Opfer stirbt, zu dessen Tod er mich zwingt. Er will kontrollieren, ob ich es wirklich tue.

Gehr war überzeugt, dass es Charon und Sarah gewesen waren, die er gesehen hatte. Der Gedanke gab ihm Hoffnung, er wollte nicht aufgeben. Er musste seine Tochter retten.

Er stellte sich breitbeinig vor das Telefon und nahm die Schultern zurück.

Für ein achtzigjähriges Unfallopfer mit schweren Verletzungen kam fast immer jede Hilfe zu spät. Und in der Kabine konnte Charon Gehr nicht beobachten. Er würde nicht bemerken, wenn der Patient auch ohne Gehrs Zutun starb. Ich werde diese Nacht vergessen müssen, um mit Sarah weiterleben zu können, dachte Gehr. „Ohne Anja“, sagte er bitter.

Irgendwo draußen ertönte ein Martinshorn und verstummte. Motorengeräusch drang vom Vorplatz durch die Türen. Der Notarztwagen musste eingetroffen sein.

Mit einem Ruck hob Gehr den Hörer des Wandtelefons ab. Er tippte die Nummer von Midners Funker ein, ließ den Hörer am Spiralkabel herabhängen und ging zum Schreibtisch an der gegenüberliegenden Wand, wo ein weiteres Telefon stand. Er wählte Renates Funknummer, legte den Hörer neben den Apparat und ging hinaus, seinem Patienten entgegen. Otto und Renate wissen, was zu tun ist, dachte er. Sie können sehen, dass der Funkruf aus Kabine eins kommt.

Die Schiebetür zur Rettungswagenanfahrt stand offen. Ein Sanitäter in signalroter Jacke sprang aus dem Notarztwagen, ließ die Beifahrertür gegen die Karosserie schlagen und lief nach hinten.

Gehr näherte sich. Er fragte sich, welche Verletzungen der Patient hatte. Die Übermittlungen der Rettungsleitstelle waren schon oft falsch gewesen. Er sah auf die Uhr. Zehn Minuten vor Mitternacht. Dieser Patient war seine letzte Chance. Gehr war überzeugt, dass Charon seine Drohung wahrmachen würde.

Der Sanitäter warf die hinteren Türen auf, sie schlugen gegen die Seitenwände des Kastenwagens.

Gehr blieb mit den Händen in den Taschen stehen. Ein Windstoß verwirrte seine Haare. Er fror.

Der Mann zog die Trage ein Stück heraus, ein Gestell mit Rädern entfaltete sich und rastete ein. Er zog weiter, die Trage stand auf Asphaltboden. Ein seitlich aufgeschraubtes kleines Beatmungsgerät zischte alle paar Sekunden. Der zweite Sanitäter schob das Kopfende der Trage, ein Notarzt sprang aus dem Wagen. Ein Überwachungsgerät zwischen den Beinen des Patienten piepste, das Herz des Patienten raste in einem Moment, im nächsten Augenblick setzte ein Schlag aus.

Der Notarzt steckte sein Klemmbrett unter die Achselhöhle, schob einen Kuli in eine Armtasche seiner fellgepolsterten Jacke und streckte Gehr die Hand entgegen. „Guten Abend. Reiter, ich bin der Notarzt." Er sah an Gehr hinunter, sein Blick verriet Erstaunen über den Schmutz auf Gehrs Kleidung.

Reiter deutete auf die Trage, als die Sanitäter sie über die Schwelle der Schiebetür fuhren. „Männlich, Motorradfahrer. Scheißgefährlich bei dem Wetter. Hatte eine frontale Auseinandersetzung mit einem Bus auf der Landsberger Straße." Reiter sah auf seine Notizen und deutete beim Sprechen auf verschiedene Stellen des Formulars.

Ein Motorradfahrer, dachte Gehr. Er begann wieder zu zittern. „Ein achtzigjähriger Motorradfahrer?"

„Achtzehn, ja. Unschön", sagte Reiter.

Sie traten zusammen in die Wärme des Nothilfeflurs, aber Gehr zitterte weiter. Er presste die Kiefer aufeinander, als er bemerkte, dass seine Zähne klapperten. Er wollte tausend Kilometer weg von hier.

„Helm hatte er wohl auf, hat aber nicht viel geholfen. War nicht richtig festgemacht. Die Polizei hat das Ding fünfzig Meter weiter im Rinnstein gefunden. Frakturen rechter Oberschenkel, drittgradig offene Fraktur linker Unterschenkel, Rippenserien- und Beckenringfraktur. Blutiger Urin, Pneumothorax links. Zwei Drainagen. Schädelhirntrauma offen. Mittelgesichtsfraktur. Habe kaum den Tubus reingebracht. Scheiße, so was." Reiter ließ Gehr den Vortritt in die Kabine eins und trat selber ein, ohne die Tür zu schließen.

Die Sanitäter hatten die Trage neben die Liege in der Kabine gestellt und die Bremsen einrasten lassen.

„Der ist schon ziemlich weit weg, glaube ich", sagte Reiter. „Er braucht fast keine Narkose. Bis wir gekommen sind, hat er sich daraus fast verblutet." Er hob ein blutiges Laken auf und zeigte auf einen Unterschenkel, aus dessen Haut Knochensplitter ragten. „Keiner von den Gaffern wollte ihn anfassen. Sensationsgeile Idioten. Eine ganze Busladung voll Menschen und keiner hat geholfen. Stellen Sie sich das mal vor." Er ließ das Laken fallen. „Volumentherapie bis zum Abwinken. Ich habe gedacht, den bringe ich nicht lebend zu euch." Reiter unterschrieb schwungvoll sein Protokoll, knallte den Stift auf das Klemmbrett und warf es auf den Tisch neben sich. „So, Jungs, dann mal rüber mit ihm." Er griff nach der Kordel um die orangefarbene Vakuummatratze.

Gehr rührte sich nicht. Achtzehn Jahre alt, dachte er.

Midners Stimme ertönte hinter ihm. „Lass mal die Jungs nicht alles alleine machen, Reinhard." Er ging an Gehr vorbei und zog auf das Kommando Reiters die Matratze mit dem Jungen von der Trage auf die Liege. „Wie siehst denn du aus?" Midner musterte Gehrs Kleidung und die Schuhe schüttelte den Kopf. „Warst du mit dem Notarztwagen unterwegs, oder was? – Jetzt mach mal hin, Reinhard, wie lang willst du dir das noch anschauen?"

Gehr schreckte auf. „Was? Ja." Er ging um die Liege herum, schaltete das Beatmungsgerät ein und begann EKG-Kabel, Infusionsschläuche und Drainagen zu sortieren. Renate kam in den Raum gelaufen und half Gehr, die Beatmungsschläuche und die Überwachungskabel von den Systemen der Sanitäter auf die eigenen Geräte umzustecken.

Während fünf Minuten arbeitete Gehr ohne ein Wort und hörte kaum, was die anderen sagten. Immer wieder blieb sein Blick vom Gesicht des Jungen vor ihm gefangen. Die Haut war zerschnitten, Knochenfragmente spießten hindurch. Beide Augen wurden von dunkelblau angeschwollenen Lidern verdeckt. Zwischen den Haaren sickerte Blut heraus. Aus der Tiefe einer Wunde drang grauer Brei vermischt mit Blut an die Oberfläche.

Schließlich gelang es Gehr, sich von dem Anblick loszureißen und auf die Uhr zu schauen. Exakt Mitternacht.

Der Junge ist sowieso zum Tode verurteilt, dachte er. Niemand kann den retten. Selbst wenn ein Wunder geschieht, bleibt er sein Leben lang im Koma.

Er drehte sich zu dem Wagen um, auf dem Infusionsflaschen, Spritzen und Medikamente in Kästen, Schubladen und Fächern lagerten. Hinter ihm stellte Midner laut Fragen an den Notarzt.

Gehr zog das Schubfach für die Medikamente auf. Dutzende Ampullen klapperten in Plastikmulden in der flachen Lade. Im ersten Fach lagen fünf Stück mit der roten Aufschrift Adrenalin. Ein Milliliter Flüssigkeit, ein Milligramm Adrenalin. Er brach den Hals einer Ampulle ab und schüttelte den Inhalt vor sich auf den Boden. Er nahm eine zweite Ampulle mit einem Milliliter Clonidin und zog den Inhalt in eine Zwei-Milliliter-Spritze.

Hundertfünfzig Mikrogramm Clonidin zogen dem Blutdruck eines Patienten im Blutungsschock den Boden unter den Füßen weg.

Gehr zog das Etikett der Adrenalin-Ampulle ab und beklebte die Spritze damit. Beide Ampullen landeten im Abwurf für Nadeln. Mit einem Ruck drehte er sich um.

Midner untersuchte den Patienten und schüttelte den Kopf. „Wir sind das falsche Krankenhaus. Der braucht einen Neurochirurgen."

Die Sanitäter ordneten Kabel, Decken und Geräte und sahen abwechselnd zu Midner und Reiter.

„Holen Sie einen“, sagte Reiter. „Der wäre mir gestorben, wenn ich ihn noch weiter transportiert hätte.“

„Unsinn“, polterte Midner und prüfte die Stabilität des Beckens mit beiden Händen. Gebrochene Knochen knirschten, er zog Luft ein, als hätte er sich selbst verletzt. „Tot ist er sowieso schon, schauen Sie sich das Hirn an.“ Er deutet ohne hinzusehen auf die zersplitterte Schädeldecke, aus der Hirnmasse quoll. „Aber ich hätte gerne einen Neurochirurgen, der mir das bestätigt.“ Er richtete sich auf und funkelte Reiter an. „Welcher der berühmten Herren wird sich in der Nacht wohl zu uns nach Laim bemühen, was?“

Die Schwester, die Midner vor eine Stunde begrapscht hatte, kam herein. Sie trug ein Bündel Spritzen und Blutabnahme-Röhrchen in den Händen und keuchte wie nach einem Hundertmeterlauf. „Soll ich Blut abnehmen?“

Niemand antwortete ihr.

Es ist ein Erlösung für den Jungen, dachte Gehr und setzte seine Spritze an die Öffnung eines Katheters im Arm des Patienten. Er spritzte ein paar Tropfen.

Er ist tot. Otto hat es gesagt. Er ist schon tot. Es ist kein Verbrechen.

Nach wenigen Sekunden rief Renate: „Reinhard, der Druck fällt.“

„Er braucht Volumen“, antwortete Gehr. „Gib ihm noch einen halben Liter Dextran.“

„Wenn es so endet, dann sparen wir uns wenigstens den Neurochirurgen.“ Midner beugte sich vor. Dann sah er Reiter von der Seite an. „Herzlichen Dank, Herr Kollege.“

Reiter winkte seinen Sanitätern, murmelte etwas wie ‚Unverschämtheit‘, ging hinaus und warf die Tür hinter sich zu.

Freitag, 10. Oktober 2003, 0:12 Uhr,
Anfahrt für Rettungswagen,
St.-Marien-Krankenhaus

Luthof stand an die Seite des Rettungswagens gelehnt und rauchte eine Zigarette. Die beiden Flügeltüren, Fahrer- und Beifahrertüren des Wagens standen offen. Luthof war alleine. Notarzt und beide Rettungssanitäter waren mit einem Patienten in der Nothilfe verschwunden.

So war es früher gewesen. Die Pause nach dem Sturm. Sie hatten einen Menschen gerettet und er hatte sich stark und wichtig gefühlt.

Der Wagen trug die Nummer sechsundachtzig. Mit eben diesem Mercedes-Kastenwagen war er viele Tage und Nächte durch München gefahren. Er schloss die Augen, zog an der Zigarette, atmete tief ein und lehnte den Kopf an das Fahrzeug. Die Kälte des Blechs und seine Erinnerung ließen ihm eine Gänsehaut über die Schultern laufen. Oft hatten Martinshorn und Blaulicht ihm den Weg frei geräumt. Alle hatten still gestanden, hatten geglotzt, waren ausgewichen, wenn er kam. Alle hatten sich ihm fügen müssen.

Es war Vergangenheit. Gehr, der Herr Oberarzt, der sich für Gott hielt, hatte das für immer beendet. Aber nun bezahlte er den Preis. Luthof öffnete die Augen und fand sich wieder in der Realität.

Die Schiebetüren zur Nothilfe öffneten sich, die Besatzung des Rettungswagens kam mit der Liege heraus. Der Notarzt schrieb auf dem Klemmbrett in seinem Protokoll, während er auf den Wagen zuging.

Es ist Reiter – auch einer der Typen, die glauben, alles zu können, dachte Luthof. Er blieb an die Seite des Wagens gelehnt stehen und wartete darauf, dass sie ihn ansprachen.

„Karl, was machst du denn hier?“ Oliver Burkner, der dickere der beiden Sanitäter, ein Mann mit blondem Bürstenhaarschnitt, hatte Luthof zuerst gesehen. Der Arzt und der zweite Sanitäter sahen auf und staunten.

„Schönen Abend, die Herren. Ich arbeite, oder wie sieht es aus?“ Luthofs Erinnerungen überschlugen sich. Oliver war anfangs skeptisch gewesen, als Luthof immer wieder Medikamente ohne ärztliche Anweisung gab, defibrillierte, wenn es nötig war und keinen Notarzt hinzurief, auch wenn die Vorschriften es verlangten. Aber er hatte dann erkannt, dass Luthof das Richtige tat; dass er es besser konnte als die Notärzte. So lange, bis Gehr alles beendet hatte.

Oliver Burkner sah sich auf der Anfahrtsrampe um. Eine Speckrolle hatte sich unter dem weißen Baumwollpulli hervorgearbeitet. „Arbeitest du zu Fuß, oder was?"

Luthof wurde erst jetzt bewusst, dass der Wagen, an dem er lehnte, nicht mehr seiner war. Er lachte, anstatt zu antworten.

„Hast du wieder eine Stelle? Freut mich." Burkner war einen Meter vor Luthof stehen geblieben und sah ihn von oben herab an.

Der zweite Sanitäter schob die Liege in den Wagen und warf die Türen zu.

Die Erschütterung erreichte Luthofs Hinterkopf. Er stieß sich ab und ging einen Schritt zur Seite. „Ja, ich bin in Landsberg, bei einem Neuen. Ein Ableger vom MST hier in München." Es fiel ihm leicht, Details seiner Stelle zu erfinden.

„So neu, dass sie keine Wagen haben?" Oliver Burkner lachte und drehte sich um, als er das Motorengeräusch eines näherkommenden Wagens hörte. „Ach, ihr leiht euch die Autos von den Grünen, was?"

Luthofs Kopf zuckte in Richtung des Streifenwagens. Hatte Gehr die Polizei gerufen? Das hatte Luthof nicht eingeplant, er war sich sicher gewesen, dass Gehr das Risiko nicht eingehen würde. „Was wollen die?"

Oliver Burkner hob die Schultern. „Die kommen doch immer, wenn es einem an den Kragen geht."

Der Motor des Notarztwagens wurde angelassen. Eine Wolke Dieselrauch trieb vorbei. Burkner schob die Hände in die Taschen und ging zur Beifahrertür.

„Wem geht es an den Kragen?" Luthofs Blick zuckte immer wieder zu dem grünweißen BMW-Kombi, der jetzt neben der Schiebetür ausrollte.

Oliver Burkner setzte einen Fuß auf die Stufe über dem Vorderrad und zog sich an der Tür empor. Über die Schulter rief er Luthof gegen den Lärm des Motors, der auf Touren gebracht wurde, zu: „So ein Biker. Hat versucht, free and easy mitten durch einen Bus zu fahren. Das hat noch nie wirklich gut funktioniert.“

Luthof wich dem wendenden Rettungswagen aus, während er aus den Augenwinkeln die Polizisten in Lederjacken beobachtete, die aus ihrem Auto stiegen, als hätten sie bis zum Morgen Zeit. Der massigere der beiden war der Fahrer. Aus der Uniformhose war das Hemd hinten herausgerutscht, Handschellen steckten in einer Ledertasche am Gürtel. Der jüngere Polizist nahm seine Uniformmütze vom Armaturenbrett und hielt sie vor der Brust.

Ich muss in die Nothilfe, dachte Luthof. Hier draußen fiel auf, dass er zu keiner Besatzung eines Rettungswagen gehörte. Er musste an die Polizisten herankommen, um herauszufinden, ob sie wegen des Motorradfahrers gekommen waren, oder ob Gehr sie geholt hatte.

Die Schiebetür schloss sich hinter den beiden Uniformierten. Luthof zügelte sein Tempo und ging hinterher. Durch die Milchglasscheiben sah er, dass sie nicht den Gang hinuntergingen. Sie mussten in Kabine eins sein. Alle Schwerverletzten kamen zuerst da hinein. Luthof hatte oft selbst dort Patienten übergeben; bis vor einigen Wochen, als Gehr in eben dieser Kabine Luthofs Welt eingerissen hatte.

Er trat außer Reichweite des Bewegungssensors der Schiebetür und schob sich näher zum Eingang in die Nothilfe. Der Wind rauschte in seinen Ohren, er konnte nicht hören, ob auf dem Gang gesprochen wurde. Luthof erkannte die Silhouetten der Polizisten, sie standen vor der Tür zu Kabine eins. Er konnte nicht sehen, ob die Tür offen stand.

Polizisten interessierten sich häufig für ein Unfallopfer, aber Gehr war auch in dieser Kabine. Er war der einzige Anästhesist im St.-Marien in dieser Nacht. Einen Schwerverletzten versorgte immer ein Team aus Chirurg, Narkosearzt und zwei Schwestern.

Gehr musste die Polizisten sehen. Was würde er tun? Würde er um Hilfe bitten, würden sie Verdacht schöpfen? Luthofs Plan wäre zerstört, wenn eine Polizeitruppe Gehrs Haus stürmte, Frau und Kind fand und den Arzt benachrichtigte. Er glaubte, Gehr in seiner Gewalt zu haben, aber wie groß war die Versuchung für den Arzt, sich Hilfe zu holen, wenn er zwei Polizisten gegenüberstand?

Luthof strengte seine Augen an und blickte durch das Milchglas. Er konnte keine Bewegung mehr erkennen. Endlich entschloss er sich, hineinzugehen. Sein Blick hetzte über den Gang, er war verlassen. Die Tür zur Notfallkabine war zur Hälfte geschlossen, niemand dort konnte ihn wahrgenommen haben.

So ruhig, wie es ihm möglich war, ging er weiter und lehnte sich an die Wand neben der Tür. Er konnte Gehrs Stimme in der Kabine hören, aber verstand nicht, was er sagte. Sprach er mit den Polizisten?

Freitag, 10. Oktober 2003, 0:03 Uhr, Kabine 1, Nothilfe, St.-Marien-Krankenhaus

„Schlechte Chancen", sagte Gehr zu Midner. Seine Knie und seine Stimme zitterten. Er lehnte sich gegen die Liege und rieb sich das Kinn mit der Hand, in der er die Spritze hielt.

Der Chirurg richtete sich von seiner Untersuchung auf und wischte sich mit beiden Händen über das Gesicht. „Falsch – keine Chance. Schöne Bescherung. Was machen wir mit dem? Fahren wir ihn auf Intensivstation?"

Ein Assistenzarzt der Chirurgie rollte ein Ultraschallgerät durch die Tür und ließ sie offen. Gehr sah an ihm vorbei und bemerkte einen dunkelhäutigen Jungen von vielleicht sechs Jahren auf dem Gang. Der Knirps vergaß seinen Mund zu schließen, während er in die Kabine starrte. Aus beiden Nasenlöchern lief der Rotz.

„Der Druck sinkt immer weiter, Reinhard." Renate berührte Gehrs Hand. Er erschrak. „Ist das Adrenalin? Soll ich ihm mal ein paar Mikrogramm geben?" Sie nahm ihm die Spritze ab.

Er nickte ohne hinzusehen.

„Er ist achtzehn Jahre alt." Renate schüttelte den Kopf. „Das geht doch nicht, ihr könnt den Jungen doch nicht einfach so aufgeben."

Midner sah sie nur an. „Mach mal einen Ultraschall", sagte er mit einer Kopfbewegung zu dem Assistenzarzt. Der junge Chirurg klatschte Ultraschallgel auf den Bauch des Jungen.

Gehr sah zu, wie Renate ein Viertel der Spritze in den Katheter entleerte, während sie die Druckanzeige beobachtete. Er schämte sich vor ihr; er selbst hätte es wohl nicht mehr geschafft.

Renate löste ihren Blick vom Überwachungsgerät und sah Gehr von oben bis unten an. „Wo hast du dich denn rumgetrieben? Du bist ja völlig verdreckt."

Gehr antwortete nur mit einer Handbewegung in Richtung Tür, aber sie hatte sich schon wieder abgewandt. Alle drei beobachteten die Zahlen, die den Blutdruck angaben. Der obere Wert lag um neunzig, dann fünfundachtzig.

„Soll ich jetzt Blut abnehmen?", fragte die Nothilfe-Schwester.

„Mehr Volumen, Renate. Gib ihm den Rest vom Adrenalin und zieh neues auf." Gehr nahm zwei Flaschen Dextran vom Wagen und warf eine in Richtung Midner. „Otto, schließ das an und drück es rein." Er griff sich zwei Infusionsbestecke und warf eines zwischen die Beine des Patienten, damit Midner es sich nehmen konnte.

Renate spritze den Rest der Ampulle und sah auf die Blutdruckanzeige. „Schlechtes Zeichen, wenn sie darauf nicht mehr ansprechen."

Der Assistenzarzt bewegte den Schallkopf auf der Bauchhaut hin und her und verschmierte Blut mit Ultraschallgel.

Midner sah auf den Bildschirm des Ultraschallgeräts. „Hoffnungslos", sagte er, schüttelte den Kopf und ließ Infusionsflasche und Infusionsbesteck sinken. „In dem Bauch ist mehr Blut als in den Gefäßen. Gib auf, Reinhard."

Der Herzschlag setzte aus, kam wieder. Die Zahlen verschwammen vor Gehrs Augen, er hielt sich an der Liege fest.

„Siebzig systolisch", rief Renate. „Arrhythmisch."

Midner klopfte mit den Fingerspitzen auf den Brustkorb des Jungen. „Kein Spannungs-Pneumothorax. Volumen hat er genug, er reagiert nicht mehr auf Adrenalin. Reinhard, wir sollten aufhören."

„Einen Versuch noch", sagte Gehr ohne nachzudenken und hielt sich dabei an die Regeln der Klinik. Er streckte die Hand nach Renate aus, die eben eine Ampulle Adrenalin in die gleiche Spritze aufzog.

Dann wurde ihm bewusst, was er da tat.

Gehrs Gesicht zuckte, Schweiß bildete sich auf seiner Stirn. Er zitterte. Er bemerkte, wie Renate ihm die Spritze in die Hand drückte. Er setzte den Konus auf die Öffnung im Katheter und legte seine linke Hand darüber. Mit der verborgenen Rechten drehte er den Hahn so, dass das Adrenalin auf die Liege spritzte. Er schloss das Ventil, zog die Spritze ab und gab sie Renate. „Noch eine Ampulle, Renate. Otto, gib ihm das Dextran, er ist jung."

„Quatsch, schau dir seine Rübe an." Midner zögerte erst, dann packte er das Infusionsbesteck aus.

Gehr saugte Midners Worte auf und wiederholte sie in Gedanken. Otto hielt es für aussichtslos. Niemand würde ihm einen Vorwurf machen. Es war eine Gnade für den Jungen. Gnädig im Sinne der Moral, aber Mord nach Maßstäben des Rechts.

Renate gab ihm die Spritze. „Er flimmert“, sagte sie und holte den Defibrillator vom Regal an der Längswand des Raumes.

Gehr drehte sich nach dem Überwachungsgerät um. Die Herzstromkurve war zu einem Zackengebirge verformt. Die Anzeige blinkte, der Alarm des Geräts hatte sich zu einem Klingeln gesteigert, dass jede Sekunde auf- und abschwoll. Er spritzte das Adrenalin auf das Laken und zog die Fetzen des Hemdes auf der Brust des Jungen zur Seite.

Renate ließ zwei Hände voll Elektrodengel auf die Brust spritzen und setzte die Defibrillator-Elektroden auf. Das Gerät begann zu pfeifen, der Ton wurde immer höher und veränderte sich nicht mehr, als der Defibrillator aufgeladen war.

„Dreihundertsechzig Joule, Renate.“

Kaum hatte er das gesagt, ertönte ein Knacken. Der Stromstoß ließ die Muskeln des Jungen verkrampfen. Er wurde von der Liege abgehoben und fiel krachend zurück.

„Otto, drückst du?“ Gehr nickte Midner zu und sah auf das Überwachungsgerät.

Natürlich flimmerte er noch.

„Noch einmal, Renate, dreihundertsechzig.“ Gehr sah auf. Der kleine Junge auf dem Gang war verschwunden, draußen standen zwei Polizisten in Lederjacken. Einer hielt die Mütze vor der Brust, der andere kaute Kaugummi. Gehrs Magen verkrampfte sich.

Der Ton des Geräts steigerte sich erneut, Renate ließ einen Stromstoß durch den Körper des Jungen rasen.

Midner trat an die Liege heran. „Es hat doch sowieso keinen Sinn.“ Er legte die Hände auf die Mitte des Brustkorbes und drückte ein paar Mal mit wenig Kraft. Gebrochene Rippen rieben einander, Blutschaum wurde gegen den Luftstrom des Beatmungsgerätes aus dem Schlauch in der Luftröhre gedrückt. „Er flimmert immer noch.“

Der Defibrillator pfiff erneut. Gehr nickte Renate zu. „Dreihundertsechzig Joule.“ Er drehte sich um und zog eine Ampulle Adrenalin auf. Er hörte das Knacken des Gerätes hinter ihm, gefolgt vom Aufschlagen des Körpers. Wieder wurden Rippen aneinander gerieben, das Beatmungsgerät schlug Alarm, während Midner auf den Brustkorb drückte.

Gehrs Panik legte sich. Es ist vorbei, dachte er. Nichts konnte den Jungen zurückholen. Es war besser so. Er drehte sich um und spritzte das Adrenalin in die Vene, während Renate zusah.

Der Defibrillator war wieder aufgeladen, das Pfeifen schmerzte in Gehrs Ohren. Midner drückte. Renate hielt die Elektroden näher an den Brustkorb.

Gehr sah sie an und schüttelte den Kopf. „Es hat keinen Sinn."

Midner drückte noch zweimal langsam. „Keine Chance. Traumatischer Herzstillstand, diese Begleitverletzungen, es ist hoffnungslos. Wir tun ihm keinen Gefallen, wenn wir ihn wiederholen." Er sah auf und drehte sich zur Wanduhr. „Todeszeitpunkt null Uhr zwanzig. Renate schreiben Sie das bitte ins Protokoll."

„Ich kündige", sagte die junge Schwester, während sie sich mit ihren Spritzen und Probengefäßen immer weiter in die Ecke des Raumes neben der Tür drückte.

„Quatsch", herrschte er sie an, ohne den Blick von dem toten Jungen zu wenden. „Wer hat Sie denn für die Nachtschicht eingeteilt, verdammt? Daran müssen Sie sich gewöhnen." Midner winkte den Polizisten. „Gerade gestorben, Jungs. War der Busfahrer schuld oder unser Kunde hier?"

Gehr konnte nicht aufhören, den Polizisten anzustarren. Er musste ihm nur ein Zeichen geben. Einen Wink. Der Mann würde ihn beachten. Gehr hoffte, der Polizist würde bemerken, dass Gehr ihn anstarrte, und nachfragen. Gehr würde ihm alles erklären. Es würde niemandem auffallen. Es war normal, der behandelnde Arzt eines Unfallopfers sprach mit den Polizisten, die ermittelten. Selbst wenn Charon zusah …

Wenn Charon zusah, war Sarah auch hier irgendwo. Bei Gehr zu Hause hätte ein Sondereinsatzkommando sie vielleicht aus Charons Händen befreien können, bevor er ihr etwas antun konnte. Aber hier im Krankenhaus? Niemand wusste, wo sie war. Charon hätte eine Million Chancen, sie zu töten und zu entkommen, bevor eine Hundertschaft Polizisten es bemerkt hätte. Nein, es war unmöglich. Er war Charon ausgeliefert. Er musste gehorchen. Es war Sarahs einzige Chance.

Der Kaugummi kauende Polizist hob die Schultern. „Der Zusammenstoß passierte auf der Fahrbahn des Busses, der Motorradfahrer war auf der falschen Spur", sagte er. „Wir lassen ihn abholen. Gerichtsmedizin. Wisst ihr schon was über die genauere Todesursache?"

Midner deutete auf die Leiche. „Suchen Sie sich eine aus."

Gehr sah dem Polizisten in die Augen.

Der größere Polizist drehte sich um und stieß seinen Kollegen an, der sich kaum vom Anblick des toten Jungen losreißen konnte. Während er den Kopf abwandte, erfassten seine Augen einen Moment lang Gehrs Blick. „Die Alkoholprobe machen die Gerichtsmediziner“, sagte der Polizist. „Auch gut. Ein Formular weniger.“ Er ging zwei Schritte, hielt an, drehte sich um und schaute Gehr an.

Gehr sah ihm in die Augen. Wenn der Beamte ihn doch nur ansprechen würde! Fragen, was passiert sei, ob die Polizei helfen könne.

Nichts geschah. Der Mann wandte sich ab und ging hinter seinem Kollegen hinaus in die Kälte der Nacht.

Gehr öffnete den Mund. Er wollte rufen. Halt! Bleiben Sie stehen! Sie müssen mir helfen, ich werde erpresst, retten Sie meine Tochter! Hilfe!

Er schloss er den Mund und ließ den Kopf hängen. Er war ein Mörder. Es war unmöglich.

Gehr richtete den Blick auf seine schlammverschmutzten Schuhe.

Natürlich kam der Junge in die Gerichtsmedizin. Wenn sie mit den richtigen Tests suchten, würden sie Clonidin finden. Aber was würden sie aus diesem Ergebnis machen? Clonidin war ein zugelassenes Medikament und Patienten mit Schädelverletzungen hatten oft einen hohen Blutdruck. Aber weder im Notarztprotokoll noch in seinem eigenen würde ein Hinweis auf Clonidin zu finden sein. Wie konnte er diesen Unterschied erklären?

Die Gerichtsmediziner würden natürlich nicht nach Clonidin suchen, aber wenn sie es aus Zufall fanden, würden sie misstrauisch werden.

Unsinn, dachte Gehr, niemand ist misstrauisch, wenn ein Mann mit schwersten Verletzungen stirbt. Der Junge hatte mehr als einen guten Grund gehabt zu sterben. Wie gründlich würde ein Gerichtsmediziner da nachsehen?

Sehr gründlich. Gehr wusste, dass sie immer gründlich waren. Aber warum sollten sie nach irgendeinem Medikament im Blut des Patienten suchen? Sie würden sich auf seine Verletzungen konzentrieren, helfen, die Schuldfrage zu klären. Also würden sie wissen wollen, ob er unter Medikamenteneinfluss Motorrad gefahren war. Gab es Menschen, die Clonidin missbrauchten? War Clonidin in den Testserien Routine?

Gehr konnte sich nicht erinnern, je etwas von einem Test für die Konzentration von Clonidin im Blut gehört zu haben. er hatte nie in der Gerichtsmedizin gearbeitet. Natürlich benutzten sie andere Tests als die Ärzte in der Klinik. Und selbst wenn die Leiche begraben war, blieben die Spuren für lange Zeit erhalten und konnten ihn überführen. Reinhard Gehr, der Doppelmörder. Er ballte die Fäuste.

Der Junge war vor den Augen der Polizisten von Gehrs Hand gestorben. Er hätte es ihnen sagen können. Er hätte alles über Charon erzählen können. Er hätte es ihnen erklärt, sie wären vorsichtig gewesen. Charon wäre festgesetzt worden, bevor er Sarah etwas tun hätte können. Aber wären sie wirklich überlegt vorgegangen? Hätte Charon alles bemerkt und Sarah getötet? Gehr schüttelte den Kopf. Niemand wusste, wo Charon war. Er presste die Lider zusammen. Es war zu spät, darüber nachzudenken. Gehr hatte einen Menschen getötet. Er öffnete die Augen und hielt sich an der Patientenliege vor ihm fest. Alles drehte sich um ihn. Er sah auf die Uhr, es war nach Mitternacht. Charon musste anrufen. Oder erwartete er, dass Gehr zu Hause anrufen würde? Wenn Charon denn bei Gehr zu Hause war.

Renate schaltete die Beatmungsmaschine aus und sammelte Kabel und Leitungen ein. Der Assistenzarzt reinigte sein Ultraschallgerät und die Schwester ordnete Spritzen und Röhrchen in Schubladen und Regale der Kabine ein.

„Scheißpech gehabt, der Junge. Wer fährt schon Motorrad bei dem Mistwetter, was, Reinhard?“ Midner schnaufte fast schon wieder so, wie Gehr es von ihm gewohnt war.

Gehr zwang sich zu einem Nicken. Er verzog den Mund und hoffte, es sähe aus wie ein Lächeln.

Midner stemmte die Hände in die Taschen seiner weißen Baumwollhose und sah der Schwester bei ihrer Arbeit zu. Sie streckte sich nach den oberen Regalbrettern, ihr Baumwollhemd rutschte hoch und entblößte einen Teil ihres Satin-Tangas über der Baumwollhose.

Midner verdrehte die Augen und grinste zu Gehr hinüber. Dann hob er die Schultern, winkelte die Unterarme an und ließ sie fallen, bevor er ohne ein Wort aus der Kabine ging.

Der Chirurg fuhr das Ultraschallgerät hinaus und grüßte, ehe er es den Gang hinunterschob.

Die Schwester streckte sich noch einmal nach einem hohem Regalfach und zeigte ihre Taille und den Tanga. Sie zog ein Laken heraus und entfaltete es mit erhobenen Armen. Der weiße Stoff glitt über die Füße, die Beine, den Bauch des Motorradfahrers.

Gehr sah den Händen der Schwester zu, wie sie das Laken über die Leiche zogen. Am Brustkorb des Jungen zögerten sie, als ob sie nicht wagten, näher zu kommen.

Sie zog noch ein paar Zentimeter und ließ den Rest der Tuchlänge in Falten auf seinem Hals liegen.

Gehr konnte seinen Blick nicht von dem toten Gesicht nehmen. Er blieb stehen und hielt sich an den Schiebegriffen der Liege fest.

Die Schwester war nach ein paar Minuten mit ihrer Arbeit fertig und eilte grußlos hinaus.

Renate wischte mit einem desinfektionsmittelfeuchten Tuch über die Apparate und den Medikamentenwagen. Sie brauchte länger als nötig dazu. Endlich blieb sie neben dem Patienten stehen, trocknete sich die Hände am Hosenboden und sah Gehr eine Weile an. Als sie hinausging, blieb sie in der Tür stehen und drehte sich um. „Kommst du klar, Reinhard?“

Ihre Stimme hatte etwas Sanftes, fast schien es Gehr, dass sie wie eine Freundin oder gar eine Geliebte zu ihm sprach. Er nahm all seine Kraft zusammen und lächelte sie an. „Danke dir Renate. Es tut mir leid, ich habe mich heute Nacht wie ein Arschloch benommen.“ Er sah wieder auf das graue Gesicht des Jungen, aus dessen Mund der blutige Beatmungsschlauch ragte. „Ich kann es dir nicht erklären. Es wird wieder.“

Nie wieder wird es sein wie es war, dachte er. Er hatte die Grenze das zweite Mal überschritten. Charon hatte ihn endgültig über den Acheron gebracht. Er war dort, wo Charon ihn haben wollte, und er konnte nicht mehr zurückkehren.

Renate nickte nur und ging hinaus. Man hörte kaum, wie sie die Tür von draußen schloss.

Gehr war alleine. Seine Hände hatten sich um die Schiebegriffe aus Edelstahl gekrampft. Beine und Arme zitterten, ihm wurde übel. Er ging zur Seite, lehnte sich an die Kacheln der

Wand und blickte zu Boden. Er sah auf die Uhr, es war halb eins. Warum meldete sich Charon nicht?

Gehr ließ sich an der Wand herabrutschten. Das Baumwollhemd wurde nach oben geschoben, die Haut des Rückens berührte die Kacheln, die Fugenkanten rieben seine Haut auf. Er kauerte am Boden und umklammerte seine Beine. Er hätte gerne geweint, aber Tränen wollten nicht kommen. Seine Augen brannten, die Kälte und die schweißnasse Kleidung ließen ihn zittern. Er wollte kotzen. „Ruf an“, flüsterte er. „Ruf doch endlich an“, wiederholt er, und erschrak über seine Stimme. Er glaubte daran, dass Charon ihn finden würde.

Gehr vermied den Blick auf den toten Jungen. Am Rande seines Blickfeldes nahm er das Spiralkabel des Wandtelefons wahr. Er brauchte Minuten, um den Entschluss zu fassen, anzurufen, und noch länger, bis er vor dem Telefon stand.

Ohne darüber nachzudenken, hob er den Hörer ab, sein Zeigefinger tippte die Mobil-Telefonnummer seiner Frau. Nach drei Klingeltönen hob Charon ab. Gehr hörte nur sein Atmen, der Mann sagte nichts.

„Ich habe es getan“, sagte Gehr. Er wusste, es war nicht vorbei. „Ich habe einen Patienten getötet. Sind Sie endlich …“ Gehr biss sich auf die Lippe. „Zufrieden?“

Charon atmete, die Luft rauschte im Mikrophon.

Gehr konnte nichts von Sarah hören. Er fuhr sich mit der Linken durchs Haar und hielt sich in den Strähnen fest. „Was ist mit meiner Tochter?“ Er hasste diesen Mann, der sein Leben, seine Familie zerstörte. Und doch sprach Gehr mit ihm wie mit einem Menschen. Gehr wusste, er konnte diesen Charon mit den Händen töten. Wenn er nur die Chance gehabt hätte. Er wünschte sich, diesen Mann quälen zu können. Er atmete tief durch. „Was ist mit Sarah? Sagen Sie schon.“

„Gut“, sagte Charon. „Gut, Herr Gehr. Sie hassen mich, nicht wahr? Das ist gut.“ Er zog die Wörter in die Länge. „Ihrer Tochter geht es nicht gut, Gehr. Sie hat Angst. Verständlich, finden Sie nicht?“ Er lachte.

Gehr biss auf die Zunge, seine Linke verkrampfte sich und riss eine Haarsträhne aus. „Wenn Sie ihr etwas tun, töte ich Sie, Charon“, sagte er durch zusammengepresste Zähne. „Ich töte Sie, ich verspreche es Ihnen. Sie haben es mir beigebracht. Ich kann es.“

„Gut“, sagte Charon. „Sie lernen schnell, Gehr. Ich brauchte mehr Zeit. Wollen Sie wissen, wie ich töten gelernt habe?“ Sein Atem rasselte, er sprach lauter. „Töten ist eine Kunst.“ Nach dem Wort holte er ein paar Mal Luft, beruhigte sich wieder. „Finden Sie nicht auch?“

„Ich will es nicht wissen, Charon. Ich will es verdammt noch mal nicht wissen!“ Gehr konnte nur schreien. „Was wollen Sie? Ich will meine Tochter wieder. Ich mache das nicht mehr lange mit. Ich bin am Ende, hören Sie? Ich kann nicht mehr. Ich bin wertlos für Sie, wenn Sie nicht bald aufhören.“ Gehr ließ seine Haare los, stützte sich vornüber gebeugt an die Kachelwand und keuchte.

„Erschöpft? Ich bitte Sie, Gehr, eine postoperative Lungenembolie – völlig risikolos. Ein halbtoter Motorradfahrer, der wäre auch ohne Sie gestorben. Und Sie tun so, als wenn es schwierig gewesen wäre?“

Gehr richtete sich auf. „Woher wissen Sie das? Sie waren hier, Charon. Sie waren vorhin hier, ich habe Sie gesehen. Sarah war hier. Wo ist sie jetzt?“

„Sie haben gar nichts gesehen. Es war dumm von Ihnen, mir zu folgen.“ Er brüllte ins Telefon. „Dumm!“ Ohne Übergang sprach er wieder mit normaler Lautstärke. „Tun Sie das nie wieder. Und jetzt gehen Sie in Ihren Ruheraum. Sie haben einen Schlafraum für sich in der Klinik. Gehen Sie dorthin. Wie ist die Telefonnummer dort? Sagen Sie mir die Telefonnummer, gehen Sie dorthin und rühren Sie sich nicht vom Fleck. Ich werde Sie anrufen, wenn es soweit ist. Bis dahin gehen Sie nicht aus dem Zimmer. Sagen Sie jede Operation ab. Sie bleiben in dem Zimmer. Bis ich Ihnen etwas anderes sage.“

„Was soll das? Was wollen Sie? Sagen Sie mir, was ich tun muss, um Sarah zu befreien.“

Charon antwortete nicht.

„Die Nummer ist achtundzwanzig zweiunddreißig“, sagte Gehr. „Ich gehe dorthin und warte auf Ihren Anruf. Wann rufen Sie mich an? Wann?“

„Tun Sie, was ich sage, und Sarah geschieht nichts. Bleiben Sie im Zimmer.“ Charons Atem fauchte ins Mobiltelefon. „Gehorchen Sie nicht, stirbt sie.“ Er legte auf.

Gehr blieb mit dem Gesicht zur Wand vor dem Telefon stehen. Er senkte den Kopf. Hinter ihm lag der Motorradfahrer.

Er wagte nicht hinzusehen. Er drehte sich nach rechts, aus dem Augenwinkel nahm er das Leintuch wahr, das die Leiche bedeckte.

Er ging hinaus und gab der Tür von außen einen Stoß. Sie krachte ins Schloss.

Niemand war im Gang. Die Großfamilie hatte auf und unter den Sitzen Papiertaschentücher, eine Wasserflasche und eine Windel voll Kinderscheiße hinterlassen.

Gehr ging weiter. In der Nähe der Aufzüge traf ihn wieder der Verwesungsgeruch. Er erinnerte sich an den Penner. War er bereits gestorben? Ein gammelnder Fuß, ein diabetisches Koma, die Blutvergiftung – das waren mehr als genug Gründe, den Löffel abzugeben.

Im Vorraum vor den Fahrstühlen stank es wie zuvor, aber der Mann war nicht mehr da. Vor der Bank, auf der er gesessen hatte, stand nur der linke Schuh und verpestete Gehrs Atemluft. Auf dem Boden waren Plastik- und Papierverpackungen verstreut. Die Internisten mussten ihn entdeckt und an Ort und Stelle erstversorgt haben.

Der Tod des Motorradfahrers hat dem Kerl das Leben gerettet, dachte Gehr. Ist das gerecht? Was ist denn schon Gerechtigkeit? Ist es gerecht, was Charon mit mir macht? Ist es gerecht, dass Charon Anja getötet hat? War ich gerecht zu Bachmann?

Er ging an den Aufzügen vorbei und bog nach rechts in Richtung der Ruheräume ab.

Freitag, 10. Oktober 2003, 0:40 Uhr,
Anfahrt für Rettungswagen,
St.-Marien-Krankenhaus

Luthof hatte noch neben der Tür zur Kabine eins gestanden, als die Polizisten wieder herauskamen. Sie hatten ihn nur kurz angesehen, und es ängstigte ihn nicht. Luthof hatte ihr Gespräch belauscht. Er wusste, dass sie ihn in Ruhe lassen würden.

Er war stolz auf seine Ruhe und Überlegenheit. Gehrs Nähe zu den beiden Polizisten hatte ihn einige Zeit verunsichert. Gehr hätte ihnen alles sagen können. Auch wenn sie ihm diese Gruselgeschichte nicht geglaubt hätten, so wären sie doch zu seinem Haus gefahren und hätten nach dem Rechten gesehen. Gehr hätte erfahren, dass seine Frau und seine Tochter lebten, und dass die Polizei sie beschützte. Luthofs Plan wäre gescheitert. Es hätte keinen Höhepunkt gegeben, und nichts wäre ihm geblieben außer Gehrs Spott.

Einmal hatte Luthof einen Blick auf Gehrs Gesicht werfen können, und da hatte er gewusst, dass der Arzt nicht reden würde. Sein Bart wuchs auf blasser Haut, die Augen wurden von hässlichen Ringen umrahmt, die Angst war ihm ins Gesicht graviert. Luthof hatte diesen Anblick genossen. Er war das erste Mal seit Wochen glücklich gewesen.

Er hatte durch einen Spalt in der Tür gesehen und gehört, wie die Reanimation des Motorradfahrers scheiterte, und er hatte sich gefragt, was Gehr getan hatte, um es so kommen zu lassen.

Die Tür wurde aufgestoßen und Luthof erschrak. Er glaubte, Gehr würde aus der Kabine kommen, und wandte sich ab. Schwere Schritte entfernten sich. Luthof sah kurz über seine Schulter. Es war nicht Gehr. Die Kabinentür schlug gegen die Wand und blieb offen stehen.

Luthof eilte durch die Schiebetür ins Freie. Alle in der Kabine hätten ihn dabei durch die geöffnete Tür sehen können, aber Luthof brauchte sich nicht zu zwingen, nicht zu rennen, sich nicht umzuwenden.

Die Schiebetür schloss sich hinter ihm.

Jetzt stand er unter dem Vordach, das den Regen, nicht aber den Wind abhielt, und bebte vor Erregung. Er berauschte sich an seiner Macht. Er hatte Gehr in der Hand wie einen faulen Apfel und er konnte ihn zerquetschen, wenn es ihm beliebte. Alles konnte er von ihm verlangen. Er hob seine Hände und betrachtete ihr Zittern. Es erregte ihn, töten zu können, ohne anwesend zu sein. Nur ein Wort von ihm und Gehr mordete. Er hatte es einmal versucht und einmal getan und Gehr würde es wieder tun müssen. Das war einzigartig. Größer noch als die Macht, Menschen am Leben zu erhalten, die er in seinem Beruf genossen hatte. Hier machte er die Regeln, er entschied, er bestimmte.

Er fingerte eine Zigarette aus der Packung. Dreimal löschte der Wind die Flamme des Feuerzeugs, bevor er sie anzünden konnte. Bei jedem Ausatmen bemühte er sich, nicht zu lachen. Der Wind blies durch die Baumwollhose und durch den Verschluss der Jacke. Es machte ihm nichts aus. Er spielte mit dem Gedanken, sein Theaterstück fortzusetzen, die Regeln zu verändern. Er genoss diese Idee eine Zeit, dann verbot er sich, weiter daran zu denken. Er wusste, es würde heute enden. Sein Plan musste befolgt werden.

Das Mobiltelefon der Gehr in der Jackentasche klingelte. Sofort schob er die Hand in die Tasche, fühlte das Vibrieren des Gerätes. Er zählte drei Klingeltöne, warf dann seine Zigarette weg und drückte auf die grüne Taste.

„Ich habe es getan“, sagte Gehr durch das Telefon. „Ich habe noch einen Patienten getötet. Sind Sie endlich ... zufrieden?“

Luthof hörte, verstärkt durch das Mikrophon des Telephons, wie sich sein eigener Atem beschleunigte. Gehr war hinabgesunken unter das Niveau eines Tieres. Er war ein Käfer, ein Insekt, das man zertreten durfte, ohne dass ein Mensch sich darum kümmerte.

Luthof schwieg. Ließ Gehr warten. Als er glaubte, ihn genug gequält zu haben, unterbrach er die Verbindung. Er wandte sich dem Eingang zu und blieb in Regen und Wind stehen, um die Schatten hinter dem Milchglas der Tür zu beobachten. Endlich löste sich drinnen im Nothilfeflur eine Figur aus den Konturen und trottete nach rechts.

Er ließ Gehr zehn Minuten Zeit, in sein Zimmer zu gehen, dann folgte er ihm. Natürlich wusste Luthof, wo die Ruheräume waren, und er kannte die Telefonnummer.

Freitag, 10. Oktober 2003, 0:45 Uhr,
Ruheraum der Dienstärzte

Gehr schloss die Tür zum Ruheraum auf und ging in das Zimmer, ohne Licht einzuschalten. Die Heizung arbeitete mit voller Kraft. Er ließ die Tür hinter sich zufallen.

Die Matratze und der altersschwache Lattenrost ächzten unter seinem Gewicht. Gehr lag auf dem Rücken und starrte ins Dunkel.

Er wusste nicht, ob Minuten oder Stunden vergangen waren, als das Telefon klingelte und das Geräusch seinen Magen revoltieren ließ. Auf der Suche nach dem Telefonhörer warf Gehr das Radio um und stieß gegen die Nachttischlampe. Endlich bekam er den Apparat zu fassen und presste den Hörer ans Ohr. „Hallo? Gehr hier? Wer ist da? Charon?"

„Otto ist hier. Wer ist Charon, Reinhard? Sag mal, was ist eigentlich los mit dir, du Spinner?"

„Steht noch etwas an?" Gehr richtete sich auf, knipste die Lampe an und sah auf die Nummer im Display. Midner rief von der Küche der chirurgischen Station an. Gehr stellte sich vor, wie er dort vor einer Tasse Kaffe saß und der Nachtschwester den Hintern tätschelte.

*

Luthoff spähte durch den Türspalt in den Gang, in dem die Ruheräume der Dienstärzte und der Schwestern lagen. Das Neonlicht konnte wenig gegen die Kelleratmosphäre ausrichten. Der Geruch von Chlorputzmittel lag in der Luft.

Er lauschte. Nichts zu hören, niemand war dort. Luthof schlüpfte durch die Tür und achtete auf jedes Geräusch, während er den Flur hinabging. Irgendwo in einer Zwischendecke gurgelte eine Abwasserleitung.

Neben jeder Tür hing ein Plexiglasschild, hinter dem ein Zettel mit der Raumnummer und der Bezeichnung eingeschoben war. Überall pausierte Luthof einen Moment, las das Schild und hörte, ob sich in dem Zimmer etwas bewegte oder jemand redete.

Der Raum mit der Nummer 0.255 war reserviert für den Dienstarzt Innere Medizin. Raum Nummer 0.257 für den

Dienstarzt Geburtshilfe. Raumnummer 0.259, Dienstarzt Anästhesie.

Das war es. Luthof blieb zur Tür gewandt stehen, hob den Kopf und stemmte die Hände in die Seiten. Die Phantasie, Gehr zu überfallen und zur Rede zu stellen, stachelte ihn an. Er sah sich selbst, wie er die Tür eintrat, in das Zimmer stürmte und einem winselnden Gehr den Stiefel an den Hals setzte. Er schloss die Augen einen Atemzug lang, öffnete sie wieder und zog die Mundwinkel hinab.

Das hatte er nicht nötig. Es war Zeichen wahrer Macht, wenn er aus der Ferne Gehr dazu brachte, zu tun, was er wollte, egal welche Monstrosität Luthof sich für ihn ausgedacht hatte.

Plötzlich hörte er Gehrs Stimme aus dem Zimmer. Luthof drehte ein Ohr zur Tür und trat bis auf wenige Zentimeter heran.

*

Gehr versuchte ein Lachen, das ihm nicht gelang. „Was soll schon los sein. Eine beschissene Nacht im Krankenhaus wie die Hunderte beschissener Nächte zuvor."

„Beschissene Nacht, ja, herzlichen Dank. *Meine* Nacht ist beschissen. Musst du ausgerechnet in die Kabine sechs kommen, wenn ich der Kleinen an die Wäsche gehe, was?" Sein Schnaufen wurde immer lauter. „Hör mal, Reinhard, du musst das vergessen, ja? Ich meine, es geht dich doch gar nichts an, was interessiert dich mein Familienleben? Ich bin ein guter Vater und Ehemann, ich muss mir eben ab und zu mal ein bisschen Appetit für zu Hause holen, na und? Was ist denn schon dabei?" Für einige Sekunden war nur sein schneller Atem zu hören. „Reinhard?" Midners Stimme klang plötzlich ängstlich. „Reinhard, bist du noch da?"

Gehr brummte.

„Reinhard, du sagst doch nichts meiner Frau, oder?" Fast klang es, als würde er weinen wollen. „Du darfst nichts sagen, sie schmeißt mich raus, ich halte das nicht aus. Meine Kinder … Reinhard!"

„Ist ja gut, Otto, ich hatte doch nicht vor, deiner Frau was zu erzählen. Warum sollte ich das tun? Vorhin in der Kabine, das war doch nur … Die Angehörigen wollten unbedingt."

„Danke Reinhard. Ich bin dir was schuldig." Midner war wieder der Alte. „Hör mal, der mit dem Bronchialkarzinom –

der hat eingewilligt.“ Er fuhr nicht fort und wartete offenbar auf Gehrs Reaktion. „Die Ernährungssonde“, half er Gehrs Gedächtnis weiter. „Du wolltest doch unbedingt die Ernährungssonde legen, Reinhard.“

„Ja, ja, ich weiß schon. Hat sich wohl erledigt“, sagte Gehr. Sein rechtes Augenlid zuckte und er wischte sich mit der Hand darüber.

„Erledigt? Sag mal, du spinnst wohl? Ich habe dem Alten die Unterschrift abgepresst, die OP-Schwestern wissen Bescheid, ich wollte dem jetzt diese Fistel reinbauen und dann ab ins Bett. Und du sagst ‚hat sich erledigt‘? Was ist eigentlich los mit dir, Reinhard?“

Gehr fuhr sich mit der Linken über den Kopf und hielt sich in seinem Haar fest. „Nichts ist los.“ Er versuchte ein schmutziges Lachen. „Wie ist sie denn so, die Kleine? Im Bett, meine ich.“ Er widerte sich selbst an.

„Arschloch.“ Midner schnappte nach Luft. „Ich glaube, wir streichen die Ernährungssonde. Du bist wohl nicht ganz dicht. Ich habe keine Lust, mit dir in einem OP zu stehen. Gute Nacht.“

„Otto, nein, nein, entschuldige“, rief Gehr. „Otto, das war nicht so gemeint. Lass uns die Sonde später machen, lass mich ein bisschen ausruhen, ich kann nicht mehr. Warte noch Otto, warte noch. Otto?“ Er hörte, wie Midners Atmen sich beruhigte.

„Also, was ist mit dir, Reinhard? Keine Ausflüchte.“ Sein Ton schien keinen Widerspruch zuzulassen.

Gehr überlegte, was er sagen sollte. Renate hatte wohl nicht mit Midner gesprochen, aber das konnte sie noch tun. Er sollte wohl besser bei einer Geschichte bleiben. Eine gestorbene Oma – es kam ihm so läppisch vor im Vergleich zur monströsen Wahrheit.

Midner war des Wartens überdrüssig. „Du erpresst mich mit dieser Lappalie mit der Kleinen, du rennst völlig panisch in der Klinik rum, völlig verdreckt, nass und durch den Wind. Was – soll – das?“

„Otto, ich habe“, Gehr sah auf die Uhr, „gestern Abend einen Anruf bekommen.“ Er pausierte, um Zeit zu gewinnen. Er wollte nicht auflegen müssen. Er würde verrückt werden, wenn er nicht sprechen konnte. „Meine Großmutter ist am Nachmittag gestorben.“

Midner zögerte ein paar Sekunden. „Großmutter? Du …" Er zögerte. „Du willst mich auf den Arm nehmen? Mein Opa ist vor fünfzehn Jahren gestorben. Ich war gerade im Staatsexamen. Ich kann mich nicht erinnern, dass ich so rumgesponnen habe wie du."

„Ich bin eben ein sensibler Mensch, während du Chirurg bist", sagte er ohne Heiterkeit.

Midner lachte. „Sei nicht so, ich hab doch auch Gefühle, bin ja schließlich nicht aus Stein. Obwohl bestimmte Körperteile schon mal …" Er lachte schallend.

„Hat mich einfach im falschen Moment erwischt, Otto. Da gibt es ein paar Probleme und ich habe das einfach nicht mehr vertragen können. Wird schon wieder. Vergiss es einfach, Otto."

„Na ja, du hast was gut bei mir, wegen der Süßen. Ich will mal nicht so sein."

Es klingt unehrlich, dachte Gehr.

Midners Stimme nahm den üblichen Rhythmus an. „Hör mal, die Internisten haben mich vorhin angerufen. Die haben einen Penner gefunden, der irgendwo im Krankenhaus abgehangen hat. Die behaupten, der ist in einem hyperglykämischen Koma." Er schnaufte wie eine Dampflok. „Wenn du mich fragst, hat der nur zu viel gesoffen." Eine kurze Pause. „Egal, jedenfalls hat er 'nen faulen Fuß, der ihm eine Sepsis macht. Ich glaub, der muss ab. Heute Nacht noch. Was sagst du? Machen wir es gleich? Dann haben wir es hinter uns."

„Nein!" Gehr stöhnte, während er aufstand. „Nicht gleich, Otto, lass mir Zeit. Ich muss mich erst beruhigen. Neue Klamotten anziehen, etwas ausruhen. Hast doch selbst gesagt, ich sehe unmöglich aus." Wenn Charon noch einen Mord verlangt, ist dieser Penner der Richtige, dachte er, ich muss ihn mir aufheben. Er erschrak über den Gedanken und über die Kühle, mit der er ihn gedacht hatte. Er fürchtete, bereits den Verstand verloren zu haben. Wie konnte er sicher sein, noch bei Verstand zu sein?

Midner ließ sich nicht beeindrucken. „Besser als der Typ siehst du auf jeden Fall aus. Und stinken tust du auch nicht so. Machen wir es gleich." Etwas klickte regelmäßig im Lautsprecher.

„Nein", rief Gehr. „Der Fuß fault doch sicher schon seit Wochen."

„Aber jetzt macht er ihm die Sepsis. Das bringt ihn um, wenn wir noch viel länger warten." Es klang, als ob Midner mit einem Fingernagel an den Hörer tippte.

Gehr störte das Geräusch. „Er ist besoffen, sagst du; ich mache ihm keine Narkose, wenn er besoffen ist. Das Risiko ist viel zu hoch. Warten wir noch ein paar Stunden; lassen wir ihn seinen Rausch ausschlafen." Wieder kam das Ticken aus dem Lautsprecher des Hörers. Was tat Midner da?

„Er ist nicht besoffen, er ist im Koma wegen seinem Zucker. Wahrscheinlich ist die Sepsis schuld." Midner klang ratlos. „Hat jedenfalls der Internist gesagt. Der Fuß muss ab."

„Lass das Ticken, Otto! Was machst du denn da?", herrschte Gehr ihn an. „Auch im Koma kann ich ihm keine Narkose machen."

„Du bist doch sonst nicht so zimperlich, Reinhard. Jetzt gib dir einen Ruck und wir ziehen das durch, dann haben wir vielleicht für die Nacht Ruhe."

Midners lautes Atmen ekelte Gehr; er hatte ihn immer für einen Grobian gehalten, aber jetzt hasste er den Mann. „Später", sagte er und glaubte, schon dieses Wort entlarvte ihn, stellte seine Verrücktheit bloß.

„Weißt du, was dein Problem ist, Reinhard?" Midner amüsierte sich. „Du bist neidisch. Neidisch auf mich. Wegen der Kleinen. Richtig, Reinhard?"

„Halt den Mund, Otto." Gehrs Stimme zitterte. Gedanken stürzten übereinander, Worte wollten geschrien werden, aber schafften es nicht bis zum Mund. Er wollte auflegen, aber er fürchtete den Moment, in dem er wieder mit seinen Gedanken allein war. Gedanken, die zeigten, dass Gehr den Verstand verlor.

„Es ist nämlich einfach so, dass ich es meiner Frau immer noch gerne mache, weil ich mir Appetit hole mit einer der Süßen hier, verstehst du?" Er lachte hässlich. „Wie ist es mit dir, Reinhard? Stimmt es noch im Bett mit deiner Anja? Oder bist du schon in den sexuellen Ruhestand getreten? Kannst du noch …"

*

„Halt den Mund, Otto", hörte Luthof eben noch, dann quietschten Schritte. Wollte Gehr das Zimmer verlassen?

Luthof brach der Angstschweiß aus. Die Vorstellung, Gehr plötzlich in der Tür gegenüberzustehen, ließ ihn den Atem anhalten. Er wollte sich umdrehen, weglaufen, aber der Augenblick, den seine Nerven brauchten, den Impuls an seine Glieder zu übertragen, erschien ihm endlos. Gehr würde ihn erkennen, ihn festhalten, angreifen oder der Polizei übergeben!

Er entfernte sich von der Tür und legte so viel Kraft in die Schritte, wie es möglich war, ohne zu rennen.

Die Tür hinter ihm wurde aufgerissen, jemand kam heraus und rannte den Flur hinab. Luthof wagte nicht, sich umzudrehen. Ein Rauschen in seinem Kopf erinnerte ihn daran, dass er immer noch den Atem anhielt, er glaubte, er müsste platzen; er wagte nicht auszuatmen, das Geräusch musste ihn verraten.

*

Midners letzte Worte hatte Gehr nicht mehr gehört. Er hatte den Hörer fallen lassen und war zur Tür gerannt, hatte sie aufgerissen, ohne sie hinter sich wieder zu schließen. Er stürmte nach links, durch den Gang, vorbei an den Ruheräumen. Er hatte nur einen Gedanken, ein Bild vor Augen: Midner. Er wollte zu Midner. Die Aufzugtüren flogen vorbei, er stieß die Metalltür zum Treppenhaus auf, dass die Klinke in den Putz der Wand dahinter krachte. Er sprang zwei oder drei Stufen auf einmal nach oben.

*

Das Quietschen der Turnschuhe entfernte sich, während Luthof weiterging. Endlich durfte er ausatmen, die Atemnot wurde übermächtig.

Erst als er hörte, wie die Tür am anderen Ende des Flurs aufgerissen wurde, wagte er einen Blick über die Schulter. Er konnte Gehr gerade noch um die Ecke verschwinden sehen. Luthof blieb stehen. Was trieb den Mann dazu, so plötzlich aus dem Zimmer zu stürzen? Gehr hatte nicht einmal die Tür geschlossen. Was ging hier vor?

Er konnte es nicht kontrollieren, es machte ihm Angst.

Das Geräusch eines Schlüssels im Schloss einer der Türen auf dem Gang unterbrach sein Grübeln. Er zwang sich zum ruhigen Weitergehen. Wer immer jetzt aus dem Zimmer kam, würde ihn sehen. Er konnte nicht hoffen, ein zweites Mal unentdeckt zu bleiben.

Ruhig, befahl er sich. Selbstverständlich war er im Dienst hier, seine Kleidung legitimierte ihn, nur wer sich verdächtig machte, wurde verdächtigt.

Noch fünf Meter trennten ihn von der Tür. Er hörte das Klappern von Holzsohlen auf dem Gang.

Vier Meter noch bis zur Tür. Hatte er oder sie Luthof schon bemerkt? Drei Meter. Luthof bot alle Entschlossenheit auf, zu der er fähig war, um seine Schritte nicht zu beschleunigen. Noch zwei Meter. Seine rechte Hand streckte sich schon nach der Klinke. Raus. Er wollte raus hier. Es war dumm gewesen, hierher zu kommen. Er hatte zu viel riskiert. Jeden Augenblick erwartete er, dass ihn jemand anrief, ihn aufforderte, stehen zu bleiben, Aufklärung verlangte. Seine Hand schloss sich um die Klinke.

Er hörte das Klappern der Holzsohlen nicht mehr, stand er oder sie hinter ihm?

Die Klinke schien ihm zu dröhnen, als er sie hinabdrückte. Die Metalltür gab seinem Druck nach. Immer noch war nichts zu hören hinter ihm. Man musste ihn bemerkt haben, warum wurde er nicht angesprochen?

Luthof wand sich durch den Schlitz der Türöffnung, wollte nach rechts den Flur hinunter gehen. Aus dem Augenwinkel sah er eine Frau vor Gehrs offener Tür stehen. Sie sah Luthof nicht nach.

Noch bevor die Tür zuschlug, war Luthof außer Sicht. Er ging trotzdem weiter, halb, um Abstand zwischen sich und diesen Unglücksflur zu bringen, halb, um sich zu beruhigen.

*

Midner darf nicht so über Anja sprechen, dachte Gehr.

Er hasste den Mann. Otto musste den Mund halten! In seinem Kopf hörte Gehr den Chirurgen wie in einer Endlosschleife immer weiter über Anja reden. Immer weiter. Die Tür aus dem Treppenhaus schlug gegen die Wand, mit vier Schritten war Gehr bei der Glastür zur Station. Die Scheibe klirrte nach Gehrs Stoß. Er wusste nicht, ob er sie zerbrochen hatte. Es interessierte ihn auch nicht, ihn interessierte nur das, was er vor seinem inneren Auge sah: In der Stationsküche saß Midner, atmete sein abstoßendes Atmen, lachte sein abscheuliches Lachen und sprach über Anja.

Niemand durfte über Anja so reden. Niemand durfte so über sie lachen. Keuchend ging Gehr durch den Schwesternstützpunkt hindurch in die Küche.

Midner saß vor dem Telefon und blätterte in einer Frauenzeitschrift. Er hatte kaum Zeit, aufzusehen, bevor Gehr ihn erreicht hatte. Gehr holte aus. Seine Faust traf Midners Gesicht seitlich und richtete kaum Schaden an, obwohl er alle Kraft in den Schlag gelegt hatte. Mehr aus Schreck denn durch den Fausthieb kippte der Chirurg mit dem Stuhl nach hinten. Er ruderte mit den Armen um Gleichgewicht.

Gehr hatte seine Schritte nicht gebremst und stürzte zusammen mit Midner. Seine Linke fand Halt an Midners Kragen, die Rechte rutschte am roten Gesicht seines Opfers vorbei, so dass er den Sturz kaum abfangen konnte, als der Stuhl auf den Boden schlug. Gehrs rechter Unterarm lag unter Midners Kopf und dämpfte seinen Aufprall. Beide Köpfe berührten sich. Gehr stützte sich ab, zerrte seinen rechten Arm unter Midners Nacken heraus und schlug ihn ins Gesicht.

Der Chirurg hatte seine Arme noch nicht befreien können und konnte nur den Kopf zur Seite drehen. Gehrs Faust traf ihn am Wangenknochen, rutschte ab und knallte auf den Boden.

Das Lachen war immer noch auf Midners Gesicht. Gehr verabscheute dieses Tomatengesicht mit dem Grinsen darauf. Was dachte Otto? Dass er Recht hatte mit seinen widerlichen Witzen?

Midner, der zwischen Stuhllehne und Küchentisch gefangen war, befreite endlich seine Arme und hob sie schützend vors Gesicht. Gehr saß jetzt auf ihm. Seine Schläge verpufften ohne Wirkung an den rot behaarten Metzgerunterarmen seines Gegners. Plötzlich glaubte er, Charon vor sich zu haben, er hatte keinen Zweifel daran. Ein Schrei kam von irgendwo in ihm und er schlug weiter mit beiden Fäusten auf den Mann unter ihm ein.

„Reinhard, hör doch auf!“, rief Midner. Er unterdrückte ein Lachen.

Gehr konnte nichts sagen. Er schlug kaum noch, er erkannte, dass nicht Charon unter ihm lag. Er ließ die Arme sinken und starrte auf Midner hinunter, der nicht mehr lachte, aber auch nicht wütend war. Er hatte sich kaum gewehrt.

Der Chirurg brachte die Arme neben seinen Oberkörper und begann sich aufzurichten, ohne auf Gehr zu achten, der immer weiter zur Seite rutschte und schließlich auf der Lehne des umgefallenen Stuhls zu sitzen kam. Als Midner stand, reichte er Gehr eine seiner Pranken. „Reinhard, ich wusste gar nicht, dass du auch mal sauer werden kannst."

Midners Grinsen leuchtete auf Gehr hinab wie ein rotes Tuch vor einem Stier. Mit einem Sprung war er auf den Beinen, ohne Plan schnellte seine Faust gerade nach vorne. Gehr sah seiner eigenen Bewegung zu, als würde sie von einem anderem ausgeführt. Der Abstand war perfekt, die Faust erreichte die höchste Geschwindigkeit in dem Moment, als sie Midners Nase traf. Befriedigung erfüllte Gehr, als er den Arm fallen ließ. Midners Gesicht hatte aufgehört zu grinsen. Blut schoss aus einem Nasenloch, seine Augen waren weit offen und blickten ungläubig. Er beugte sich nach vorne, presste beide Hände auf die Mitte seines Gesichts und stöhnte.

Gehr sah ihm einen Moment zu, dann griff er nach links, nahm ein Spültuch vom Haken und reichte es Midner, der es ohne ein Wort an sich nahm und das Stoffbündel mit beiden Händen auf seine Gesicht drückte.

„Das war unnötig, Reinhard", näselte er unter den Stofflagen hervor. „Ich hab verstanden, dass ich das nicht hätte sagen sollen. Auch ohne dass du mir die Nase blutig schlägst."

Gehr dachte nicht daran zu antworten. Midners Nase interessierte ihn nicht. Charon hatte nichts mit Midner zu tun. Die Prügelei brachte ihn nicht weiter. Er hatte Charon schlagen wollen, nicht Midner. Er stand bewegungslos vor dem Chirurgen, der mit dem blutigen Handtuch kämpfte, und wurde sich erst jetzt über die letzten Minuten bewusst. Er war aus dem Zimmer und in diese Küche gerannt, weil Midner etwas über Anja gesagt hatte, was ihn jetzt nichts mehr anging, was er kaum noch erinnerte. Er wunderte sich, dass Midner sich nicht gewehrt hatte, und auch jetzt nicht feindselig war. Wäre einem Mann wie Otto Midner das passiert, was Gehr jetzt passierte? Wie hätte Otto sich verhalten, wenn Charon ihn angerufen hätte? Midner war ein Bär von einem Mann, er beherrschte jeden Raum, den er betrat. Gehr wollte Midners Rat einholen. Wie hätte er es getan? War es richtig, dem Erpresser zu gehorchen?

Gehr kniff die Augenlider zusammen. Natürlich war es nicht richtig, aber ihm blieb keine Wahl.

„So eine Rauferei unter Männern, unter Freunden, das nehme ich nicht übel, Reinhard. Du hattest ja genug Grund. Aber dass du mir ansatzlos, ohne Warnung, hier eine auf die Nase verpasst, das war unfein. Ich hatte doch schon verloren.“ Midner lockerte den Druck des Handtuchs und bewegte seine Hände, um zu prüfen, ob die Nase gebrochen war. „Wenn der Zinken angeknackst ist, bin ich ernsthaft sauer.“ In seiner Stimme war wieder eine Spur der alten Amüsiertheit und Atemlosigkeit. Er bewegte Kopf und Augen in Richtung Tisch. „Setz dich, Reinhard. Trinken wir einen Kaffee und reden drüber.“

Gehr stand noch vor dem umgefallenen Stuhl und bewegte sich nicht.

Wenn er jemandem diese Wahnsinnsgeschichte erzählen konnte, dann Midner. Ein Mann, der Gehrs Raserei mit wenigen Worten abtat und sich selbst noch dafür entschuldigte, schien Gehr fähig, auch diese Absurdität zu verstehen. Der Mann spielte mit den jüngsten Schwestern, die zu finden waren, betrog seine Frau und nahm kaum etwas ernst.

Beinahe hätte Gehr sich hingesetzt und zu sprechen begonnen.

Charon hat Sarah, schoss es ihm durch den Kopf. Nein, es ist unmöglich, ich darf nicht darüber reden. Charon hat Anja getötet. Ich muss im Ruheraum bleiben, Charon hat es verlangt, Charon kann anrufen.

Er lief ohne ein weiteres Wort aus der Küche und ignorierte Midner, der ihm Unverständliches hinterher rief. Gehr sprang die Treppen herab, zog Türen aus dem Weg wie lästige Spinnennetze und stand in weniger als einer Minute wieder vor seinem Ruheraum. Er sah hinein. Er hatte die Tür offen stehen lassen. Vor ihm lag eine Höhle mit einer erleuchteten Ecke. Hatte Charon angerufen? Wie lange war er weg gewesen? Vier Minuten? Zehn Minuten? Er sah auf die Uhr: Viertel nach eins. Gehr starrte auf die Zeiger.

Er war vor nur einer halben Stunde in dieses Zimmer gegangen und es kam ihm vor wie eine ganze Nacht. Um acht Uhr gestern Abend hatte Charon das erste Mal angerufen. Seit fünf Stunden war er in der Gewalt dieses Mannes. Er hatte einen Patienten getötet.

Der Junge wäre ohnehin gestorben, versuchte Gehr sich einzureden. Selbst wenn er gelebt hätte, wäre er im Wachkoma geblieben, bis er an einer Lungenentzündung oder Embolie gestorben wäre.

Es half ihm nicht gegen die Schuld, die sich in seiner Seele festgekrallt hatte und dort fraß, sich an ihr nährte und Gehr leer zurückließ. Er hatte getötet. Gemordet. Mord war das richtige Wort.

Er stützte die Stirn in die Hand. Immer noch stand er vor der Tür und wollte nicht in das Zimmer hinein.

Eine Tür direkt neben Gehr wurde geöffnet. Es war der Ruheraum der Schwestern.

„Reinhard?"

Renates Stimme drang wie aus einer anderen Welt zu ihm durch. Er sah sie an und bemühte sich zu lächeln, um bei ihr zu sein und Renate zu einem Gespräch zu animieren. Aber es gelang ihm nicht, die Grenze zu dieser anderen Welt zu durchbrechen. Charon hatte ihn weggeführt, hinüber in die Welt des Mordes. Dort würde er bleiben müssen, bis seine Schuld abgetragen war. Wann? Er wusste es nicht.

„Hat mein Telefon geklingelt?", hörte er sich fragen und mühte sich, sein Lächeln nicht zu verlieren. Nach einigen Sekunden fügte er hinzu: „Ich erwarte einen Anruf." Die Unwahrscheinlichkeit dieser Behauptung war ihm klar.

Renate lächelte zurück. „Ich habe nichts gehört. Du bist vorhin weggerannt, ich habe gedacht, ein Notfall wäre gekommen, habe auf deinen Anruf gewartet. War denn was?"

„Ich habe mit Midner telefoniert." Er stockte, bereits verblasste Bilder des Kampfes rasten durch seinen Kopf. Meine Erinnerung funktioniert nicht mehr richtig, dachte er. Alles war verschwommen, hatte er noch mehr getan und es nur verdrängt? Gab es noch mehr Tote?

Er schüttelte den Kopf. Er wollte nicht schwach werden, Sarah brauchte ihn. Er war in Ordnung, er bildete sich seine Schwäche nur ein. Er brauchte etwas Ruhe, er musste sich nur hinlegen, in einer halben Stunde wäre er wieder auf dem Damm. „Otto Midner hat einen dummen Scherz gemacht; ich habe verstanden, sie hätten jemanden zu reanimieren in der Chirurgie und bin losgerannt." Er versuchte die Geschichte glaubwürdig zu machen. „Ich hätte dich gleich mitnehmen sollen. Entschuldige. Jedenfalls hat sich Otto schlapp gelacht, als ich keuchend da oben aufgetaucht bin." Auch wenn Midner Renate später die wahre Geschichte erzählen würde, konnte er sagen, er hätte sich für seine Wut geschämt. Er musste die Fassade aufrechterhalten.

Renate nickte und lächelte weiter. Sie trat einen Schritt zurück in die Türöffnung ihres Zimmers. „Gute Nacht dann. Hoffentlich haben wir endlich Ruhe."

„Ja."

Er glaubte, Renate müsse erkennen, dass er lediglich die Gesichtsmuskulatur anspannte, die sein Gesicht zu einer lächelnden Maske verzerrte. Er ließ die Tür hinter sich zufallen und blieb in der Dunkelheit stehen.

Nach einiger Zeit streifte er die Schuhe von den Füßen, ließ sie stehen, wo sie hinfielen, und ging zum Bett. Er hatte vorhin auf der gefalteten Decke gelegen. Am Fußende waren die Bügelfalten zerknittert, dort lagen Stückchen getrockneten Schlamms, der sich von seinen Schuhen gelöst hatte. Gehr blieb vor dem Bett stehen. Die Nachttischlampe beleuchtete das zerdrückte Kopfkissen. In ihrem Lichtschein warf der Schmutz am Fußende Schatten wie große Brocken.

Gehr bückte sich und griff nach der obersten Lage der Decke. In dem Bezug steckte eine der Krankenhausdecken, die für Patienten nur einmal verwendet wurden. Gehr glaubte, sie würden aus Altpapier gemacht. Sie wärmten nicht und knisterten bei jeder Bewegung. Wurden sie für das Personal benutzt, warf man sie nicht nach Gebrauch weg. Er legte die Decke über die Stuhllehne.

Wie in Zeitlupe setzte er sich auf das Bett und bedeckte sein Gesicht mit beiden Händen. Bilder von Anja und Sarah tauchten in seiner Vorstellung auf, aber er verscheuchte sie, glaubte, es nicht ertragen zu können. Er fragte sich, ob es möglich war, an nichts zu denken. Er versuchte es und stellte fest, dass es unmöglich war, nichts zu fühlen. Die Angst war nicht zu vertreiben.

Er legte sich auf das Bett und starrte die Zimmerdecke an. Nichts bewegte sich. Es gab nur einen braunen Fleck da oben. Er wäre froh gewesen, eine der vielen Stechmücken zu sehen, die ihn im Sommer in diesem Raum plagten. Die Krankenhausverwaltung hatte seine Anträge, ein Moskitonetz vor dem Fenster anzubringen, nicht beantwortet.

Das Geräusch eines fallenden Wassertropfens im Waschbecken ließ seinen Magen Säure produzieren. Er konzentrierte sich auf sein Gehör. Irgendwo über ihm plätscherte Wasser. Ein Abwasserrohr musste in der abgehängten Decke verborgen sein.

Hatte sich der Fleck an der Decke nicht doch bewegt?

Der Geräuschkulisse im Raum war ein Pfeifen der Heizung unterlegt. Wie aus weiter Ferne erinnerte er sich an seinen eigenen Ärger über die Weigerung der Technik, die Temperatur in dem Raum anzupassen. Gab es ein lächerlicheres Problem?

Er sah auf die Uhr, es war fünfundzwanzig Minuten nach eins. Waren es nur zehn Minuten, seitdem er in den Raum zurückgekehrt war? Wann würde Charon anrufen? Durfte Gehr ihn anrufen? Er wagte es nicht. Was würde passieren, wenn die Tagschicht begann? Würde Charon sein Spiel beendet haben? Zwölf Stunden der Qual für Sarah. Wie würde sie damit leben können?

Gehr war plötzlich klar, dass er hier nicht weiter arbeiten konnte. Er würde sich morgen krank melden und nach dieser Nachtschicht nie wieder dieses Krankenhaus betreten. Er musste für Sarah sorgen. Er würde das Haus verkaufen, einen Halbtagsjob als Amtsarzt oder in einer Krankenkasse annehmen und nie wieder einen Patienten behandeln. Er konnte nicht in dem Haus bleiben, in dem er mit Anja gelebt hatte. Er fragte sich, wie er diese Nacht verarbeiten würde. Konnte er einem Pfarrer beichten? War es die Wahrheit, dass man in der Beichte Straftaten berichten durfte und die Polizei würde nichts davon erfahren? Wen konnte man fragen?

Es klopfte an der Tür.

Vielleicht sollte er auch zu einem Psychologen gehen. War sein Geheimnis dort sicher?

Was würde geschehen, wenn er zur Polizei ging, nachdem Sarah wieder in Sicherheit war? Er war nicht vorbestraft, er war zu seinen Taten gezwungen worden. Vielleicht blieb es bei einer Bewährungsstrafe, dann wäre er frei, über seine Taten zu reden und sie zu verarbeiten.

Er verwarf den Gedanken sofort. Ein junger Mann war mit Vorsatz getötet worden, das war nichts für eine Bewährung. Also würde er allein damit fertig werden müssen. Ein Pfarrer konnte ihm vielleicht die Beichte abnehmen, aber Gehr bezweifelte, dass ihm das helfen würde.

Es klopfte wieder.

Er starrte den Fleck an der Decke an. Er hatte sich nicht bewegt. Seine Augen brannten. Er kniff die Lider zu.

Die Tür wurde geöffnet, aber reagierte nicht. Unter den Lidern tanzten Lichtblitze, das Brennen ließ nach.

„Reinhard?"

Gehr brummte etwas zur Bestätigung. Die Tür wurde geschlossen. Wenn er nicht hinsah, konnte er sich einbilden, Anja stünde vor ihm. Der Gedanke schmerzte, aber zog ihn so an, dass er ihn nicht vertreiben wollte und konnte.

„Du hast doch vor einer halben Stunde bei mir angerufen. Ich hab die Nummer auf dem Display erkannt, aber nicht schnell genug abgehoben. Danach war besetzt und dann bist du plötzlich weggerannt. Ich dachte …"

Sie schien ihn reden lassen zu wollen, aber er reagierte nicht, hielt die Augen geschlossen, hörte ihre Stimme und stellte sich vor, es sei Anja.

Schließlich fuhr sie fort. „Ich dachte, ich schau mal nach dir." Sie verstummte wieder. Dann sagte sie: „Dir geht es nicht gut." Eine Pause. „Es ist nicht deine Großmutter, oder?"

Gehr fühlte das Bett schaukeln, als Renate sich neben ihn setzte. Langsam strich ihre Hand über seine Brust. Die Berührung löste Wellen von Lust und Schmerz in ihm aus. Er hielt die Augen geschlossen und versuchte, sich auf Anja zu konzentrieren, obwohl er den Schmerz fast nicht mehr ertragen konnte. Ihre Hand wanderte hinauf zum Kragen seines Hemds und hielt ihn fest. Gehr roch den Hauch eines Parfums, spürte ihre Nähe, ihre Körperwärme, fühlte ihre Lippen die seinen berühren. Er öffnete die Lider nicht und gab sich seiner Einbildung hin, die ihn entzückte und quälte. Sie küsste ihn, wie um zu spüren, wie es sich anfühlte; dann wie ein geküsstes ‚Du tust mir leid'. Gehr ließ sich küssen, küsste nicht wieder, legte seine Arme nicht um Renate. Wie im Traum, zu keiner Bewegung fähig, genoss er diesen Kuss so sehr, wie er sich vor dem Ende fürchtete. Ihre Lippen lösten sich kurz von den seinen, er holte Luft, öffnete den Mund. Renate glaubte, er wollte sprechen. Sie legte einen Finger auf seine Lippen, um ihn davon abzuhalten. Seine Augen blieben geschlossen. Er glaubte, Anja zu sehen, zu hören und zu spüren. Der Traum war so real, dass er dachte, er würde mit ihr in ihrem Schlafzimmer sprechen.

„Ich habe mir das schon lange gewünscht", flüsterte sie dicht vor seinem Gesicht.

Ihre Locken kitzelten Gehrs Kinn und er glaubte, Anjas glattes, blondes Haar über sein Gesicht streichen zu sehen. Er sog ihren Geruch ein und meinte, Anja hätte ein anderes Shampoo benutzt.

„Ich habe plötzlich geglaubt, wir hätten nie wieder die Chance, wenn es nicht heute Abend geschieht."

Er antwortete nicht. Er fühlte, wie sie aufstand. Sie blieb stehen. Er hörte ihre Kleidung rascheln und wagte nicht, die Augen zu öffnen und den wunderbaren, schmerzhaften Traum zu beenden.

Nichts geschah. Er lag und bewegte sich nicht. Dann spürte er ihre Hand an dem Baumwollband, das seine baumwollene Arbeitshose zusammenhielt wie ein eingenähter Gürtel. Reflexe ließen seine Bauchhaut bei der Berührung zucken. Er öffnete die Augen. Sie stand über ihn gebeugt neben dem Bett und trug nur noch den dunkelgrünen Baumwollkasack, sonst war sie nackt. Wie von selbst schlossen sich seine Augen. Er hatte ihr nicht ins Gesicht gesehen und vor seinem inneren Auge stand Anja vor ihm. Anja vor zehn Jahren. Was jetzt kommen würde, war schon Hunderte Male geschehen. Er war verheiratet.

Er ließ die Augen geschlossen und streckte die Hände nach ihr aus. Er erreichte ihre Schultern und hielt sie sanft fest. Hände öffneten das Baumwollband seiner Hose, griffen hinein, suchten sein Geschlecht und zogen Stofflagen hinab. Anja setzte sich auf ihn und ließ ihn in sich hinein. Er ließ die Hände sinken, streichelte ihre Beine und Hüften, konnte nicht genug von seiner Frau bekommen. Seine Hände fanden von alleine den Weg unter Anjas Bluse und ihre Brüste. Es waren andere Brüste, größer, größere Brustwarzen und anders geformt. „Anja?", sagte er und öffnete die Augen.

Renate sah ihn an. Sie hielt in ihren Bewegungen inne und ließ den Kopf sinken.

Er fasste Renate an den Hüften und drückte sie von sich. Mit Mühe hielt er sich davon ab, aufzuspringen und Renate anzuschreien. Er war ebenso schuld wie sie, aber es musste jetzt zu Ende sein. Er war wieder wach und klar. Charon konnte jederzeit anrufen. Niemand durfte hören, was er mit ihm sprach.

Renate löste sich von ihm. Er setzte sich auf und bemühte sich, ohne Peinlichkeit die Hose anzuziehen. Sie zog sich so schnell an, wie er es tat. Ihr war ihre Nacktheit offensichtlich ebenso peinlich.

„Reinhard, ich ...“

Diesmal war es Gehr, der ihr den Zeigefinger über die Lippen legte, um sie zum Schweigen zu bringen. „Ich habe mir das auch gewünscht, Renate. Es klingt komisch, aber es ist einfach nicht der richtige Tag.“ Sie tat ihm leid, er hatte durch sein Schweigen falsche Signale ausgesendet. Eine Weile sagte niemand etwas.

„Ich glaube, du hast Recht, Renate.“ Er sah auf den Boden, um ihr seine Beobachtung zu ersparen, während sie ihre Unterwäsche ordnete,. „Vielleicht haben wir tatsächlich nie wieder die Chance, wenn es nicht heute Abend geschieht.“ Eine Pause. „Aber es geht nicht.“

Renate schien nachzudenken, verknotete dann kopfschüttelnd ihre Baumwollhose und ging aus dem Raum. Die Tür fiel ins Schloss, als würde sie sich nie wieder öffnen lassen.

Gehr blieb sitzen. Es konnte nicht mehr langen dauern, bis Charon anrief. Musste er nicht spätestens am Morgen sein Spiel beenden? Es erschien Gehr unmöglich, all das während einer normalen Tageszeit verborgen zu halten. Tagsüber waren viel mehr Menschen im Krankenhaus und Gehr konnte nicht aus der Arbeitsroutine ausbrechen, ohne Verdacht zu erregen.

Das Telefon klingelte.

Diesmal überraschte es ihn nicht. Er zweifelte nicht daran, dass Charon am Apparat war, um ihm neue Anweisungen zu geben. Gehr hob beim zweiten Klingeln ab. „Hallo?“ Tatsächlich hörte er das typische Atmen, bevor Charon nach einigen Sekunden zu sprechen begann.

„Herr Doktor Gehr.“ Wie zuvor zog er die Worte am Ende des Satzes in die Länge. Es gab der Stimme den Klang des Irrealen, wie aus einem Film oder Hörspiel. „Waren Sie brav?“ Sein Lachen stieß Gehr ab. „Schön im Zimmer geblieben, ja?“

Gehr wagte nicht zu lügen und antwortete nicht. Charon konnte ihn beobachtet haben. Gehr war sich sicher, dass Charon in der Klinik gewesen war. Zwanzig Meter hatten Gehr von seiner Tochter getrennt. Er hätte sie dem Wahnsinnigen entreißen können, er hätte ihn zu Boden geschlagen und ihn gewürgt, bis er sich nicht mehr gerührt hätte. Er bemerkte ein Lächeln auf seinem Gesicht und erschrak über seine Mordlust. „Was ist mit meiner Tochter?“ Er fürchtete sich nicht vor seiner Aggressivität.

„Hassen Sie mich, Gehr? Wenn Sie jetzt ehrlich sind, dann dürfen Sie mit ihr sprechen. Also, hassen Sie mich?“

Gehr wollte sich nicht mehr beherrschen. „Welche perverse Phantasie lässt dich das tun?“ Er sprach so leise, wie er es in seiner Wut konnte. Er wusste, dass Renate ihn hören würde, wenn er schrie. „Welches widerliche Spiel spielst du, Charon? Charon, was für ein Scheißwitz ist dieser Name überhaupt? Ob ich dich hasse? Natürlich hasse ich dich, ich hasse dich und ich ... ich ... wenn ich Sie ...“ Er brachte sich mit Mühe zum Schweigen.

„Was?“ Charons Atem ging schwer, seine Stimme verriet Erregung. „Was tun Sie, wenn Sie mich ... was?“

Gehr antwortete nicht.

„Ehrlich!“, schrie Charon.

Gehr zuckte zurück.

„Sei ehrlich! Sag die Wahrheit oder ich schneide deiner niedlichen Tochter den Hals auf, wie ich es schon ...“ Er vollendete den Satz nicht und lachte.

„Ich werde Sie töten“, flüsterte Gehr und zitterte. „Das ist es, was ich sagen wollte, das ist die Wahrheit.“ Seine Rechte umklammerte den Hörer und presste ihn an sein Ohr, so dass es schmerzte. „Sie haben gewollt, dass ich die Wahrheit sage. Ich will meine Tochter sprechen. Sie haben ihr Wort gegeben.“

Wieder ging Charons Atem schnell. Es wirkte auf Gehr, als freute sich Charon über die Morddrohung. „Sie lernen schnell, Doktor, sehr schnell, das ist gut.“ Dann schlug die Stimme in einen Tonfall um, den Gehr nicht kannte. „Sie haben den Penner bemerkt, Gehr. Das stinkende, schmutzige Stück Mensch vor den Aufzügen. Er wird operiert werden. Töten Sie ihn.“

„Wieder einen Menschen töten, Charon? Nein. Sie verlangen zu viel. Ich kann nicht, wie soll ich …“

„Schon wieder, schon wieder.“ Charon amüsierte sich. „Lassen Sie das alberne Gejammer, Mann. Versagt haben Sie bei Bachmann, versagt. Jämmerlich. Der Motorradfahrer wäre sowieso gestorben. Reden kann jeder, ich will noch diesen Beweis von Ihnen, dann sind Sie am Ziel. Sind wir am Ziel. Bringen Sie diesen Penner um und Sie haben es geschafft. Dann ist es vorbei. Es ist nur ein stinkendes Stück Dreck. Stellen Sie sich nicht so an.“

„Warum? Charon, warum tun Sie das? Warum bringen Sie ihn nicht selber um?“

„Das werden Sie in ein, zwei oder drei Stunden wissen. Sie werden es genießen, glauben Sie mir. Warten Sie. Gehorchen Sie, dann passiert nichts und Sie bekommen Ihr Töchterchen wieder.“

Gehr fürchtete, Charon würde auflegen. „Ich will Sarah sprechen, Sie haben gesagt, ich kann Sarah sprechen, wenn ich ehrlich bin“, sagte er und bekam kaum noch Luft. Er spürte seinen Herzschlag im Hals, das Blut rauschte in seinen Ohren.

„Bis um drei Uhr ist der Penner tot“, sagte Charon, als ob er Essen bestellte. „Seien Sie pünktlicher als letztes Mal. Man muss ja auch Fortschritte sehen können, nicht?“

Mit der letzten ausgesprochenen Silbe hatte Charon aufgelegt. Gehr ließ den Hörer sinken. Das Display des Telefons zeigte genau zwei Uhr früh. Ohne nachzudenken tippte er die Nummer von Midners Funker ein und wartete. Er fuhr sich durch die Haare und spürte das Fett und Reste von Schweiß. Er roch seinen eigenen Schweiß unter den Achseln und den Lehmgeruch der Schmutzreste an seinen Füßen.

Er verdrängte seine Absichten. Er wollte nur einem schwer kranken Menschen zu seiner Operation verhelfen, die sein Leben rettete. Weiter zu denken ertrug er nicht.

Er musste Midner noch zweimal anfunken, bevor der Chirurg zurückrief.

„Reinhard, du bist lästig“, sagte Midner. Eine Frauenstimme kicherte im Hintergrund. Midner schien sie mit Gesten zum Schweigen bringen zu wollen. „Hör zu, diesmal lass ich mir keine verpassen von dir. Wenn du mir zu nahe kommst, schenk ich dir rein prophylaktisch eine ein. Wäre doch nur fair, oder? Du, ich hab dickere Arme als du. Willst du mal testen?“

Gehr hatte keine Lust, sich für den Faustschlag zu entschuldigen. „Du hast doch vorhin einen mit Stinkfuß und Koma gehabt, dem du die Flosse abschneiden wolltest. Machen wir das jetzt?"

„Ich habe zehn Minuten am Telefon gequatscht, um den Internisten das wieder auszureden." Midner schrie noch lauter ins Telefon als sonst. „Erst sag ich denen, der Fuß muss ab, dann wieder nicht und jetzt doch wieder. Was soll ich denn jetzt noch tun? Behaupten, mein Anästhesist hat jetzt doch Lust? Das ist entwürdigend für einen anständigen, selbstüberschätzenden Durchschnitts-Chirurgen wie mich." Er lachte.

„Fass dir mal an die Nase, Otto. Das müsste dir doch sagen, dass ich vorhin nicht zurechnungsfähig war. Natürlich muss dieser Fuß weg. So schnell wie möglich. Wann machen wir das? Jetzt gleich? Mein Chef reißt mir den Kopf ab, wenn er rauskriegt, ich hätte einen Notfall abgelehnt. Otto, tu mir das nicht an. Lass uns das einfach schnell machen, ja?"

„So, und warum sollte ich Mitleid mit dir haben, wenn dein Chef dir irgendetwas abreißt?" Er klang sehr zufrieden mit sich. „Mein Chef reißt mir nichts ab, weißt du."

„Lass mich nicht hängen, Otto."

„Es ist spät und ich habe keine Lust mehr. Hör doch einfach auf, darüber nachzudenken und hau dich hin. Ich mach das jetzt genauso. Gute Nacht."

Bevor Gehr reagieren konnte, hatte Midner aufgelegt. Gehr wählte die Nummer der Stationsküche und begann zu sprechen, sobald er das Geräusch des abgenommenen Hörers wahrnahm. „Es muss sein, Otto. Zwing mich nicht, dich zu ..."

„Was?" Midner war feindselig.

„Mir ist nicht so wichtig, ob du jemandem von unserer Begegnung der dritten Art erzählst. Ich weiß nicht, wie das mit deiner Frau ist. Immerhin bist du jetzt schon wieder zugange, oder?"

„Reinhard, du bist ein Schwein."

„Also machen wir es?"

Midner ächzte, als ob er sich aufrichtete. „Reinhard, du bist jetzt wirklich zu weit gegangen. Wenn du mir das nachher im OP nicht vernünftig erklären kannst, war es das mit unserer Freundschaft. Ich kann ein Arschloch von einem Feind sein, weißt du das?"

„Ich kann es mir vorstellen."
„Aber du nimmst es in Kauf."
Gehr antwortete nicht und Midner legte nach einigen Sekunden des Wartens auf.

Freitag, 10. Oktober 2003, 2:35 Uhr,
Vorbereitungsraum, Operationssaal 2

Gehr überprüfte die Einstellungen der Beatmungsmaschine im Vorbereitungsraum. Die Klimaanlage hatte die Luft abgekühlt, kalter Schweiß klebte auf Gehrs Haut. Er bewegte die Arme, hob eine Schulter, um ein Stück Stoff des OP-Hemds von der Haut zu lösen. Noch nie im Leben hatte er so dringend eine Dusche gebraucht.

Er legte EKG-Aufkleber zurecht, sortierte Kabel und Schläuche. Seine Uhr zeigte ihm, dass dem Mann, dessen Operation er vorbereitete, noch fünfundzwanzig Minuten Leben blieben. Beinahe war er überrascht. Er wusste, dass er längst zusammengebrochen wäre, wenn er sich sein Tun ständig bewusst gemacht hätte.

Gehr verbot sich, Medikamente in Spritzen aufzuziehen, weil er das auch sonst Renate überließ. Keinen Verdacht erregen, dachte er.

Als er am Telefon mit Renate über den Patienten gesprochen hatte, hatte sie geklungen, als ob nichts geschehen wäre.

Wäre diese Nacht nicht der Alptraum gewesen, in dem er festgehalten wurde, dann hätte er sich wahrscheinlich Hals über Kopf in eine Affäre gestürzt. Vielleicht wären er und Renate aber auch jahrelang weiter wie die brünstigen Tiere umeinander herumgeschlichen und es wäre nur ein Wunschtraum geblieben. Alles hätte er dafür gegeben, wenn sein Leben ihn nur weiter gelangweilt hätte.

Würde Charon Wort halten?

Gehr überlegte, wo er mit Sarah hin wollte, wenn er sie endlich in den Armen halten durfte. Er würde ins Ausland gehen. Irgendwohin, wo es warm war. Er glaubte, er könnte in Frankreich oder Spanien als Arzt arbeiten. Er würde nicht viel brauchen. Er würde sich eine einsame Gegend suchen, wo die Häuser nicht viel kosteten. Womöglich würde der Erlös abzüglich der Schulden aus dem Verkauf seines Hauses genügen, um etwas in der Provinz zu kaufen und vom Rest des Geldes so lange zu leben, bis alles in Ordnung gekommen war und er einen ruhigen Job gefunden hatte.

Er wollte Ruhe. Ruhe und viel Zeit für Sarah. Er würde sie für Monate nicht mehr aus den Augen lassen können. Gehr dachte darüber nach, wie wenig er sie in den letzten Jahren gesehen hatte. Manchmal waren es nur ein paar Stunden in der Woche gewesen. Und in dieser Zeit war er oft zu müde gewesen, um auf sie einzugehen.

Er hatte inzwischen verstanden, dass es Charon nicht um die Patienten ging, sondern um Gehr selbst. Aber warum? Anja hatte dafür bezahlen müssen, Sarah drohte seit Stunden das gleiche Schicksal – alles nur, weil Gehr einen Fehler begangen hatte, an den er sich nicht erinnern konnte, so sehr er auch das Gedächtnis danach durchpflügte. Er war schuld an allem. Er würde es nicht wieder gutmachen können in diesem Leben, aber er war entschlossen, alles zu ändern, alles zu tun, alles zu versuchen.

Konnte Charon Sarah überhaupt freilassen?

Gehrs Magen produzierte einen Schwall Säure, ein Sekundenschwindel ließ ihn die Augen schließen. Sarah würde Charon wiedererkennen und verraten können …

Er begann in dem Raum im Kreis zu gehen. Immer, wenn er an der Längswand mit dem Telefon vorbeikam, strich er mit den Fingerspitzen seiner Linken über die Kacheln und Fugen. Nach einigen Runden waren sie wie betäubt und kribbelten. Ihm fiel keine Lösung, keine Formel ein, mit der er Sarah in Sicherheit wähnen konnte. Es blieb ihm nicht anderes übrig, als zu gehorchen. Er sah auf die Uhr: noch achtzehn Minuten bis drei Uhr. Der Patient musste vorher sterben.

Die Tür zum Gang wurde aufgestoßen, Renate zog die Operationsliege herein. Noch bevor Gehr das Gesicht des Mannes erkannte, nahm er den Geruch des verfaulenden Fußes wahr.

„Otto Midner ist schon auf dem Weg." Wie zur Bestätigung knallte irgendwo draußen eine Tür ins Schloss. „Wir können gleich anfangen." Renate brachte den Tisch vor dem Beatmungsgerät in Position und verriegelte die Räder.

Gehr öffnete den Sauerstoffhahn und hielt dem Patienten die Maske vor das Gesicht. Er sah den Krater des Basalioms auf der Nase. Mit diesem Tumor kann er noch dreißig Jahre überleben, dachte er.

„Hallo, hören Sie mich?", rief Gehr so laut, dass Renate, die gerade ein schmales Tablett mit Medikamentenspritzen aus dem kleinen Kühlschrank im Regal nahm, sich erschrocken umsah.

Der Mann schlug die Augen auf. Die Internisten hatten seinen Zucker wohl schon wieder in der Griff bekommen. Dennoch waren seine Überlebenschancen gering. Der Fuß war dem Geruch nach mit den grauenhaftesten Keimen besiedelt, die einen Strom an Nachwuchs ins Blut absonderten und den Mann umbrachten. Vermutlich hatte diese Infektion die Zuckerkrankheit aus den Fugen geraten lassen und ihn ins Koma getrieben. Auch wenn er jetzt wacher war, konnte das jederzeit wieder geschehen. Der Kerl hatte mehr als genug Gründe, noch heute Nacht zu sterben.

Er stammelte ein paar Worte und stieß zwischen den kariösen Zähnen einen Schwall faulen Atem aus. Die Wolke seines Mundgeruchs traf Gehr, mischte sich mit dem Jauchegeruch des Beines und überwältigte selbst ihn, der in seinem Beruf schon viel an unvorstellbar Widerlichem erlebt hatte. Gehr wandte sich ab, hängte die Beatmungsschläuche mit der Maske am Ende über das hervorstehende Überdruckventil der Beatmungsmaschine und lief auf den Gang, um Luft zu holen.

Ist es der Plan oder der Gestank, der mich kotzen lässt, dachte er, während er sich im Putzraum über das Abwasserbecken beugte und sich erbrach. Es kamen nur Magenschleim und Galle, die bitter im Rachen stach. Nichts gegessen, dachte er. Sein Blick fiel auf seine linke Hand, mit der er sich am Spülhahn abstützte, dann auf das Zifferblatt seiner Uhr. Ein Schweizer Fabrikat und ein Geschenk von Anja. Beinahe hätte er das Armband geöffnet und die Uhr durch den Abfluss des Beckens geschickt.

Warum er es tun wollte und warum er sich plötzlich anders entschied, konnte er sich nicht erklären. Nichts ergab mehr einen Sinn, nur Sarah retten hatte eine Bedeutung. Fünfzehn Minuten, bis Charon den Tod dieses Patienten erwartete. Fünfzehn Minuten, echote es durch Gehrs Bewusstsein. Wie würde er es tun?

Er verwarf die Injektion des Gerinnungsmittels aus den ACT-Röhrchen. Eine Sepsis, begann er zu analysieren. Der Mann hatte eine bakterielle Sepsis. Womöglich war er schon im hyperdynamen Syndrom, im Stadium der übertriebenen Herzarbeit. Es genügten schon einige Engstellen in seinen Herzkranzgefäßen, ein vulnerabler Plaque, und er war verloren. Einen Herzinfarkt in seinem Zustand konnte man nicht überleben. Niemand würde Gehr einen Vorwurf machen, selbst wenn es schon der zweite Todesfall in einer Nacht war.

Womöglich würde er den Jungen aus der Kabine eins bei der Besprechung am Morgen einfach verschweigen, dachte Gehr, spuckte noch ein paar letzte Schleimfäden aus und richtete sich auf. Midner hatte die Entscheidungen getroffen. Der Junge war ein chirurgischer Patient gewesen, die Anästhesie nur Dienstleistung.

Der Penner hatte vom Nikotin verfärbte Finger. Er hatte kranke Koronararterien. Gehr musste nur wenig nachhelfen, dann würde der Karren alleine den tödlichen Berg hinabrasen. Gehr zog den Saum seines OP-Hemdes zum Mund und wischte sich die Reste Galleschleims vom Mund. Dann ging er zurück zu Renate und dem Patienten.

Der Mann lag regungslos auf der Liege. Ist der Blutzucker wieder am Anschlag, dachte Gehr, oder stört das Bakteriengift die Gehirnfunktion?

„Sobald er schläft, misst du den Blutzucker, Renate." Gehr sah auf die Uhr. Vierzehn Minuten. Er zog eine rosa Infusionsnadel aus dem Regal. „Renate, mach eine arterielle Blutdruckmessung fertig."

Gehr rollte ein Tuch zusammen und legte es unter das Handgelenk des Patienten. Er überstreckte die Hand und fixierte die Position mit einem breiten Klebeband quer über die Handfläche und um die Armstütze. Mehr aus Gewohnheit denn aus Notwendigkeit spritzte er etwas Desinfektionsmittel auf die daumenseitige Innenseite des Handgelenks und suchte die Radialarterie. Sie war schlecht zu tasten, wie bei einem alten, rauchenden Diabetiker nicht anders zu erwarten. Der Mann hatte mit jeder Zigarette ein Stück Selbstmord begangen. Was heute geschehen würde, war nur die Beschleunigung des Schicksals.

Gehr ließ die Verpackung und Schutzhülle der Nadel auf den Boden fallen und stach die Stahlnadel durch die Haut. Der Mann reagierte nicht.

Es ist kriminell, diesen Halbtoten zu operieren, dachte Gehr. Wenn das nicht ein Penner gewesen wäre, für den sich kein Anwalt und keine Zeitung interessieren würde, hätte niemand den Mut zu diesem Eingriff aufgebracht. Er erinnerte sich an ähnliche Typen, die man ohne Behandlung hatte sterben lassen. Unversicherte, hoffnungslos Kranke waren kein Geschäft für das Krankenhaus.

Arterienblut füllte die Plastikkammer am Ende der Nadel. Gehr schob den Teflonschlauch über der Stahlkanüle in die Arterie, entfernte die Nadel und presste zwei Finger auf den Verlauf des Gefäßes weiter oben am Arm, während Renate einen Plastikschlauch anschloss. Sie entlüftete die Leitungen, eichte den Druckwandler und verband die Leitungen miteinander. Nach drei Knopfdrücken am Überwachungsgerät verschwand die Anordnung der Kurven und Zahlen kurz und erschien in neuer Ordnung. Eine rote Berg-und-Tal-Kurve und zwei Zahlen für den systolischen und diastolischen Blutdruck bestimmten das Bild auf dem Schirm.

Hundertsechzig zu fünfundneunzig, las Gehr. Bluthochdruck, zusammen mit Nikotin und Zuckerkrankheit ein weiterer Risikofaktor für die Atherosklerose.

„Zwölf Milligramm Etomidate, fünf Milligramm Atracurium, null Komma zwei Fentanyl." Er drückte dem Mann die Atemmaske auf das Gesicht. Zehn Liter Sauerstoff pro Minute strömten aus den Schläuchen. Alles sollte nach den Regeln der Kunst geschehen.

Renate setzte Spritzen auf, gab die angeordneten Medikamente und zog danach aus einem Regal ein Blutzucker-Messgerät und ein Plastikröhrchen Messstreifen. Sie legte das Material auf den fahrbaren Tisch mit dem Material für die Intubation. Dann nahm sie den Beatmungsschlauch, eine mit Luft gefüllte Zehn-Milliliter-Spritze und hielt das stählerne Laryngoskop für Gehr bereit, der mit dem Beatmungsbeutel sanft Sauerstoff in die Lungen des Mannes pumpte.

Der Bart und die altersschlaffen Wangen machten einen dichten Sitz der Beatmungsmaske fast unmöglich, aber als erfahrener Anästhesist fand Gehr nach ein paar Atemzügen des Mannes die beste Position. Der Großteil des Sauerstoffs erreichte die Lungen und Gehr blieb vom Aasgeruch des Mundes verschont.

„Fünfzig Milligramm Atracurium", sagte er, ohne Renate anzusehen. Der Gestank kam wieder, sobald er die Maske an die Maschine hängte und mit der behandschuhten rechten Hand die Kiefer des Patienten auseinander hebelte. Der Druck der Maske hatte den Hauttumor auf der Nase aufgerieben. Ein Rinnsal blutiger Lymphe lief den linken Nasenflügel hinab und sammelte sich am Augenwinkel.

Renate drückte ihm das schwere, kalte Laryngoskop in die ausgestreckte linke Hand. Mit einer Tausende Male geübten Bewegung ließ Gehr die drei Zentimeter breite, stumpfe Klinge an der Zunge entlang in die Tiefen dieses fauligen Abgrundes von Rachen gleiten. Gehr hechelte Atemstöße durch den Mund, als er den Atem nicht mehr anhalten konnte. Die Quäntchen Geruch, die dennoch seine Riechschleimhaut erreichten, waren wie ein körperlicher Angriff.

Renate hatte ihm den Beatmungsschlauch aus klarem Vinylchlorid in die Rechte gelegt. Gehr bemühte sich, weder die wenigen Zahnstümpfe noch die Mundschleimhaut mit der Spitze des Tubus zu berühren. Gleichzeitig lächelte er hinter seinem Mundschutz über die überflüssige Vorsicht. Er hasste sein eigenes Grinsen, aber er konnte es nicht abschalten.

Der Tubus war in der Luftröhre platziert, Renate drückte mit der Spritze Luft in das Ventil, das über einen Schlauch mit der Dichtmanschette verbunden war. Während Gehr den Beatmungsschlauch mit Klebeband fixierte, rief er: „Otto! Bist du fertig?“ Er entfernte die Maske, legte sie dem Mann auf die Brust und drückte das Y-Stück der Beatmungsschläuche auf den Tubus. „Fünf Atemzüge, dann fahren wir rein. Ich lasse ihn mit Gas schlafen. – Otto!“

Nur ein Grunzen kam aus dem Waschraum. Gehr erkannte Midners Stimme trotzdem.

Er löste die Bremsen des Tisches, schaltete die Beatmungsmaschine auf Bereitschaft und schob den Patienten in den Operationssaal. Renate folgte mit den Akten und dem Tablett mit leeren und vollen Medikamentenspritzen.

Bluthochdruck reicht aus, dachte Gehr. Wenige Mikrogramm Adrenalin und eine manipulierte Druckmessung würden ihn umbringen.

Wie einfach das alles war. Wie viel Macht ihm gegeben war. Wie viel Vertrauen man in ihn legte und wie einfach es war, es zu missbrauchen.

Der Patient war an die Überwachungsgeräte angeschlossen, die Beatmungsmaschine pumpte ruhig und immer gleich. Alle Anzeigen wiesen normale Werte aus.

Otto Midner kam mit von Desinfektionsmittel tropfenden erhobenen Unterarmen breitbeinig in den Operationssaal und sah Gehr an.

Gehr achtete nicht auf Midner. Er hatte keine Zeit für Diskussionen. Gehr schloss den roten Dreiwegehahn zum Druckwandler und beobachtete die rote Kurve auf dem Bildschirm. Eine Ecke erschien in der Blutdruckwelle und wurde zur geraden Linie. Bevor das Gerät Alarm geben konnte, hatte er den Knopf für Alarm-Stop gedrückt. Nach einigen Sekunden zeigte der Apparat den restlichen Druck in den Schläuchen: achtzig Millimeter Quecksilbersäule. Gehr hielt seinen Zeigefinger einige Sekunden auf den Knopf für den Nullpunktabgleich. Der Druckwandler war jetzt vereicht, zeigte den Blutdruck um achtzig Millimeter Quecksilbersäule zu niedrig an. Danach öffnete er den Dreiwegehahn. Die Druckkurve erschien aufs Neue, der Wert lag um achtzig Millimeter zu tief.

Er war sicher, dass Midner nichts bemerkt hatte, und Renate räumte im Vorbereitungsraum auf.

„Renate, zieh mir doch bitte mal eine Ampulle Dopamin auf", rief er zu ihr hinüber, und nach einer Pause: „Warte, mach eine Ampulle Adrenalin draus. Hochverdünnt. Der Knabe schwächelt etwas."

Sie sagte etwas, dass Gehr nicht verstand, aber aus den Geräuschen im Vorbereitungsraum schloss er, dass sie tat, was er von ihr wollte.

„War vielleicht doch nicht so eine gute Idee, Reinhard." Midner stand vor dem Operationstisch und rieb sich Hände und Unterarme trocken.

„Schneid ihm den Fuß ab, dann wird es ihm schon besser gehen." Gehr sah Renate mit zwei Spritzen in der erhobenen Hand in den Operationssaal kommen. „Spritz ihm mal zwei Milligramm Dopamin für den Anfang", sagte er zu ihr.

Dann erkannte er plötzlich, was er da mit Renate machte.

Gehr nahm ihr die Spritze aus der Hand, noch während sie die blaue Verschlusskappe vom Venenkatheter abgeschraubt hatte. „Lass nur. Mach lieber ein paar Infusionen fertig. Der braucht sicher zwei oder drei Liter Kochsalzlösung in den nächsten zwei Stunden. Ein halber Liter Dextran, wenn du schon am Infusionsschrank stehst. Ein Fläschchen Promit vorher." Die letzten Worte rief er ihr hinterher, während sie hinauslief.

Mit Dopamin und Adrenalin hob er die Zahlen auf dem Monitor auf Normalwerte. In Wirklichkeit lag der Blutdruck des Mannes jetzt weit über zweihundert. Gehr beobachtete das EKG. Die T-Wellen wurden flacher, senkten sich nach einigen Minuten. Natürlich, der Mann hatte kranke Herzkranzgefäße, wie konnte es auch anders sein. Mit drei Tastendrücken hatte Gehr eine Ableitung gewählt, mit der er die Anzeichen des drohenden Herzinfarktes noch ein paar Minuten verbergen konnte. Sein Blick fiel auf die Wanduhr über dem Eingang. In fünf Minuten war es drei Uhr. Er musste pünktlich sein. Er spritzte noch ein paar Milliliter der Medikamente, die lebensrettend sein konnten, jetzt aber töteten.

Er zweifelte nicht an seinem Plan. Zweifel kosteten Zeit. Zeit, die den Tod für Sarah bedeuten konnte. Er zögerte nicht, er handelte.

Als Renate mit den Infusionen hereinkam, erschienen die ersten Extraschläge auf dem EKG. Die bizarren Zacken zeigten Gehr, dass sie aus der Muskulatur der Herzkammern kamen. Ein Hinweis auf Unterversorgung mit Sauerstoff. War es nur die Arbeit, die der Herzmuskel gegen den Blutdruck leisten musste? War unter dem Stress ein Plaque in der Arterienwand gerissen, hatte seinen flüssigen Kern ins Blut gespien und einen Pfropf geronnenen Blutes verursacht?

Er musste wieder Adrenalin spritzen, um den Blutdruck scheinbar normal zu halten.

Renate bereitete die Infusionen vor. Sie arbeitete ohne zu sprechen. Gehr wusste, dass sie ihn gegen den instabilen Kreislauf kämpfen sah und ihr klar war, dass der Patient an seiner Sepsis und dem Diabetes zu sterben drohte. Sie sah all das, was er sie sehen lassen wollte.

Midner ließ sich von seinem Assistenten den stinkenden Fuß an einer um den großen Zeh gewickelten Mullbinde hochheben, tauchte Tupfer in Alkohol und rieb das Bein ab. „Wenn der Zeh bloß mal hält", sagte er. „Wie der aussieht, könnte der glatt abbrechen, dann müssen wir von vorne anfangen."

Der Assistent und Midner lachten. Die chirurgische OP-Schwester stand neben dem Instrumententisch und verschränkte die Arme.

Gehr achtete nicht darauf. Er musste Renate beschäftigt halten, damit sie nicht auf die Idee kam, an der Eichung der Druckmessung zu zweifeln, wie es ihre Pflicht war. „Wenn die Infusionen laufen, legen wir ihm einen zentralen Venenkatheter“, sagte er. „Ich trau dem Frieden nicht.“ Die Vorbereitungen dafür würden sie eine Weile draußen beschäftigt halten. Genug Zeit für ihn.

Gehr sah die letzte Extrasystole des Mannes aus dem Augenwinkel. Direkt nach der letzten normalen elektrischen Aktion im Leben dieses Patienten tauchte sie auf. Früh einfallend, wie man sagte. Direkt in die sogenannte vulnerable Phase des elektrischen Herzzyklus.

Bevor er nachdenken konnte, hatte er den Dreiwegehahn am Druckwandler geöffnet, die Anzeige fiel auf Null. Gehr schaltete den Alarm für zwei Minuten aus und zupfte eine EKG-Elektrode von der Brust des Mannes. Das Kammerflimmern war nur für Sekundenbruchteile auf dem Bildschirm zu sehen gewesen. Niemand außer ihm hatte es gesehen.

Wie lange wird es dauern, fragte er sich. Dreißig Sekunden, eine Minute? Nach dieser Zeit wäre es unumkehrbar, dann musste er zu handeln beginnen, Aktionismus zeigen, kämpfen. Scheinbar um das Leben dieses Mannes, in Wirklichkeit um das Leben seiner Tochter.

Er blickte auf das Gesicht des Mannes. Die Hautfarbe wechselte zu einem grauen Ton. Der Patient war tot. Umkehrbar noch, aber tot. Gehr drehte sich rasch zu dem Medikamentenwagen um, nahm eine Ampulle Kaliumchlorid und eine mit Magnesiumsulfat und brach beide auf. Das Kalium zog er in eine Spritze auf. Die Ampulle mit Magnesium entleerte er mit einem kurzen Ruck auf den Boden. Während er mit der Linken die Kaliumampulle in die Hosentasche steckte, spritzte er die Hälfte des Inhalts in die Vene des Patienten. Mit dem Kalium bekommen wir ihn nie zurück, dachte er. Er drehte den Hahn des Druckwandlers in die Messstellung und klebte die EKG-Elektrode an ihren Platz zurück.

„Kammerflimmern!“, rief er. „Renate, hol den Defibrillator. Otto, lass das Bein in Ruhe und mach Herzdruckmassage!“

„Scheiße!“ Otto Midner ließ die Tupferzange auf den OP-Tisch fallen. Der Alkohol spritzte auf seinen OP-Mantel. Er ließ seine Hände über die Abdecktücher gleiten, suchte und fand die Mitte des Brustkorbs und begann zu drücken. Einige der morschen Rippen des alten Mannes barsten. Midner keuchte bei jedem Druck.

Gehr schob die Tücher zur Seite, nahm eine Plastikflasche mit Elektrodengel und ließ zwei Handvoll auf die haarige Brust fallen. Midners Bewegungen schoben die Tücher zurück an ihren Platz. Renates kam aus dem Vorraum gerannt, das heller werdende Pfeifen des Defibrillators klang wie die Sirene eines heranfahrenden Martinshorns.

Gehrs Blick fiel auf die Wanduhr. Eine Minute nach drei.

Er hatte die Grenze überschritten. Er hatte diesen Menschen getötet. Ermordet.

War es Mord? Niedere Beweggründe, Heimtücke. Man kann es so auslegen, dachte er. Das Gesicht seiner Tochter tauchte in seiner Vorstellung auf – fast konnte er sie körperlich sehen – und verdrängte das Schuldbewusstsein. Er wusste, dass er schuldig war, aber er fühlte es nicht.

Dreißig Minuten lang versuchten sie den Mann ins Leben zurückzuholen. Dreißig Minuten lang wusste Gehr, dass es vergeblich sein würde, sein musste. Er spielte seine Rolle gut.

Schließlich knallte er eine gefüllte Adrenalinspritze auf den Edelstahl der Arbeitsfläche und sagte: „Schluss. Todeszeitpunkt drei Uhr dreißig. Renate, wir schreiben das Protokoll zusammen aus dem Gedächtnis und unterschreiben beide." Er blickte zu Midner und sah, dass der Chirurg weiter den Brustkorb des Mannes komprimierte. „Otto, hör auf. Der Mann ist tot, den kriegen wir nicht wieder."

Midner richtete sich auf. Es ertönte nur noch das gleichförmige Pfeifen aus dem Überwachungsgerät. Am linken Rand des Bildschirms verschwand der letzte Ausschlag, eine flache, grüne Linie erstreckte sich von zwei blinkenden grünen X auf der rechten Seite bis zur anderen Seite des Monitors. Nulllinie.

„Scheißdreck, verdammter!" Midner trat gegen den stählernen Mülleimer auf Rädern, der scheppernd in die Ecke des Raumes taumelte. „Mir ist noch nie einer im OP auf dem Tisch geblieben. Noch nie!"

Ein paar Worte über den Mann wären angebrachter, dachte Gehr, aber er sagte nichts.

„Muss der ausgerechnet in meinem Dienst hier auftauchen mit dem Gammelfuß. So eine hundsmiserable Riesenscheiße!"

Midner riss sich den OP-Mantel vom Leib und stopfte ihn zur Hälfte in den Abfallkorb. „Und ich Rindvieh hab den Internisten die Sache erst ausgeredet und dann den Operationswütigen gespielt. Nachts um drei. Als wenn das nicht noch ein paar Stunden Zeit gehabt hätte.“ Er tippte sich mit zwei Zeigefingern an die Schläfen.

Gehr sah zu, wie der Chirurg durch den Operationssaal tobte und allem, was er erreichen konnte, einen Tritt oder Faustschlag verpasste. Er nahm das Anästhesieprotokoll und malte ein Kreuz über die Uhrzeit drei Uhr dreißig.

Midner sah ihn, als hätte er sich am liebsten auf ihn gestürzt und ihn gewürgt. Dann drehte der Chirurg sich um und stürzte aus dem Operationssaal.

Renate schaltete das Überwachungsgerät aus, langsam verebbte der Nulllinienton. „Es geht zu viel schief heute Nacht.“

„Was willst du damit sagen?“ Gehr hatte heftiger gesprochen, als er es gewollt hatte.

Renate sah ihn ruhig an. „Es geht zu viel schief heute Nacht. Mehr nicht.“

Gehr stieß die Fäuste in die hinteren Taschen seiner Hose, die Ampulle darin zerbrach. Die Splitter zerschnitten die Haut seiner Finger. „Es geht zu viel schief? Du meinst, ich mache zu viel falsch heute Nacht?“ Sie wusste nicht, wie tief sie ihn getroffen hatte. Sie konnte nicht ahnen, was er wirklich getan hatte.

Sie drehte sich um, löste die Kabel der EKG-Überwachung und schaltete das Beatmungsgerät aus. „Das habe ich nicht gesagt.“

„Ist es ein Fehler, dem Mann den Fuß abzunehmen, wenn der ihn umbringt? Ist es ein Fehler gewesen, den Motorradfahrer zu reanimieren?“

Sie fuhr herum. „Es ist kein Fehler gewesen. Es ist verdammt noch mal richtig, das zu tun.“ Sie war den Tränen nahe. Ihr Gesicht war gerötet, ihre Stimme schwankte. „Aber es sind zwei Menschen gestorben. Ein Penner, Säufer, Raucher, na und? Er ist ein Mensch, er war ein Mensch. Und der Junge. Zwei Tote sind ein bisschen viel für eine Nacht.“

Gehr zog die Hände aus den Taschen, hob die Arme seitlich und ließ sie fallen. „Mann, es ist einfach zum Kotzen. Hätte ich nur was Anständiges gelernt. Das hält kein Mensch aus.“

„Du blutest, Reinhard." Sie sagte es als bloße Feststellung, ohne ein wahrnehmbares Gefühl.

Erst jetzt merkte er, dass die Schnitte höllisch brannten. Reste von Kaliumchlorid waren in die Wunden eingedrungen. Das Blut lief aus den Schnitten in den Fingern an seiner erhobenen Hand hinunter. Die Tropfen lösten sich am Unterarm und fielen auf den hellen, fugenlosen Linoleumboden.

Renate nahm ein Päckchen steriler Kompressen, riss die Papierverpackung auf und drückte das Vlies auf die Wunden. „Da klebt noch ein Splitter dran. Eine zerbrochene Ampulle? Du solltest zu Midner gehen und ihn nachsehen lassen, ob noch Glas in der Wunde ist. Vielleicht ist eine Sehne verletzt?"

„Es ist nicht tief. Danke." Er übernahm es selbst, den Verband mit der unverletzten rechten Hand auf die Finger der linken zu drücken. „Es tut mir leid, Renate."

„Was tut dir leid? Dieser Mensch? Warum sagst du mir das?"

„Nein. Ja, natürlich tut er mir leid. Ich meinte, es tut mir leid, dass ich dich angefaucht habe. Es tut mir leid, was heute Nacht geschehen ist."

Sie sah ihn aufmerksam an.

„Ich meine, es hätte gut sein können." Gehr schwieg einen Moment, bevor er hinzufügte: „Es hätte nicht passieren dürfen. Es ist meine Schuld."

„Ärzte mit zu großem Ego." Langsam bewegte sie den Kopf hin und her. „Du musst nicht an allem schuld sein. Lass noch was für die anderen übrig."

„Ich bin an allem schuld. An allem."

„Unsinn." Sie winkte ab und drehte sich zu der Leiche um. „Geh du dir die Wunde ansehen lassen. Ich mache das hier mit meiner Kollegin. Wir lassen ihn vom Transportdienst in die Pathologie schaffen."

Gehr sah auf die Uhr. Viertel vor vier. Ob Charon schon versucht hatte, ihn zu erreichen? „Danke, ja. Glaubst du, dass Otto mir den Finger abschneiden wird, wenn ich nicht aufpasse?" Er lächelte mit Mühe.

„Dann kannst du mit dieser Hand jedenfalls nicht mehr an irgendetwas schuld sein." Sie zog Kabel und schraubte Leitungen ab, ohne ihn anzusehen.

*

Fünf Minuten später saß Gehr zusammengesunken auf dem Sessel vor dem ausgeschalteten Fernseher und hielt die Kompressen nur noch locker auf die brennenden Schnitte. Etwas Blut sickerte am Mull vorbei auf den Stoff seiner Hose.

Ich hätte Midner die Wunde untersuchen lassen sollen, dachte er. Ein Nerv, eine Sehne könnten verletzt sein. Und es wäre eine Gelegenheit, mit Otto zu reden.

Midner musste ihn für geisteskrank halten, so wie Gehr sich heute Nacht benommen hatte. Es wäre klug, ihn noch während der Nacht vom Gegenteil zu überzeugen. Gehr hätte sich etwas vergleichsweise Unverfängliches ausdenken können, um sein Verhalten zu erklären. Aber er wollte nicht. Es nutzte nichts mehr. Er hatte nicht die Energie, zu Midner zu gehen, er hatte nicht die Energie, Charon anzurufen.

Nachdem er getan hatte, was Charon befohlen hatte, hätte Gehr von ihm verlangen müssen, auch seinen Teil der Abmachung zu erfüllen. Er wollte es. Er wollte Sarah in den Arm nehmen und alles vergessen. Aber sein Antrieb reichte kaum noch zum einfachen Überleben. Hätte ihm jemand jetzt eine Pistole an die Schläfe gehalten, er hätte als letzte Anstrengung die Hand gehoben und den Finger am Abzug durchgedrückt.

Würde Charon verlangen, dass er sich selbst tötete?

Er konnte das Zifferblatt seiner Uhr sehen, ohne die Hand oder den Kopf zu bewegen,. Fünf Minuten vor vier. Charon wusste, wie er ihn erreichen konnte. Er hatte es immer geschafft heute Nacht. Warum rief er jetzt nicht an?

Der Sekundezeiger bewegte sich zuckend fort. Gehr glaubte, immer kurz vor der eigentlichen Bewegung der kleinen, schwarzen Metallnadel ein Schaudern durch sie gehen zu sehen. Der Minutenzeiger bewegte sich in winzigen Rucken um einen Bruchteil einer Minute vorwärts, um zum richtigen Zeitpunkt vor einem der silbernen Striche am Ziffernblattrand zu verharren.

Das Telefon läutete.

Gehr sah den Apparat an und bewegte sich nicht. Abheben, befahl er sich. Er rührte sich nicht. Das Telefon klingelte zweimal, dreimal, immer wieder.

Langsam hob er erst die Hand, dann den Arm. Er beugte sich vor und griff in Zeitlupe nach dem Hörer. Vornübergebeugt, den Blick auf den Boden gerichtet, hielt er ihn an sein Ohr.

„Wie wichtig ist Ihnen das Leben Ihrer Tochter, verdammt noch mal?! Warum lassen Sie es ewig klingeln?“, schrie Charon. „Ich weiß, dass Sie vor dem Telefon sitzen und auf meinen Anruf warten.“ Seine Stimme bebte vor Wut. „Sie tun, was ich sage, Sie denken, was ich sage, Sie heben sofort ab, wenn ich anrufe! Sie gehören mir, ich dulde keinen Ungehorsam!“

Charon zog die Worte nicht in die Länge.

Gehr hielt den Hörer umklammert und sah zu Boden.

„Antworten Sie mir, verflucht! Antworten Sie!“

„Ja“, rang sich Gehr ab.

„Was ist geschehen?“, fragte Charon etwas ruhiger.

„Er ist tot.“

„Sie haben ihn getötet?“

„Ja.“

Eine Weile war nur ein sehr leises Rauschen in der Leitung zu hören. Dann sagte Charon: „Sie werden Ihre Tochter in einer Stunde wiedersehen – lebend.“ Seine Betonung war wieder die alte.

Gehr atmete durch. War es tatsächlich vorbei? „Wann? Wie? Wo kann ich Sie finden?“

„Sie wird zu Ihnen gebracht. Warten Sie.“

„Warum tun Sie mir das an, Charon? Was habe ich getan?“

Charon atmete jetzt schwerer, aber er sagte nichts. Nach einigen Sekunden legte er auf.

Gehr ließ die Hand mit dem Hörer sinken, starrte auf den Tisch vor sich und fühlte nichts. Er dachte, er müsste jetzt hassen, hoffen oder verzweifeln; aber er glaubte, nie wieder etwas fühlen zu können.

Freitag, 10. Oktober 2003, 3:59 Uhr,
Chirurgische Poliklinik

Luthof lächelte. Er saß auf einem der schäbigen Wartesessel in der Nothilfe. Niemand sonst war im Flur. Es war still. Er ließ das Mobiltelefon fallen. Klappernd landete es erst auf der Sitzfläche aus braunem Plastik und dann auf dem Boden. Das Geräusch hallte von den Wänden wider.

Er hatte seinen Plan beinahe vollendet. Er ballte die Fäuste. Gehr hatte den Penner getötet. Auf seine Anweisung hin. Es war geschafft. Gehr war am Boden und würde nicht wieder aufstehen.

Luthof erhob sich und zog die Sanitäterjacke aus. Jetzt konnte er es tun. Es war zu Ende. Er legte die Jacke sorgfältig zusammen und ließ sie auf einem der Stühle liegen. Er stand aufrecht da, zog seinen braunen Baumwollpullover zurecht und wischte ein paar Flusen von den Ärmeln. Er nahm die Schultern zurück und atmete tief durch. Gehr war erniedrigt und er, Luthof, stand über ihm und triumphierte. Er genoss die Ruhe und Zufriedenheit. Seit Wochen war er nicht mehr so gefasst gewesen.

In einer Stunde würde er Gehr begegnen und ihm erzählen, was Gehr dem Rettungssanitäter Luthof in Kabine eins vor ein paar Wochen angetan hatte.

Luthof war überrascht, wie ihn diese Vorstellung langweilte. Plötzlich fragte er sich, wie es wäre, Gehr nie erfahren zu lassen, was geschehen war. Wie musste es für den Arzt sein, nicht zu verstehen? Luthof lächelte. Es erschien ihm wie der perfekte Abschluss. Er würde über den Tod hinaus Gehr demütigen können.

Er bückte sich mit einem Lächeln auf den Lippen nach dem Mobiltelefon und wählte eins eins zwei, während er sich aufrichtete. Nach dreimaligem Läuten wurde abgenommen.

Luthof achtete nicht auf die Stimme des Mannes, die eine Notrufzentrale in München meldete. „Fahren Sie in die Adalbert-Stifter-Straße in Karlsfeld. Das Haus der Familie Doktor Gehr. Dort liegen zwei bewusstlose Personen, Erdgeschoss und erster Stock. Ich habe sie nicht getötet, noch nicht. Ich werde ins Krankenhaus kommen und es vollenden.“

Noch während der Disponent seine Fragen abspulte, legte Luthof auf. Das Gespräch war auf Tonband aufgenommen worden. In wenigen Minuten würde es sich ein gelangweilter Kriminalpolizist anhören müssen und plötzlich würde es mit dessen Langeweile vorbei sein.

Der Rettungsdienst würde die beiden Bewusstlosen ins St.-Marien-Krankenhaus bringen. Luthof kannte die Verfahren, er war sich sicher, dass sie die nächste Klinik nehmen würden. Er verschränkte die Hände im Nacken, streckte sich und war zufrieden. Läge Gehrs Familie erst hier im Krankenhaus, würde es von Polizisten wimmeln, die seine Drohung ernst nehmen mussten, da sie die Frau und das Kind bewusstlos an dem Ort vorgefunden hatten, den Luthof genannt hatte. Und während die Polizei durch das Krankenhaus schwärmte, ein Phantom jagte und von überhaupt nichts wusste, musste Gehr ein letztes Mal tun, was Charon von ihm verlangte.

Luthof schaltete das Mobiltelefon aus, ging zu dem kleinen Tresen mir dem Schild *Notfälle bitte klingeln* und warf auf dem Weg das Telefon in einen Abfallkorb.

Während er den Knopf drückte, schrillte irgendwo hinter einer Tür die Klingel.

Er ging in Gedanken die Liste der Symptome einer Blinddarmentzündung durch. Er hatte in seinem Beruf so viele Patienten gesehen, es würde ihm nicht schwer fallen, den Chirurgen zu täuschen.

Freitag, 10. Oktober 2003, 3:59 Uhr, Aufenthaltsraum für Anästhesisten

Luthof hatte das Gespräch längst abgebrochen. Endlich fand Gehr die Kraft, den Hörer aufzulegen. In einer Stunde würde er seine Tochter wiedersehen.

Er hatte zwei Menschen getötet, bei einem dritten hatte er es versucht – nur um diesen Augenblick erleben zu können. Und jetzt schien ihm alles widerwärtig.

Gehr blieb sitzen und legte das Gesicht in die Handflächen. Er konnte die Gedanken an die Toten der letzten Stunden nicht aufhalten. Die starren Gesichter, die halb offenen Augen quälten ihn um so mehr, als er kein Mitleid empfand. Er fürchtete sich davor, nie wieder Freude fühlen zu können, überhaupt nichts mehr fühlen zu können. Würde er diese Bilder je wieder abschütteln können?

Gehr sprang auf und fuhr sich mit beiden Händen durch die Haare. Mit welchem Recht hatte er all das getan? Angewidert sah er auf das Telefon, drehte sich um und begann im Raum auf und ab zu laufen.

Abrupt blieb er stehen.

„Ich hätte mich selbst töten müssen." Er hielt die Hände kraftlos vor sein Gesicht. „Ich. Nur ich."

Er ballte die Fäuste. Nein, dachte er, Charon muss sterben. Nur er.

Gehr ließ die Arme sinken. „Geschwätz." Wieder ging er im Raum auf und ab. Er sah auf die Uhr: fünf Minuten nach vier. Um fünf würde Sarah zu ihm kommen, wenn Charon Wort hielt.

Was hatte Charon durch den Tod eines Motorradfahrers und eines Obdachlosen gewonnen? Konnte er befriedigt sein?

Es muss die Macht sein, die er ausüben konnte, dachte Gehr. Macht ist ein Suchtmittel. Charon wird mehr wollen. Es kann gar nicht genug sein.

Im Vorbeigehen stieß er gegen den Tisch, ein Glas fiel um, der Telefonhörer fiel vom Apparat. Sofort stürzte Gehr zum Tisch und legte wieder auf. Er wollte keinen Anruf versäumen.

Er setzte sich, kontrollierte seinen Atem, während er sich immer wieder über die Oberschenkel strich. Er legte die Handflächen an die Schläfen.

Charon wollte ihn in Panik versetzen. Nur mit Hilfe von Gehrs eigener Angst hatte Charon die Macht ausüben können, die er so brauchte. Aber Gehr durfte ihn nicht enttäuschen, solange Sarah nicht in Sicherheit war. Gehr wollte der Überlegene in diesem Spiel sein. Alle Möglichkeiten mussten durchdacht werden, er musste Pläne für alle Möglichkeiten entwickeln. Er musste agieren, nicht reagieren. Er musste ruhig werden.

Jäh schlug er mit beiden Fäusten auf die Tischplatte. Er war unfähig zu einem klaren Gedanken. Aber es musste sein! Sarahs Leben hing womöglich davon ab.

„Ruhe, Ruhe." Einen Augenblick ließ die Panik nach, dann war wieder nur Aufregung in seinem Kopf.

„Sie wird gebracht, sie wird gebracht ..." Das hieß, Charon würde nicht dabei sein. Aber welches Druckmittel hatte der Mann noch, wenn er Sarah hergegeben hatte? Würde er sie doch nicht zu Gehr lassen? Vielleicht hatte er einen Komplizen?

Es gab zu viele Möglichkeiten, es war unmöglich, alles durchzuspielen.

„Also, von vorne." Wieder rieb Gehr sich über die Oberschenkel, wippte mit dem Oberkörper vor und zurück und versuchte zu denken. Es war hoffnungslos, kein Gedanke war zu Ende zu bringen, nichts wollte passen, keine Lösung schien in Sicht. Er war verurteilt zu sitzen und zu warten, bis Charon ihm neue Anweisungen gab.

Gehr drückte sich empor um aufzustehen. In diesem Moment läutete das Telefon. Er hatte den Hörer an sein Ohr gepresst, bevor der erste Ton verklungen war. „Ja, Hallo? Wer ist da?"

„Sag mal, nimmst du Drogen, Reinhard?" Midners Stimme war verschlafen. „Du bist völlig durchgeknallt heute Nacht. Kannst du mir nicht endlich sagen, wer oder was dir ins Hirn geschissen hat?"

„Was willst du?" Gehr wollte die Leitung für Charon frei halten.

„Was willst du?", äffte Midner ihn nach. „Du müsstest dir mal zuhören. Du bist doch völlig durch den Wind, Mann." Eine Pause. „Brauchst du Hilfe, oder was? Ist was mit deiner Familie? Bist du krank? Das mit deiner Oma ist doch ein bescheuertes Märchen. Los, sag schon, ich halt den Mund. Kennst mich doch."

Gehr stöhnte. „Du kannst mir nicht helfen. Lass mich einfach in Ruhe. Wird schon wieder."

„Sag nicht, ich hätte es nicht versucht. Aber ich hab keinen Bock mehr auf diese Scheiße, kapiert? Dein Chef erfährt das alles, weil ich glaube, dass du Hilfe brauchst. Wenn du sie nicht freiwillig annimmst, muss man dich eben zwingen."

„Wenn das alles ist, was du mir sagen wolltest, dann kann ich ja jetzt auflegen, ich habe …"

„Das war nicht alles, Herr Oberdoktor Leckmichamarsch Gehr. Mir wäre es am liebsten, ich würde deine Visage heute Nacht nicht mehr in meinem OP sehen, aber da ist ein beschissener Blinddarm aufgeschlagen. Den werden wir jetzt verdammt noch mal anständig über die Bühne bringen und du wirst eine Narkose machen, ohne dich wie ein Irrer aufzuführen, kapiert?"

„Du kannst mich auch mal. Der Blinddarm kann warten. Zwei oder drei Stunden wird das doch noch Zeit haben. Schieb ihn ins Tagesprogramm, ich kann nicht mehr." Gehr ließ sich in die Polster des Sofas fallen.

„Soll ich die Narkose selber machen? Das kannst du nicht wollen. Ich bring den dabei doch um." Er schien kurz nachzudenken. „Nein, Reinhard. Hör mal, mein Chef dreht mir den Hals um. In der Nacht sind zwei Patienten über den Jordan und jetzt soll ich auch noch eine akute Appendizitis vergammeln lassen? So was nimmt der übel. Keine Chance. Wirst du dich anständig benehmen?"

„Otto – ich bin am Ende." Mit jedem Wort hieb Gehr mit der Linken durch die Luft. „Mir geht es nicht gut, ich will jetzt nicht mehr."

„Hat mit Wollen nichts zu tun. Jetzt beweg deinen Arsch in den OP." Er legte auf.

Freitag, 10. Oktober 2003, 4:31 Uhr,
Operationssaal 2

Gehr ging den Gang zum Operationstrakt hinunter. Die flackernde Neonlampe ließ den Aufkleber an der Tür wie eine Warnleuchte blinken.

Ein Blinddarm, dachte er. Es würde eine Stunde dauern, wenn sich Midner beeilte. Gehr hoffte, dass dies die letzte Narkose seines Lebens sein würde. Am Morgen würde er sich krank melden und mit Sarah ein neues Leben beginnen. Er würde sich den langweiligsten Job der Welt suchen. Keine Leben-und-Tod-Entscheidungen mehr, keine Nachtdienste, keine Karrieresucht.

Er stieß die Tür mit Kraft auf und fühlte sich in diesem Moment ein wenig besser.

Er wechselte die Schuhe, zog Kopfhaube und Gesichtsmaske aus den Kartons und band sie sich um, während er zum Vorbereitungsraum ging. Er würde keinen Telefonanruf annehmen, er würde eine hervorragende Narkose machen. Die letzte. Und der Patient würde danach aufwachen und sich wohlfühlen. Bei dieser letzten Narkose würde Gehr nicht sparen. Nur die angenehmsten Narkosemittel. Er würde alles tun, um Übelkeit zu vermeiden und er würde so sanft vorgehen wie noch nie.

Gehr bemerkte, dass er für einen Augenblick vergessen hatte, was passiert war. Das gab ihm Hoffnung, vielleicht würde er doch alles verdrängen können. Wenn er erst mit Sarah in Frankreich lebte, wäre alles so anders, alles so fern.

Plötzlich wurde ihm bewusst, dass in der Idylle von Sarah und ihm in Frankreich ein Loch klaffte. Anjas Tod würde er nicht vergessen und nicht verdrängen können.

Eine Welle von Hass erschreckte ihn. Die Gedanken von Familie, Zufriedenheit und Ruhe waren weggewischt. Aber mit Charon hasste er ein gesichtsloses Hirngespinst. Er konnte nicht verhindern, dass seine Feindseligkeit sich ausbreitete und über alle anderen Gedanken an Personen legte wie giftiger Tau.

Der Mord an Anja würde aufgeklärt werden. Sie werden Charon finden, dachte Gehr. Mörder kommen nicht davon. Die Polizei wird auch mich überführen, und ein Gericht wird mich bestrafen. Aber was ist dann?

Er fuhr sich mit beiden Händen über das Gesicht. Charon würde von der Erpressung berichten, würde vor dem Staatsanwalt behaupten, Gehr habe Patienten getötet. Würde man Charon glauben?

Gehr legte die Hand auf die Klinke zum Vorbereitungsraum.

Wenn ein Gerichtsmediziner wusste, wonach er suchen musste, konnte er vielleicht feststellen, was Gehr getan hatte. Aber es wusste niemand. Auch Charon nicht. Würde der ihn beschuldigen, musste Gehr das als perverse Phantasie eines Verrückten hinstellen. Ja, er würde zugeben, dass Charon ihn angerufen hatte, und er würde erklären müssen, warum er die Polizei nicht benachrichtigt hatte. Aber war Sarahs Leben kein ausreichender Grund? Immerhin hatte Charon seine Entschlossenheit bewiesen. Hätte Gehr die Polizei verständigt, hätte Charon Sarah getötet.

Gehr rieb sich die Stirn. Charon hätte von den Todesfällen im St.-Marien erfahren haben können und sie dann als Gehrs Morde ausgeben, um ihm noch einmal zu schaden. Aus dem gleichen Grund, aus dem er auch Anja ermordet hatte. Ja, das war ein wasserdichtes Argument. Gehr musste nur alles genau durchdenken.

Er drückte die Türklinke hinunter, schob die Tür ein wenig auf und blieb dann stehen. Das Erste, was er hörte, war der regelmäßige Ton des Pulsoxymeters. Ein Fingerclip, an den Finger des Patienten gesteckt, sandte Licht durch das Gewebe und errechnete aus dem reflektierten Licht den Gehalt an Sauerstoff im Blut. Gehr schätzte die Pulsfrequenz auf fünfzig Schläge pro Minute.

War er denn überhaupt in der Lage, klar zu denken? Wahrscheinlich hatte er ein Detail übersehen. Polizisten und Staatsanwälte hatten ein Gespür für Lügengeschichten. Sie würden ihn so lange bedrängen, bis ihm ein Fehler unterlief, bis er sich verriet.

Panik und Hoffnungslosigkeit wollten sich erneut in ihm ausbreiten. Er hielt es nicht mehr aus.

Im Vorbereitungsraum lag ein junger Mann. Gehr war erleichtert. Ein junger Mann war gesund, es gab keinen Grund, an Gefahr für ihn zu denken. Gehr atmete tief ein, hielt die Luft an und nahm sich vor, beim Ausatmen sei alles anders. Wie vor zehn Stunden. Unbefangen und aufmerksam wollte er eine

Narkose, seine letzte Narkose machen. Nur diese letzte wollte er in Erinnerung behalten.

Er atmete aus.

„Guten Morgen, ich bin der Narkosearzt.“ Er streckte die Hand nach dem Mann aus, der die Augen geschlossen hielt und sich nicht rührte. „Hast du ihm schon was gegeben, Renate?“

„Nichts. Der rührt sich nicht und sagt nichts, seit er hier auf dem Tisch liegt.“

Es war Gehr peinlich, wie sie über ihn sprach, obwohl er sie hören musste. Gehr drehte sich zum Telefon um und spielte für einen Moment mit dem Gedanken, den Hörer abzuheben und damit jeden Anruf auszuschließen. Aber noch ist Sarah nicht bei mir, dachte er. Gehr hatte nur Charons Wort. Das Wort eines Verrückten. Nur ein Idiot würde sich darauf verlassen – aber es blieb Gehr nichts anderes übrig.

Er wandte sich dem Patienten wieder zu. „Wie heißt er denn?“, fragte er Renate.

„Luthof“, sagte sie, ohne sich umzudrehen. Sie suchte Spritzen, Beatmungsschläuche und Medikamente aus dem Regal. Das Pulsoxymeter piepste.

Gehr trat an den Tisch und legte seine Hand auf die des Patienten. „Herr Luthof, hören Sie mich? Ich bin Ihr Narkosearzt. Gehr ist mein Name. Öffnen Sie doch bitte einmal die Augen, Herr Luthof.“

Der Mann reagierte nicht.

Gehr sah zu Renate. „Ist er vielleicht gehörlos?“ Leiser sagte er: „Aber er müsste doch spüren, dass ich ihn anfasse.“ Er legte seine Hand an die nackte Schulter des Patienten und schüttelte leicht. „Herr Luthof?“

Luthofs Linke befreite sich blitzartig von dem weißen Moltontuch, dass den Mann bis zum Hals bedeckte, und umfasste Gehrs Hand auf seiner Schulter. Er öffnete die Augen, sah Gehr an.

Gehr erschrak und versuchte seine Hand wegzuziehen, aber Luthof hielt sie umklammert. Seine Rechte kam unter dem weißen Tuch hervor, fasste den Kragen von Gehrs OP-Hemd und zog ihn zu sich hinab.

Renate stand mit den Rücken zu ihnen vor dem Regal.

Gehr war zu überrascht, um sich zu wehren. „Was … ?“

Als beide Gesichter nur noch zwanzig Zentimeter voneinander entfernt waren, sagte Luthof leise und schnell: „Ich bin Charon."

So schnell wie er zugepackt hatte, ließ Luthof beide Hände sinken und legte sie auf das Moltontuch, als sie nichts geschehen. Er schloss die Augenlider.

Gehr stand weniger als einen halben Meter von Charon entfernt neben dem OP-Tisch.

Ohne seinen Blick von dem Gesicht des Mannes zu nehmen, sagte er: „Renate, hol ein Antibiotikum. Der Patient muss noch vor Schnitt ein Antibiotikum haben."

Renate ging mit einem Arm voll Spritzen, Medikamentenampullen und Verbrauchsmaterial um den Patienten herum und ließ alles auf das Tischchen neben ihm fallen. „Ich habe Ampicillin und Sulbactam hier. Wir können gleich anfangen."

Das Gesicht des Mannes zeigte keine Regung und er atmete ruhig.

Gehr musste sich verhört haben. Es war nicht möglich. Einen Augenblick lang schien sich der ganze Raum um ihn zu drehen. Er suchte Halt am massiven Gestänge des OP-Tischs. „Amoxicillin und Clavulansäure. Geh es holen."

„Seit wann das denn?" Renate sah nicht von ihrer Arbeit auf, die Papier- und Plastikverpackungen zu öffnen, Ampullen aufzubrechen und Spritzen aufzuziehen.

„Geh es holen." Gehrs Stimme war hart.

Renate ließ die Hände mit einer Ampulle und einer Spritze, die sie eben füllen wollte, sinken und sah Gehr von der Seite an.

Abrupt drehte er sich zu ihr um. „Amoxicillin. Jetzt."

„Wir haben nichts mehr davon hier im OP. Ich müsste es von Station holen lassen. Warum machst du es denn auf einmal anders als sonst immer? Das dauert doch zu lange, Reinhard, lass uns doch endlich anfangen. Ampicillin ist doch genauso gut."

„Ich bestimme, welche Medikamente der Patient bekommt, verdammt!" Er ballte die Fäuste, spuckte beim Sprechen. „Hol das Zeug, keine Diskussion jetzt!"

Renate sah Gehr mit einer Mischung aus Ärger und Erstaunen an. Sie öffnete den Mund, wollte anscheinend zurückschreien, aber dann hob sie nur hilflos die Hände, schüttelte den Kopf und ging hinaus.

Endlich schlug die Tür hinter ihr zu. Gehr war allein mit dem Mann. „*Wer* sind Sie, haben Sie gesagt?“, keuchte er hervor.

Der Mann drehte den Kopf nach rechts. Die Töne des Pulsoxymeters folgten eine Spur schneller aufeinander. Luthofs Augen öffneten sich und sahen Gehr stetig an. Grüne Augen. „Sie haben mich schon richtig verstanden. Ich bin Charon. Ich bin hier, um Sie auch das letzte Stück des Weges zu begleiten.“

„Sie sind wahnsinnig.“ Gehr ging einen Schritt zurück und stieß gegen das Telefon. Der Hörer fiel hinunter, baumelte am Kabel und schlug gegen die Wand. Das Freizeichen begleitete das Klappern des Plastikgehäuses gegen die Kacheln.

Luthof zuckte die Schultern und verzog den Mund im Spott. „Wir haben keine Zeit für diesen Unsinn. Zur Sache. Mein Blinddarm war gut vorgetäuscht. Sie sollen mich während der Narkose töten.“

Töten. Charon töten. Für einen Augenblick schien es für Gehr wie die Aussicht auf Befriedigung. „Sie sind wahnsinnig.“

„Noch ein Grund, mich zu töten.“ Charon sprach mit geschlossenen Augen, seine Hände lagen auf dem weißen Tuch, sein Brustkorb hob und senkte sich mit seinem Atem.

Gehr wollte Raum zwischen sich und diesen Mann bringen. Die Wand hinderte ihn daran. Die Kälte der Kacheln drang durch den Stoff des OP-Hemds und ließ ihn frösteln. Er wusste nicht mehr, wer von ihnen beiden wahnsinnig war. Charon hatte ihn also dazu gebracht, töten zu wollen – das war Charons Ziel gewesen, nur diese Begegnung war sein Ziel gewesen. Bachmann war zufällig von Charon gewählt worden, der junge Motorradfahrer und der Obdachlose waren zufällig von Gehr selbst gewählt worden.

„Wo ist Sarah? Sag mir, wo Sarah ist.“

„Ihr geht es gut.“ Nur Charons Mund bewegte sich, die Augen blieben geschlossen. „Ich nehme an, sie wird in einer halben Stunde bei Ihnen sein.“

Gehr stieß sich von der Wand ab und ging um Charon herum, ohne den Blick von seinem Gesicht zu nehmen. Ohne hinzusehen, suchte und fand er mit der Rechten den Karton mit Zwanzigmilliliterspritzen und riss eine Packung heraus. Er stieß an irgendetwas im Regal, es klapperte zu Boden. Seine Hand suchte nach der Schachtel mit den Ampullen voll Kaliumchlorid, während er immer noch auf Charons entspanntes Gesicht starrte. Gehr fand die Ampulle, schlug ihren Kopf mit einem Hieb gegen das Regalbrett ab und zitterte den Konus der Spritze in die Ampullenöffnung. Erst jetzt nahm er den Blick von Charon, saugte das Kalium in die Spritze und ließ die Ampulle fallen.

Mit einem Schritt, der ihn Überwindung kostete, trat er an den OP-Tisch. Gehrs Mundwinkel zogen sich hinab, als er Charon berührte und ihm die Spritze in die Hand drückte. Sofort machte Gehr zwei Schritte rückwärts. Es knirschte unter dem Absatz, als er die zu Boden gefallene Ampulle zertrat.

„Dann mach es doch selbst." Er zeigte mit einem Finger auf Luthofs Hand mit der Plastikspritze. „Mach es selbst, setz die Spritze an, drück es rein, du stirbst in Sekunden."

Die Hand des Mannes blieb offen. Die Spritze lag in der Handfläche.

„Tu es!", schrie Gehr.

Es war eine übermenschliche Anstrengung für ihn, nicht die Spritze zu nehmen und es selbst zu tun. Er wollte es. Er wollte, das Charon starb, er wollte ihn töten.

Charons Augen öffneten sich. Er wandte den Kopf Gehr zu. „Sie werden es tun, sonst wird es nie ein Ende haben."

Gehr ging um den Tisch herum zum Telefon. „Ich rufe die Polizei, du bringst niemanden mehr um." Er bückte sich, um den heruntergefallenen Hörer aufzuheben.

„Ich habe keinen Patienten getötet", sagte Charon. „Ich weiß das, und Sie wissen das, denn Sie haben es selbst getan. Die Polizei weiß nichts davon, wenn Sie umsichtig genug waren. Das muss aber nicht so bleiben."

Gehr drückte den Hörer kurz auf die Gabel und hielt ihn dann an sein Ohr. Er drehte sich zu dem Mann um.

„Rufen Sie die Polizei", sagte Charon. „Sie wird sich für die toten Patienten interessieren, meinen Sie nicht?"

Gehr beugte sich über Charon, riss dessen Linke an sich und legte sie um die Spritze. „Drück es rein, Mann. Tu es, wenn du Mut hast." Er nahm Charons Daumen und legte ihn auf den Spritzenstempel.

Charon wehrte sich nicht.

Nur eine kleine Bewegung, dachte Gehr. „Du Feigling!" Speichel spritzte von seinen Lippen, während er Charon anschrie. „Bring dich um, du Schwein! Du darfst nicht leben, du dreckiges Stück Scheiße! Mach es! Bring dich doch endlich um!" Er hielt Charons schlaffen Daumen auf dem Stempel der Spritze fest. Ein lächerlich winziges Zucken, und Charon verschwände auf immer aus seinem Leben.

Gehr ließ die Hand los, die kraftlos von der Spritze auf das weiße Tuch fiel. Er senkte die Augen. Charon, nicht er, war der Mörder. Er durfte es nicht tun.

Charons Hand lag wie tot auf dem Stoff.

Plötzlich schnellte Charons Linke zu Gehrs Hemd hinauf, krallte sich in den Stoff und zog Gehr zu ihm hinunter. „Sie haben nicht mehr viel Zeit, Doktor Gehr. Die Polizei hat Ihre Frau gefunden, und Ihre Tochter. Ich habe selbst angerufen. Die wissen, dass ich irgendwo im Klinikum bin. Ich habe gedroht, die Kleine im Krankenhaus zu suchen und zu töten. Sie wissen, was das heißt?" Das Pulsoxymeter piepste mit der Herzfrequenz Charons. Neunzig Schläge pro Minute.

Gehr wollte sich aufrichten, aber Charon hielt ihn am Kragen seines Hemdes gepackt. Gehr zuckte einige Zentimeter zurück, Charons Arm zog ihn in einem lautlosen Kampf wieder zurück. Gehr roch diesen Menschen, spürte seinen Atem auf seinem Gesicht, atmete die Luft ein, die Charon ausgeatmet hatte. Ihm wurde übel.

„Das heißt, sie werden kommen. Scharenweise werden sie kommen. Wollen Sie mich vor den Augen der Polizei töten?" Charon zog eine Augenbraue hoch. „Wie Sie möchten, jedenfalls werden Sie mich töten."

„Ich …"

„Sie hassen mich, Gehr. Nicht wahr? Sie hassen mich, Sie haben jeden Grund, mich zu hassen. Und wenn ich wieder aufwache, werde ich eine Menge zu erzählen haben." Charon ließ Gehrs Hemd los, bewegte seinen Kopf in die Mittellage und schloss die Augen. „Lassen Sie mich nicht mehr aufwachen."

„Warum?"

„Es spielt keine Rolle mehr für mich, ob Sie es wissen."

„Ich will es wissen. Sag mir, warum."

Charon atmete tief und zögerte, als koste ihn das Sprechen plötzlich Anstrengung. „Sie müssen leben mit Ihrer Schuld. Ich darf sterben und weiß, Sie müssen leben. Das ist mir genug."

„Aber mir nicht!" Gehr kreischte. „Ich will wissen, warum du Tier meine Frau umgebracht hast! Warum quälst du mich?"

„Ich will nicht, dass Sie es wissen. Das ist alles. Mein Wille geschehe. Jetzt. In ein paar Minuten wird das wohl anders werden. Lassen Sie mir meinen letzten Willen.“ Er lachte ein paar Mal ohne Freude.

Die Tür ging auf, Renate kam mit zwei Packungen des Antibiotikums herein. Charon lag mit geschlossenen Augen auf dem Rücken. Gehr stand schwitzend neben dem OP-Tisch. Er trat einen Schritt zurück.

„Doktor Midner ist gerade gekommen. Wir sollten uns beeilen, wenn ...“ Renate sah Gehr an und erschrak. „Ist was, Reinhard?“

Gehr schüttelte den Kopf, wischte sich über die Augen und fuhr sich durchs Haar. Er hasste sein fettiges Haar, den Geruch des Schweißes, das klebrige Gefühl auf der Haut. Er hasste es, Charon angefasst zu haben, mit ihm gemein zu sein, getan zu haben, was er befohlen hatte. Er hasste es, von diesen Händen gehalten worden zu sein, die Anja getötet hatten, die Sarah gequält hatten. Er wusste nicht, was er tun würde. Er wusste nicht, ob Charon wirklich die Polizei angerufen hatte. Er wusste nur, dass Midner, Renate, alle eine Narkose von ihm erwarteten. Und er wusste, dass er Zeit gewann, wenn Charon schlief.

„Thiopental, Fentanyl, Atracurium zum Einleiten. Ich mache dann mit Gas weiter.“ Er ging zum Beatmungsgerät, drückte ein paar Knöpfe, drehte einige Regler hoch und prüfte die auf den Schläuchen aufgesetzte Beatmungsmaske.

Während er arbeitete, fiel sein Blick immer wieder auf Charons Gesicht. Der Wunsch, diesen Mann zu töten, wuchs. War es vernünftig, Charon leben zu lassen? Der Mann würde weiter morden. Man musste ihn davon abhalten. Es war gnädig, Charon seinen Wunsch zu erfüllen und dabei seine Verbrechen zu bestrafen.

Gehr kniff die Augenlider zu und versuchte sich zu konzentrieren. Für sich würde er es tun. Für Anja, für Sarah.

Tötung eines Wehrlosen in Narkose. Womöglich das schrecklichste Verbrechen, dessen sich ein Arzt schuldig machen konnte.

Nichts Neues für Gehr.

Renate stand dort, wo während einer Narkoseeinleitung ihr Platz war: neben Gehr vor dem Tischchen mit Narkosemedikamenten und den Gerätschaften für die Intubation der Luftröhre.

Gehr öffnete den Sauerstoffhahn, hielt die Maske einige Zentimeter über Charons unbewegtes Gesicht und sah zu Renate hinüber. „Null Komma zwei Fentanyl, fünf Milligramm Atracurium, fünfhundert Thiopental. Die ganze Spritze." Abrupt presste er die Maske auf das Gesicht. Es war ihm gleichgültig, ob der Mann Schmerzen hatte. Er achtete darauf, Charon nicht zu berühren. Es ekelte ihn vor dem Körper dieses Mannes.

Charons Augen öffneten sich, langsam bewegte sich die grüne Regenbogenhaut mit beiden Augäpfeln nach oben, bis die schwarz glänzenden Pupillen Gehr fixierten. Die Augen verharrten in dieser Stellung, er schien zu warten.

Gehr hob die Maske ab.

„Sie wissen, es ist falsch, und dennoch tun Sie es. Leben Sie damit, ich sterbe damit", sagte Charon so leise, dass Gehr es gerade noch hören konnte.

„Was hat er gesagt?", fragte Renate, während sie das Opiat in die Vene spritzte.

„Keine Ahnung, interessiert mich auch nicht." Gehrs Stimme war ärgerlicher, als er gewollt hatte. Erneut presste er die Maske auf Charons Mund und Nase.

Renate setzte die Spritze mit dem Narkosemittel an. „Fünfhundert?" Sie wartete auf Gehrs Nicken. Dann drückte sie den Stempel der Spritze mit der gelb durchscheinenden Flüssigkeit zügig hinab und warf die Spritze auf die Edelstahloberfläche des Wagens. „Verdammt, Reinhard, es reicht." Sie riss die Papier- und Plastikverpackung des Beatmungsschlauches auf, schleuderte das Päckchen neben die Spritze und drückte Lidocain-Gel auf die Spitze des Schlauches. „Du benimmst dich wie ein Arschloch." Sie versuchte den Deckel auf die Gel-Tube zu schrauben. Es misslang, weil sie zu stark zitterte. Sie warf Tube und Deckel auf das Tischchen. „Wie ein *Arschloch*, verdammt." Sie wartete auf eine Reaktion. „Aber nicht einmal das scheinst du wahrzunehmen." Sie winkte mit beiden Händen über Kreuz vor seinem Gesicht. „Hallo, Erde an Gehr. Was, verdammt noch mal, ist los mit dir?" Renate stemmte die Hände in die Hüften.

„Gehr, sind Sie Christ? Das hätte mich noch interessiert." Die Atemmaske dämpfte Luthofs Worte. Er verdrehte die Augen, lallte etwas, dann war er bewusstlos.

„Ob du Christ bist, hat er gefragt." Renate nahm den Papier- und Plastikabfall, drückte alles hastig zu einem Ball und schleuderte ihn in den Edelstahl-Mülleimer auf Rollen. „Heute spinnen alle, wenn du mich fragst. Sagt eine halbe Stunde kein Wort und dann, ob sein Narkosearzt Christ ist. Ich gebe es auf, ich frag nicht mehr, mir reicht es."

Gehr sah nur auf das Gesicht des schlafenden Charon. Der Mann atmete nicht. Er war betäubt. Drei Minuten nicht reagieren und er hätte einen Hirnschaden, von dem er sich nicht erholen konnte. Fünf Minuten nichts tun, und er wäre tot.

Er nahm sich vor, von diesem Mann hier vor ihm nicht mehr als *Charon* zu denken. Charon, der Name war ein Witz, war nur der Größenwahn dieses Stücks Dreck vor ihm. Er hieß Luthof. Nur Luthof. Einfach, gemein und ordinär.

„Wenn du ihn nicht schnell beatmest, wird er blau. Wie wär's?" Renate hielt das Laryngoskop und den Beatmungstubus in den Händen.

Gehr sah auf, bemerkte Renates amüsierten Gesichtsausdruck und nahm ihr das Laryngoskop ab. Er öffnete Luthofs Mund, ohne sich Mühe zu geben, keinen Zahn zu verletzen. Fast tat es ihm leid, dass das Gebiss gesund war. Diese Zunge, an der er das Stahlblatt des Laryngoskops vorbeigleiten ließ, hatte ihm gesagt, dass er Anja ermordet hatte. Dieser Mann hatte als letzter Mensch mit Anja gesprochen. Was konnte er ihr gesagt haben? Warum sollte ein Mensch Anja töten? Was hatte das alles zu bedeuten? Er würde es nicht erfahren. Aber Luthof würde sterben.

Gehr erschrak über diese Gewissheit. Zwei und zwei ist vier. Ich denke, also bin ich. Schuld ist unausweichlich. Charon muss sterben.

Er fand den Kehldeckel mit der Spitze des Laryngoskops, zog am Griff des Geräts, die Stimmbänder lagen halb geöffnet vor ihm. Er streckte die Hand nach Renate aus, die ihm den Tubus hineinlegte. Er achtete nicht darauf, ob die Spitze steril blieb. Kurz bevor der Plastikschlauch den Eingang zur Luftröhre erreicht hatte, schloss Gehr die Augen, schwächte den Druck auf den Spatel des Laryngoskops ab und schob den Tubus blind weiter hinein.

Er fragte sich, wie die Chancen standen, dass er die richtige Öffnung erreichte. Fünfzig zu fünfzig? Wie viele Patienten waren gestorben, weil Anästhesisten den Fehler begangen hatten, den Gehr beging? Der Tubus konnte in die Speiseröhre abrutschen. Man würde es zu spät merken, wie es schon Hunderte Male in der Geschichte der Anästhesie geschehen war. Es würde Ärger geben, vielleicht sogar einen Prozess. Aber Absicht würde ihm niemand unterstellen. Ihm nicht, dem erfahrenen Facharzt, der heute Nacht – das würden alle aussagen – offensichtlich mit persönlichen Problemen zu kämpfen gehabt hatte.

Gehr schloss die Beatmungsschläuche an und drückte ein paar Mal auf den Beatmungsbeutel, während Renate mit einem Stethoskop zuerst Luthofs Magengegend, dann den Brustkorb abhörte.

„Wie heißt er mit vollem Namen, Renate?“ Gehr sah ihr zu, wie sie sich den Plastikschlauch des Hörrohrs um den Hals schlang.

„Luthof. Karl Luthof.“ Sie ging zur Ablage auf der anderen Seite des Raumes und nahm den Aktenhefter, der nur Durchschriften einiger Formulare aus der Nothilfe und einen Bogen mit Patientenaufklebern enthielt. „Akute Appendizitis, geboren im Mai 1960 in München. Du solltest dir die Akten vor der Narkose ansehen, oder?“

„Luthof. Ich glaube, den Namen habe ich schon mal gehört.“

Renate hob die Schultern. „Lass uns reinfahren. Midner wird gleich fertig sein. Nichts für ungut, aber ich habe genug von deiner werten Gesellschaft für heute Nacht.“

Fünf Minuten später saß Gehr auf dem niedrigen Hocker neben der Beatmungsmaschine und wartete auf Midner. Renate war hinausgegangen, um den Vorbereitungsraum aufzuräumen.

Gehr wollte noch einmal mit Luthof sprechen. Er zögerte, verbot sich seinen Gedanken, dann nahm er dennoch eine Blutdruckmanschette, wickelte sie um den linken Oberarm des Mannes und pumpte sie auf zweihundertfünfzig Millimeter Quecksilbersäule. Er spitzte Luthof das Muskelrelaxans, zog die Medikamentenschublade im Wagen hinter ihm auf und nahm zwei weitere Ampullen des gleichen Medikaments heraus. Gehr schlug die Hälse der Ampullen an der Wagenkante ab, saugte ihren Inhalt in die Spritze und ließ die Glasbehälter in den Plastikkanister mit gebrauchten Kanülen fallen.

Nach der zehnfachen Dosis würden Luthofs Muskeln vollständig gelähmt sein. Atracurium wurde nicht verstoffwechselt, es zerfiel im Blut von allein zu unwirksamen Endprodukten. Niemand konnte es finden, selbst wenn danach gesucht würde. Die Körpertemperatur blieb auch bei einem Toten noch stundenlang hoch genug für die chemische Reaktion.

Gehr drehte sich zum Beatmungsgerät um, legte seine Hand auf den Narkosemittelverdampfer, zögerte und drehte dann das Dosierungsrad auf Null.

Midner ließ auf sich warten. In fünf Minuten würde das Narkosegas abgeatmet sein. Luthof würde erwachen, aber mit gelähmten Muskeln. Er würde nur seine linke Hand bewegen können. Deren Muskeln erhielten wegen der Manschette zehn Minuten lang kein Blut. Zehn Minuten, nach denen das Muskelrelaxans an die Rezeptoren gebunden, nichts mehr davon im Blut vorhanden sein würde.

Ausschließlich die Hand würde sich bewegen können, schon der Unterarm war unbeweglich. Dennoch schnallte Gehr den Lederriemen fester, der den Arm auf der seitlich abstehenden Stütze des OP-Tisches festhielt.

Noch einmal öffnete er die Schublade, in der Hunderte von Ampullen, sortiert nach Wirkstoffen, in Fächern aufgereiht lagen. Er nahm zwei Ampullen eines Beta-Blockers, zog sie in eine Spritze auf und injizierte den Inhalt, ohne darauf zu achten, dass er es viel zu schnell tat. Das Medikament würde die Herzfrequenz einfrieren. Ohne dieses Medikament würde Luthofs Angst sein Herz rasen lassen und die Aufmerksamkeit der Schwester erregen.

Das ist noch schlimmer, als ihn umzubringen, dachte Gehr. Er legte die Hand auf den Narkosemittelverdampfer.

Plötzlich bewegten sich Charons Finger. Gehr ließ seine Hand sinken.

Zuerst zuckten die Finger unkoordiniert. Dann erkannte Gehr den Willen hinter den Bewegungen, die Verzweiflung und den Kampf. Gehr erschrak über die Freude, die er bei diesem Anblick empfand.

Er ließ die Luft aus der Manschette.

Nach ein paar Minuten glaubte Gehr, Luthof sei wach. Er beugte sich zu seinem Ohr hinab und sprach in sein Ohr. „Luthof, hörst du mich? Spreiz die Finger, wenn du mich hörst.“

Die Faust schlug ein paar Mal auf die Unterlage, zitterte und dann öffnete sie sich. Die Nägel hatten sich in die Haut des Handballens gegraben und hinterließen tiefrote Sicheln. Luthof spreizte die Finger, als ob er mit ihnen einen Zentner trüge, dann verkrampfte er die Faust wieder.

Wieder beugte sich Gehr hinunter, seine Lippen waren keine drei Zentimeter von Luthofs Ohr entfernt. „Vielleicht töte ich dich, Luthof. Luthof. Jetzt kannst du dich nicht mehr verstecken hinter deinem Scheißnamen. Hast dich mächtig gefühlt, so als ‚Charon', richtig? Und wie fühlst du dich jetzt?"

Die Faust schlug ein paar Mal auf die Unterlage, dann verkrampfte und verkrümmte sie sich und blieb bebend liegen.

„Du willst Narkose? Ein Opiat? Spreiz die Finger."

Luthofs riss die Finger auseinander, überstreckte seine Hand.

„Vielleicht töte ich dich, Luthof." Gehrs Stimme war nicht mehr als ein Raunen in Luthofs Ohr. „Vielleicht auch nicht. Vielleicht erst, wenn die Operation angefangen hat. Würde dir das gefallen? Vielleicht auch erst, nachdem die Operation vorbei ist. Weißt du, das ist gar nicht viel anders als das, was du mit mir gemacht hast, nicht? Nun, du hast mich sozusagen ausgebildet, nicht wahr?"

Luthofs Hand ballte und streckte sich abwechselnd.

„Ein Opiat, ein Schmerzmittel. Ach ja, das hatte ich dich gefragt. Hast du geantwortet? Ja? Nein? Nun, das ist egal. Ich stelle meine Fragen nicht zweimal. Weißt du noch, das waren deine ersten Worte. Du sagst es nur einmal. Dann hast du es doch noch einmal gesagt, erinnerst du dich? Ich bin konsequenter, musst du wissen, ich frage tatsächlich nur einmal."

Gehr besah sich die Reaktion von Luthofs Hand. Sie schien mit aller Macht irgendetwas greifen zu wollen. Ohne Erfolg.

„Oder vielleicht denke ich noch einmal darüber nach, über das Schmerzmittel. Was meinst du?"

Die Tür wurde aufgeschoben, Renate kam herein. Gehr drehte das Dosierungsrad des Narkosemittelverdampfers auf die höchste Position und beobachtete weiter Luthofs Hand weiter.

Renate kam um das Narkosegerät herum. Gehr stand auf und stellte sich so, dass ihr der Blick auf Luthof verwehrt blieb. Er zählte die Atemzüge des Mannes.

„Ein Anruf für dich." Renate war besorgt. Sie musterte Gehr, als ob sie sein Innerstes erkennen konnte. „Es ist die Polizei, Reinhard."

Gehr nickte. Fünf Atemzüge. Er tastete hinter sich und spürte, wie Luthofs Hand erschlaffte. Sechs Atemzüge. Er drehte den Regler auf die halbe Konzentration.

„Willst du nicht rangehen?“

Gehr hatte den Eindruck, dass Renate seine Bewegungen mit Argwohn beobachtete. Er tastete mit der Rechten hinter seinem Rücken vorsichtig nach Luthofs Fingern. Sie bewegten sich nicht mehr. Gehr regelte die Dosis noch etwas herunter und nickte Renate zu. Sie würde verstehen, dass sie im Operationssaal bleiben und auf den Patienten aufpassen sollte.

Im Vorbereitungsraum schloss er sorgfältig die Schiebetür und nahm dann den Telefonhörer von dem Tischchen, das Renate unter das Wandtelefon geschoben hatte. Er wusste, dass der Polizist die Todesnachricht nicht am Telefon überbringen würde. Gehr hatte schon in der ersten Woche seiner Arbeit in einem Krankenhaus gelernt, über Gestorbene nie am Telefon zu reden. Man bestellte die Angehörigen ein, man sagte, es sei ernst, man müsse sie sofort sprechen. Bei der Polizei mussten sie auch solche Regeln haben. Der Polizist würde nichts sagen.

„Gehr hier, hallo?“

„Hallgruber, Polizeiinspektion dreiunddreißig, Sie sind Doktor Reinhard Gehr?“

„Richtig.“ Vorfreude auf die Erleichterung floss in seine Eingeweide und wärmte ihn. Endlich konnte er mit jemandem reden. Das Versteckspiel war vorbei. Fast hoffte er, der Polizist würde doch am Telefon über Anjas Tod sprechen. Wenn es ausgesprochen war, durfte Gehr trauern, durfte den Verrat an seiner Frau beenden.

„Herr Doktor, ich spreche von der Pforte hier im Krankenhaus. Ihre Frau und Ihre Tochter sind eben hier eingeliefert worden.“

Gehrs Magen verkrampfte sich. Magensäure wurde die Speiseröhre emporgedrückt und ätzte.

Sarah war eingeliefert worden. Der Polizist hatte Anja und Sarah in einem Satz genannt. Beide waren eingeliefert worden. Bedeutete das, dass beide tot waren?

„Was ist mit ihnen? Wie geht es Sarah?“ Gehr schüttelte den Telefonhörer, als ob er ihm Wahrheit abpressen könnte. „Sagen Sie schon, Hallgruber, keine Spielchen jetzt, ich kann die Wahrheit vertragen.“

Hallgruber räusperte sich.

Dieses Räuspern kam Gehr wie die Ankündigung einer Lüge vor. Der Polizist wollte also nicht am Telefon sprechen? Aber

Gehr brauchte Gewissheit. Hallgruber musste zu ihm kommen. Wenn sie sich gegenüberstanden, würde er die Wahrheit sagen.

Gehr warf einen raschen Blick zur OP-Tür. Da drin lag Luthof. Was wusste Hallgruber von diesem Mann? Wenn Luthof jetzt starb und die Polizei wusste, dass er Anja getötet hatte, würden sie Verdacht schöpfen müssen.

„Ihre Frau und Ihre Tochter sind betäubt worden.“ Wieder räusperte Hallgruber sich. „Der Notarzt hat gesagt, beide seien in Narkose. Aber es scheint beiden so weit gut zu gehen. Beide sind auf der Intensivstation.“

Gehr schloss die Augen.

Konnte er das glauben? Anja und Sarah am Leben? Die Intensivstation ... Gehr kämpfte gegen den Impuls, den Hörer fallen zu lassen und loszurennen. Es waren keine zwanzig Meter von dort, wo er jetzt stand, bis zum Eingang der Intensivstation am anderen Ende der Operationsabteilung. „Hören Sie, Hallgruber, ich lege jetzt auf.“ Gehr stotterte. „Ich will beide sehen. Rufen Sie mich in einer Viertelstunde noch einmal an, ich bin dann wieder hier.“

„Herr Gehr, da ist noch ein Problem.“

Also doch, dachte Gehr. Hallgruber will mich zurückhalten. Es ist also nicht wahr. Anja lebt nicht mehr. – Und Sarah ...? Hat Luthof beide getötet?

„Herr Gehr, der Mann, der Ihre Familie betäubt hat, hat uns angerufen und gedroht, er würde die beiden im Krankenhaus töten. Wir glauben, beide sind noch in Gefahr. Und Sie auch. Der Kerl will Ihnen womöglich ans Leder. Ich schicke Ihnen einen Beamten in den OP. Bei Ihrer Frau und Ihrer Tochter sind auch Beamte, wir lassen sie nicht aus den Augen. Aber um Ihre Sicherheit machen wir uns Sorgen. Können Sie meinen Kollegen in den OP bringen lassen, ihm zeigen, wo er sich umziehen kann und so weiter?“

Also wissen sie nicht, dass Luthof hier liegt, dachte Gehr. Er brachte keinen zusammenhängenden Satz heraus, sagte etwas Unverständliches ins Telefon und legte auf. Mit zwei Schritten war er bei der Schiebetür, zog sie auf und steckte nur den Kopf durch den Spalt. „Wenn Otto kommt, er soll nicht anfangen. Ich komme gleich.“ Er suchte Renates Blick. „Renate, ich weiß, es ist nicht erlaubt, aber tu mir einen Gefallen, ja? Ich muss für fünf oder zehn Minuten auf die Intensivstation. Pass so lange auf ihn auf. Funk mich an, wenn was ist. Fangt nicht an." Er wartete nicht auf eine Antwort, zog den Kopf zurück und drehte sich um. Dann besann er sich noch einmal und rief durch die offene Tür. „Ein Polizist wird gleich an der Umkleide klingeln. Der will hier dabei sein. Zeigt ihm, wie er sich umziehen muss. Ich erkläre es euch später."

Er rannte los.

Die Tür des Vorbereitungsraums krachte gegen die Wand, als er sie aufstieß. Zwanzig Meter trennten ihn von seiner Familie. Was würde er sehen? Er keuchte, als sein Sprunggelenk plötzlich wieder zu schmerzen begann. Er rannte trotzdem weiter. Der Gang flog an ihm vorbei. Zehn Meter bis zur Tür am anderen Ende. Das rote Schild mit der Aufschrift *Intensivstation* leuchtete in Hüfthöhe quer über der Glastür. Gehr humpelte die letzten Schritte, legte beide Hände auf den Holzgriff. Sein Atem rasselte, er stand ein paar Sekunden vor der Tür, als ob er sich auf einen Tauchgang vorbereitete.

Er presste die Kiefer zusammen, schob die Tür auf und stand im Halbdunkel des Flurs, der sich an den Patientenkabinen entlangzog. Fünf Kabinen lagen an jeder Seite des Gangs, jede für einen Patienten. Die meisten waren dunkel, drei hell erleuchtet. Direkt vor ihm quietschte eine künstliche Niere rhythmisch, während sie Blut durch zentimeterdicke Schläuche aus einem Patienten heraus, durch einen Membranfilter und wieder zurück in den Patienten pumpte. Der Mann war bewusstlos. Ein weißes Frotteehandtuch war über seine Hüften gelegt worden.

Gehr kannte den jungen Internisten, der neben dem Patienten stand und einen sterilen Mantel, Handschuhe und Kopfhaube sowie Mundschutz angezogen hatte. Es war einer der Stationsärzte.

„Wo sind sie?" Gehr stand breitbeinig vor der Kabinentür.

Der Internist zeigte mit der sterilen Nadel, mit der er gerade dem Mann einen zentralen Venenkatheter legen wollte, den Gang hinunter. „Kabinen eins und zwei, Reinhard."

Gehr drehte sich um und ging ins Dunkel des Gangs.

„Der Polizist hat mir verboten, dich anzurufen", rief der Internist ihm nach. Entschuldige, Reinhard, es ging nicht!"

Gehr achtete nicht mehr auf ihn. Immer noch keuchend, die Stirn mit Schweiß bedeckt, hinkte er in Richtung der beiden hellen Kabinen. Gedämpfte Stimmen drangen aus den Räumen.

Hoffnung keimte in ihm auf.

In der Tür blieb er stehen.

Es war, als ob seine Augen sich weigerten, auf das Patientenbett zu sehen. Sein Blick kreiste im Raum. Er sah zwei Krankenschwestern, den Oberarzt der Inneren Medizin, einen Mann in Uniform, der einen blauen, hinten offenen Besucherkittel trug und sich in eine Ecke gedrückt hatte. Gehr hörte ein schnelles Piepsen. Herzfrequenz einhundert, dachte er.

Endlich senkten sich seine Augen auf das Patientenbett. Darin schlief, verloren auf der viel zu großen Matratze, Sarah.

„Oh nein“, war das Einzige, was er sagen konnte.

„Reinhard, gut, dass du da bist.“ Der Oberarzt, der Sarahs Herz abgehört hatte, richtete sich auf und sah abwechselnd zu Gehr und hinunter zu Sarah. „Es scheint, als schläft sie nur. Aber bisher hat sie auf nichts reagiert.“

Gehr schob die Krankenschwester zur Seite und kniete sich neben das Bett auf den Boden. Er legte die Arme über Brust und Beine seiner Tochter, ließ den Kopf auf die Matratze fallen und weinte.

Er spürte Sarah, sie lag lebend unter seinen Armen. Er wollte sie beschützen, nie wieder alleine lassen. Seine Sarah.

Nach einer Weile legte der Oberarzt seine Hände auf Gehrs Schultern und drückte zu. „Reinhard, wir müssen weitermachen. Wir brauchen ein Toxikologie-Screening. Wenn wir wissen, mit was er die beiden betäubt hat, können wir vielleicht was dagegen tun. Wir haben noch keine Ahnung, was sie bekommen haben.“

Gehr sprang auf. „Beide?“ Er sah in die Gesichter der Schwestern, des Polizisten und des Oberarztes. „Anja?“ Er rannte hinaus, in die nächste Kabine, und sah seine Frau. Ein zweiter Polizist im Besucherkittel konnte nicht ausweichen, Gehr stieß ihn zur Seite. „Anja!“

Zwei Schwestern waren dabei, Infusionsschläuche und EKG-Kabel zu sortieren.

Gehr stürzte auf Anja zu, tastete ihren Puls. Sie lebte! Anja lebte. Sie war warm, ihr Herz schlug langsam und kräftig, sie atmete ohne Hilfe. Fast schien es ihm, als schliefe sie nur und müsste jeden Augenblick die Augen aufmachen.

Seine Beine wollten ihn nicht mehr tragen. Er wollte sich auf das Bett setzen, rutschte ab, fiel auf den Boden, zog sich am

Bettgestell wieder nach oben und blieb zitternd am Fußteil des Bettes stehen. Er starrte sie an. „Was ist mit ihr?"

Die beiden Krankenschwestern sahen sich unsicher an. Die Ältere der beiden hob die Schultern. „Sie schläft einfach nur." Sie trat einen Schritt auf Gehr zu, legte ihre Hand auf seine Schulter. „Wollen Sie sich nicht besser setzen, Herr Gehr?"

Er stieß ihre Hand beiseite. Niemand durfte zwischen ihm und Anja sein. Er schüttelte den Kopf. Jeden Atemzug, den er an Anja beobachtete, war eine Wohltat, die er in sich aufsaugte. Er trat näher, hielt sich am Kopfende des Bettes fest und legte seine Hand zitternd auf ihren Brustkorb. Er spürte ihre Wärme, die Kraft, die sie aufbrachte, um zu atmen. Sie lebte! Sie schlief, aber sie lebte. Jede Sekunde, die er Anja leben sah, gab ihm neue Hoffnung. Gedanken an ein neues Leben, wie er es sich in der Nacht vorgestellt hatte, tauchten auf. Aber diesmal mit Anja. Mit Sarah und mit Anja.

Ein Schwindel ließ ihn schwanken. Er packte das Stahlrohr des Bettes fester, senkte den Kopf und bemühte sich, endlich langsamer zu atmen.

Luthofs Gesicht tauchte vor seinem inneren Auge auf. Gehr ließ die Hände sinken und ging einen Schritt zur Seite. Er hob den Kopf, sah Anja an und nahm ihren Anblick in sich auf. Er erfüllte sich damit, tankte Kraft und Hoffnung.

„Passen Sie gut auf sie auf, ja?" Er sah beide Schwestern an, dann ging er hinaus. Ohne noch einmal hineinzusehen, ging er an Sarahs Kabine vorbei den Gang hinunter. Er beschleunigte seine Schritte, und als er die Tür zum OP-Trakt erreichte, lief er. Den Weg zum Operationssaal rannte er.

Vor dem Einleitungsraum blieb er stehen. Ich kann Luthof töten, dachte er.

Es wird ein Ende haben. Niemand wird etwas wissen. Ich kann es tun. Und alles wird sein wie vorher. Er presste die Fingerspitzen auf die Augenlider. Ich weiß es.

Er schüttelte den Kopf. Nichts wird sein wie vorher. Nie wieder.

Gehr stemmte sich gegen die Tür und ging hinein.

Renate stand an die Beatmungsmaschine gelehnt und beobachtete die Anzeigen des Überwachungsgeräts. „Was war denn so wichtig auf der Intensivstation?"

Gehr stand neben Renate und sah auf Luthofs Gesicht hinab.

„Sag schon, Reinhard. Das macht mich nervös. Was will denn der Polizist?"

Von draußen kam das Geräusch der Klingel an der Umkleide. Renate sagte: „Das muss der Polizist sein, ich geh ihn mal reinlassen. Einverstanden, Reinhard?"

Gehr antwortete nicht. Er nahm eine Ampulle Kaliumchlorid und eine Spritze aus dem Medikamentenwagen und zog die Flüssigkeit in die Spritze auf.

Seine rechte Hand zitterte. Er betrachtete die Zwanzigmillilitersspritze, die in seiner Handfläche lag. Kaliumchlorid. Eine harmlose Flüssigkeit, ein Medikament wie jedes andere. Konzentriert und schnell injiziert aber ein tödliches Gift.

Ein Tropfen Schweiß rann von der Stirn über seinen Nasenrücken und blieb unter der Nasenspitze hängen. Er wischte ihn weg.

Das Überwachungsgerät piepste mit Frequenz fünfzig. Gehr richtete die Spritze in seiner Hand auf, ein Luftbläschen taumelte von der Spitze zum Stempel. Gehr schraubte den blauen Deckel von der Öffnung des Katheters in Luthofs Armvene und ließ ihn auf den Boden fallen. Er versuchte, den Konus der Spritze in die Katheteröffnung zu stecken. Es misslang, er zitterte zu stark. Er beugte sich vornüber, hielt die Spritze mit beiden Händen und setzte sie auf den Venenkatheter.

Der Geruch seines eigenen Schweißes ekelte ihn an.

Gehr trat näher an den Operationstisch, um unter den Abdecktüchern seine Hand und die Spritze vor den OP-Schwestern zu verbergen. Er wollte sprechen, aber seine Stimmbänder versagten für einen Moment den Dienst.

Die Spritze ragte aus Luthofs Ellenbeuge empor. Nur ein Druck auf den Stempel, dachte Gehr. Er umfasste den Plastikzylinder, legte den Daumen auf den Stempel und versuchte zuzudrücken.

Luthofs entspanntes Gesicht lag im Halbdunkel unter den aufgespannten Tüchern. Gehrs Hand begann zu zittern. Er hielt die Spritze umklammert. Seine Augen brannten.

Die OP-Schwester sagte etwas zu ihrer Kollegin. Gehr hob den Kopf, sah die beiden an. Die eine lehnte mit verschränkten Armen am Instrumententisch und wandte sich Gehr zu. Die andere saß auf einem Hocker, hatte den Rücken an die gekachelte Wand gelegt und kratzte sich am Hals.

„Müde?", sagte die Schwester am Instrumententisch zu Gehr.

Gehrs ganzer rechter Arm verkrampfte sich. Er wollte den Inhalt der Spritze injizieren. „Wie?“, sagte er.

„Die schlimmste Zeit, fünf Uhr, nicht?“ Die Schwester nahm eine sterile Zange und klapperte einen Rhythmus gegen ein Edelstahlschüsselchen.

„Bin nicht müde“, sagte Gehr.

Die Schwester lachte. „Sie sehen aber so aus.“

Die Tür glitt auf. Renates Stimme war zu hören. Sie erklärte einem Mann, der hinter ihr herging, worauf er im Operationssaal zu achten habe. „Da ist Doktor Gehr.“

Gehr ließ die Kaliumspritze aus seiner Hand auf den Boden fallen. Der Fremde folgte dem Plastik mit den Augen, schaute dann Gehr an und streckte die Hand nach ihm aus.

„Gut, dass Sie da sind“, sagte Gehr, „ich habe viel zu erzählen.“ Er reichte dem Polizisten die Hand. Mit der Linken deutete er auf Luthof. „Das ist der Mann, der Sie angerufen hat. Er hat meine Frau und meine Tochter entführt.“

ENDE

Martin Kleen
Anästhesie
Kriminalroman
ISBN 3-934927-51-3
208Seiten; 9,90 Euro

Ermordet werden, wenn man am wehrlosesten ist – das Szenario, das Martin Kleen in seinem Debütroman Anästhesie ausbreitet, gehört zu den unheimlichsten, die man sich vorstellen kann.
Die Narkoseärztin Charlotte scheint das Unglück anzuziehen, und „Unglück" bedeutet in ihrem Beruf und für ihre Patienten den Tod. Die Häufung von Todesfällen im Operationssaal ist alarmierend. Obwohl man Charlotte keine Behandlungsfehler nachweisen kann, verweigern ihr einige Ärzte die Zusammenarbeit. Schließlich steht die junge Ärztin kurz vor der Entlassung – kein Krankenhaus kann sich so eine „Todesfee" im OP leisten. Wenn sie ihren Job verliert, wird kein Krankenhaus der Welt Charlotte je wieder einstellen. Und wenn sie nicht herausfindet, was los ist, werden noch mehr Menschen sterben.

Der Roman hat viel Tempo und Witz – und die hundsgemeine Neigung, den Leser mit Hilfe eines unwiderstehlichen Humors in Ecken zu locken, die so finster sind, dass man weinen möchte.

„Eine große Stärke des Romans sind die vielen packend geschilderten OP-Szenen. Für mich als Laien war es hochinteressant, einen so lebensnahen Eindruck von der Arbeit eines Anästhesisten zu bekommen."

Einschläfernd sind hier nur die Narkosen... !!
In bester Thriller-Manier wird man immer tiefer in die unheimlichen Geschehnisse verwickelt (...) man möchte schreien und rufen „Pass auf Charlotte, NICHT!" Aber sie hört uns nicht, und schliddert immer tiefer in die tödlichen Verwicklungen und intriganten Spiele. (...)Und so lesen wir, und lesen, und lesen, und auf einmal sind die 200 Seiten durch ...

... ein wahrer Pageturner

... stilistisch wie dramaturgisch sehr gelungener Roman...

Konnte nicht mehr aufhören. Hochspannung garantiert.
Es geht auch anders als in der amerikanischen Einheitsware. Ein Muss des Bücherherbstes 2004!!! *amazon.de*

Dieser Krimi ist atemberaubend (...) Als Mitbringsel ins Krankenhaus (...) nicht unbedingt geeignet ... Aber allen anderen, die literarische Hochspannung schätzen, die gepaart ist mit unglaublichem Insiderwissen, denen sei dieser Krimi ans Herz gelegt. Ängstliche Naturen können sich ja vor der Lektüre einen Defibrillator neben den Sessellegen und sich ab und an den Blutdruck messen! *Lesart 4/04*

Ein wahrlich unglaubliches Debüt!! Genial!!! *amazon.de*

„Anästhesie" gehört definitiv zum spannendsten, was uns da die langen Abende auf dem Sofa verkürzen will. Erfreulich ist, dass mit diesem Mediziner-Thriller ein neuer Stern am Autorenhimmel aufgegangen ist ... *amazon.de*

Krimis – spannender als die Polizei erlaubt

Peter Gerdes:
Fürchte die Dunkelheit
Kriminalroman
ISBN 3-934927-60-2
256 Seiten; 11,90 Euro

Peter Gerdes:
Solo für Sopran
Inselkrimi
ISBN 3-934927-63-7
208Seiten; 9,90 Euro

Bernd Flessner:
Greetsieler Glockenspiel
Kriminalroman
ISBN 3-934927-57-2
208 Seiten; 9,90 Euro

Dieter Bromund:
Metzgers Testament
Inselkrimi
ISBN 3-934927-57-2
240 Seiten; 10,90 Euro

Martin Arz:
Das geschenkte
Mädchen
Ein Fall für Pfeffer
ISBN 3-934927-42-2
256 Seiten;11,90 Euro

Martin Arz:
Reine Nervensache
Pfeffers zweiter Fall

ISBN 3-934927-62-9
256 Seiten;11,90 Euro

Kai Eingelke:
Der Totdenker

Kriminalroman
ISBN 3-934927-61-0
9,90 Euro

Michael Molsner:
Starker Zauber
Kriminalroman
ISBN 3-934927-46-7
176 Seiten; 9,90 Euro

Kerstin Rech:
Das fünfte Geschlecht
Kriminalroman
ISBN 3-934927-35-1
160 Seiten; 9,90 Euro

Kerstin Rech:
Der Permes
Kriminalroman
ISBN 3-934927-52-1
160 Seiten; 9,90 Euro

Andreas Scheepker:
Tote brauchen keine Bücher
Kriminalroman
ISBN 3-934927-47-5
9,90 Euro

Wolfgang Burger:
Der Mord des Hippokrates
Kriminalroman
ISBN 3-934927-36-x
9,90 Euro

Sabine Prilop:
… und das Wissen ist der Tod
Kriminalroman
ISBN 3-934927-50-5
9,90 Euro